斯蒂芬英雄

《艺术家年轻时的写照》初稿的一部分

[爱尔兰] 詹姆斯·乔伊斯 ◎ 著

冯建明　张亚蕊 ◎ 等译

Stephen Hero

Part of the first draft of
A Portrait of the Artist as a Young Man

上海三联书店

译作《斯蒂芬英雄：<艺术家年轻时的写照>初稿的一部分》为国家社会科学基金课题"爱尔兰文学思潮的流变研究"（15BWW044）和教育部社会科学基金课题"2017年度国别与区域研究中心（备案）：爱尔兰研究中心"（GQ17257）阶段性成果，也是上海对外经贸大学内涵建设课题"乔伊斯与爱尔兰非物质文化遗产"、"'一带一路'战略格局下的爱尔兰与中国关系研究"（YDYL2018020）、"'一带一路'国家经贸关系合作战略研究院"和上海对外经贸大学学位点专项研究生创新人才培养建设项目：研究生教育精品课程：《乔伊斯研究》最终成果。

参加本书翻译和校对的成员（按音序排列）

冯建明　韩　冰　郝宇佳　侯慧凡　江丽璇
李　欣　李　昕　梅叶萍　张亚蕊　王　盈

目 录

— 《斯蒂芬英雄》背景 —

出版商拒绝出版《艺术家年轻时的写照》后,詹姆斯·乔伊斯将原稿付之一炬。其妻子救回了大部分残片,随后由哈佛大学图书馆购入。

该手稿对研究詹姆斯·乔伊斯作品的学生来说极具价值,它与最终出版版本大不相同,这其中包括后来因压缩精简而被删去的人物及事件。该出版版本经西奥多·斯潘塞教授细心编辑脚注并印刷,以此展现乔伊斯的疑问、删减内容及独特思想。但是,由于此手稿在该国印刷是在战争时期,因此存在一些印刷错误。本文本已经认真整理,亦修正错误。

亦是由于战争,该手稿的更多残片才可重见天日,现已添加至现存版本,并附注释和新序。

译者序

　　若论国别与区域中的人文研究，不可回避对欧洲岛国爱尔兰的研究。在爱尔兰岛上，历史的发展和政治区域变化深刻影响着爱尔兰政治和文化。在总体上，国内外爱尔兰研究已取得巨大进展。自 1979 年 6 月，中国与爱尔兰建交以来，双方彼此信任、相互合作、重视交流，促进经济发展，推动社会繁荣，维护世界和平，并建立了深厚的友谊。在两国的重要城市中，不仅北京与都柏林成为姊妹城市，上海与科克也成为姊妹城市。"中-爱"两国代表性城市之间友好关系的建立颇具含义，进一步加强了"中-爱"友谊的凝聚力。

一、中国的爱尔兰研究环境

　　中国的改革开放政策具有重大意义，为中国的爱尔兰研究带来了黄金时期。在爱尔兰政治文化研究领域，中国学术界不断地取得令人瞩目的成就，且近期进一步受到国家教育部的关心和支持。2017 年，我国教育部国际交流与合作司应时代要求，为了加强国别与区域研究力度，首次批准、资助了四家国别与区域研究中心（备案）："爱尔兰研究中心"。①

---

① 上海对外经贸大学爱尔兰研究中心、北京外国语大学爱尔兰研究中心、大连外国语大学爱尔兰研究中心、河南牧业经济学院爱尔兰研究中心。

中国的爱尔兰研究发展到今天，其所取得的成绩既离不开政府的英明领导和大力支持，也离不开诸多学术团队的共同努力，还离不开各种传播媒介。在斑斓多样的传播媒介中，著作（包括翻译作品）和论文最具影响力。在人们心目中，著作和论文上的"白纸黑字"令人联想到教科书上的词句、宗教经典中的术语、家族长者的嘱咐、社会权威的指示等等，具有一定的权威性，是主流观念的书面表达。

然而，著作、译作、论文的产生并非空穴来风，一定有外在因素的支撑，是社会大背景下的必然产物，或体现了社会发展趋势，或是对文明历史的经验总结。在一定程度上，关注中国的爱尔兰研究著作，讨论爱尔兰作品的汉译作品，分析爱尔兰研究学术论文，无不有助于深入了解爱尔兰政治文化对中国现代社会发展的影响力。

不同时期，中国的爱尔兰研究成果的侧重点不尽相同。在中国"改革开放"初期，中国社会迎来了"科学的春天"，大家以读书为荣，渴望拥有知识，大力汲取西方文明和文化的精华。由于"文革"时期对高等大学教育的弱化，国民大多对外国文学的了解十分有限，大众的外国文学基础普遍薄弱。在中国的爱尔兰研究领域，实际情况类似。在研究水平方面，爱尔兰研究相对于英、美、法三国的研究来说，水平更低。在这个时期，对中国的外国文学研究领域而言，概念的普及十分必要，对专业知识的讲解会有明显效果。这个时期的学者是学术引路人，尽管他们的著作现在看来并不深奥，却为中国的西方文化和文学研究打下了坚实的基础，为中国未来外国文学和文化的研究开辟了宝贵领域。随着中国爱尔兰研究的深入，爱尔兰研究受到新一代学人的重视。爱尔兰研究者借助现代理论，运用美学观点，分析爱尔兰文学的叙事技巧,把中国的爱尔兰研究和爱尔兰作品的翻译水平提高到新高度。多年以来,中国的爱尔兰研究尤其侧重爱尔兰文学、文化、历史和政治等方面研究,并在相关领域积累了一些重要的研究经验和学术成果。

在当前全球经济复苏的步伐缓慢、国际社会面临挑战增多的背景下,中国的诸多部门将在政府支持下,在明年举办一系列"中-爱"建交周年庆祝活动。这些无不表明中国人民对"中-爱"关系的重视,以及对"中-欧"关系的重视。在庆祝活动中,讲好爱尔兰作家与中国的故事,展现中国的爱尔兰研究所取得的众多成果,将有力促进中国和爱尔兰友好城市之间的关系,加深两国人民的友谊,搭建起民心相通的桥梁,为政治和经贸等领域的合作提供保障,服务于国家"一带一路"的战略发展需要。

无论在哪个研究领域,研究著作、翻译作品、学术论文的创作都离不开学者或作者。中国的学者通过创作,不断推进爱尔兰研究,并把爱尔兰政治文化理念介绍给中国,推动了中国与世界接轨的步伐。对于中国的爱尔兰政治文化传播,不同的中国学者通过各异的学术志趣和研究方向,把个人的天赋和对政治文化的理解,以学术作品的形式展现给世人,并不断推动中国的爱尔兰研究的发展。

爱尔兰文学作品是研究爱尔兰政治、文化、经济、历史等诸多方面的宝贵财富。中国的爱尔兰研究学者从文学作品中了解到爱尔兰的传统习俗、文化思潮、学术流派等,这些共同构成了爱尔兰政治和文化体系的重要方面,并使研究成果服务于国家旅游开发、经济发展、总体战略等,增进"中-爱"双方在更多领域的合作,推动"中-爱"两国关系向更高水平发展。

长期以来，上海对外经贸大学爱尔兰研究中心不断努力，致力于探索爱尔兰研究的多个方面，尤其侧重研究爱尔兰文学、文化、历史、政治和经济等方面，并在相关领域积累了一些研究经验和学术成果。随着时代发展，此中心将进一步加强内涵建设，调整研究计划，在国际形势变化中服务于国家发展需要，提升中国的爱尔兰国别研究和教学水平，增强上海市与科克市之间的友好关系。

二、爱尔兰研究中的精选作品翻译和著作撰写

我国的爱尔兰研究与时俱进，紧密联系"一带一路"，重视共建原则。相比古代丝绸之路，"一带一路"更加宽广，其所涉国家更多，共建成果惠及面更广。"一带一路"坚持开放合作，强调合作共赢。这里的"合作"是全方位的，它不但包括经济融合，还兼含政治互信和文化包容等。长期以来，爱尔兰与我国保持了亲密和友好的关系。"中-爱"关系是异国之间合作共赢的范例。

由于历史原因，爱尔兰与英国之间存在诸多联系。对爱尔兰的研究有助于加深欧洲文化发展进程。若谈论爱尔兰文化，必须参考爱尔兰文学和爱尔兰教育。爱尔兰文学蕴含了爱尔兰文化。能完美表达爱尔兰文化的作家很多，而詹姆斯·乔伊斯（James Joyce，1882—1941）就是最典型的爱尔兰作家之一。对于爱尔兰教育，尤其应关注当今爱尔兰教育。故此，上海对外经贸大学现阶段策划：基于乔伊斯研究，翻译爱尔兰系列作品；并侧重当今爱尔兰教育的研究。

其一，译著《斯蒂芬英雄：〈艺术家年轻时的写照〉初稿的一

部分》(*Stephen Hero*：*Part of the first draft of A Portrait of the Artist as a Young Man*，1944)。目前，国内尚未出现《斯蒂芬英雄：〈艺术家年轻时的写照〉初稿的一部分》汉译本。该书是欧洲文学巨匠詹姆斯·乔伊斯名著《艺术家年轻时的写照》(*A Portrait of the Artist as a Young Man*，1916，或译作《青年艺术家的画像》)第一版手稿的部分内容。《斯蒂芬英雄：〈艺术家年轻时的写照〉初稿的一部分》含十二个章节，是乔伊斯的自传性作品，以斯蒂芬·迪达勒斯的早期成长经历为主线，表现了主人公的诗人气质，刻画了他从孩提时期到成年阶段的身心成长过程，并涉及斯蒂芬的家人、朋友、男性和女性、都柏林生活和天主教艺术等，在叙述手法上，比最终出版的《艺术家年轻时的写照》更加生动、具体和详尽，尤其对研究乔伊斯和《艺术家年轻时的写照》具有重要学术价值。

文学是人性重塑的心灵史，它不会游离于文化话语体系之外。乔伊斯生活与创作的时代正是爱尔兰社会发生重大变革的时期，其作品《艺术家年轻时的写照》显出了更多现代主义意味，它将意识流与现实主义的叙事手法糅合在一起，对文学发展带来了重要的影响。相信《斯蒂芬英雄：〈艺术家年轻时的写照〉初稿的一部分》的翻译会进一步加深我国学界对《艺术家年轻时的写照》的研究。

其二，译著《看守我兄长的人：詹姆斯·乔伊斯的早期生活》(*My Brother's Keeper*：*James Joyce's Early Years*，1958)。乔伊斯的作品充满了爱尔兰性或爱尔兰岛屿特质，对了解、欣赏、研究凯尔特文化积淀极为重要。要研究詹姆斯·乔伊斯，就需多了解该作家的生平。目前，《看守我兄长的人：詹姆斯·乔伊斯的早期生活》尚未有汉语译文。相信该书汉语译著的出版具有现实意义，其将推动我国的乔伊斯研究，有益于我国爱尔兰研究，更能加速国内高校的爱尔兰文学的教学。

《看守我兄长的人：詹姆斯·乔伊斯的早期生活》由詹姆斯·乔伊斯的胞弟斯坦尼斯劳斯·乔伊斯撰写，回忆了与其兄长共同度过的早年生活，是难得的传记性资料，对研究爱尔兰代表性小说家詹姆斯·乔伊斯弥足珍贵。该书由三位作家的成果组成：T. S. 艾略特的"序言"、理查德·艾尔曼所写"介绍"和"注释"以及斯坦尼斯劳斯·乔伊斯所写的回忆录。该书由理查德·艾尔曼编辑。该回忆录分为"故土""萌芽""初春""成熟"和"初放"五部分。该书破解乔伊斯笔下人物原型之谜，揭示其故事情节的起源，探索了乔伊斯的原始材料被加工的程度和方法，把读者的兴趣延伸到乔伊斯的家庭、朋友、他在都柏林生活的每个细节和都柏林的地貌——这个承载着他孩童时期、青少年时期和青年时期的都柏林，帮助读者把握乔伊斯性格与其小说的联系，为研究爱尔兰作家提供一个独特视角。

其三，译著《流亡者》（*Exiles*，1918）。《流亡者》是三幕剧，由爱尔兰作家詹姆斯·乔伊斯创作。该剧发生在都柏林郊区的梅林和拉尼拉格。该剧主人公是爱尔兰作家理查德·罗恩，他曾自我流放到意大利。1912年夏天，他携带与其私奔十年的情人柏莎返回都柏林，作短暂逗留，并在此期间爱上音乐教师比阿特丽斯·贾斯蒂斯。同时，柏莎则有意于记者罗伯特·汉德。这四个中年人虽有情，却难以沟通，彼此不理解。故此，无论在爱尔兰，还是在海外，他们都不断流亡。该剧除了这四个主要人物，还包含三个次要角色：罗恩与柏莎的儿子阿奇、罗恩家的女仆布里吉德和一个卖鱼妇。作为乔伊斯的唯一剧本，它虽然涉及的人物不多，却清晰地描写出流亡者之间的情感纠葛。乔伊斯运用角色转换手法，表现了现代爱尔兰人的焦虑感和异化感，凸显了 20 世纪初期西方社会流亡者的孤独感。

其四，研究著作《当代爱尔兰教育概况》（*A Survey of the Education in Contemporary Ireland*）。《当代爱尔兰教育概况》旨在聚焦爱尔兰岛，给当代爱尔兰共和国的教育情况勾勒一个概貌，以便为中国的爱尔兰教育研究的纵深发展，抛砖引玉；该作品包含序、参考书目、后记和由八章构成的主体部分：爱尔兰国情综述、爱尔兰教情概况、爱尔兰基础教育、爱尔兰职业教育和成人教育、爱尔兰高等教育、爱尔兰教育对外开放情况、爱尔兰留学服务信息和爱尔兰办学服务信息。该书依据诸多文艺理论，针对所选定章节的不同内容，采用开放式研究方法，重视爱尔兰历史的作用，关注爱尔兰地域特征，突出凯尔特人的民族性；它既参考纸质版经典、权威的爱尔兰研究资料，也不忽视源于网络的最新信息，避免了片面讨论、分析，从而既提供了当代爱尔兰教育情况的客观信息，也阐明了本书的研究团队对当代爱尔兰教育的主观理念。

上海对外经贸大学爱尔兰研究中心面向未来，展开多项研究，重视翻译的实用价值和现实意义，把握爱尔兰研究的热点，旨在通过翻译爱尔兰研究的系列作品，并探索当今爱尔兰教育的奥秘，为中国的爱尔兰研究增添一砖一瓦。

三、基于"忠实"和"可读"的笔译，探秘当代爱尔兰教育核心特征的研究

近年来，中国政府积极推进孔子学院建设，其在中爱两国发展进程中发挥了重要作用。爱尔兰都柏林大学和科克大学孔子

学院及其他相关机构通过传播中国语言、文化、政治、经济和社会状况，有效增进了爱尔兰对中国的了解，并引发了对方的兴趣，加强了双方的友好关系。在此背景下，爱尔兰与中国关系的研究方兴未艾。

上海对外经贸大学爱尔兰研究中心借助文化研究，并利用现代翻译理论，组织了若干翻译团队。在该翻译团队中，由上海对外经贸大学爱尔兰研究中心主任牵头，为翻译团队成员提供基本资料，制定翻译程序，提出翻译要求，组织团队成员分工协作，定期完成翻译任务。在翻译过程中，每隔一段时间进行讨论，解决翻译难题。翻译之后，采用自校和互校结合的办法以确保翻译质量。该书汉语译文出版前，本课题负责人进行全文校对、修改、重译，撰写前言、后记、附录，负责出版事宜，根据出版社要求，反复修改、校稿、重译等。

当今，翻译领域存在多种翻译原则。对于本翻译团队，"忠实"与"可读"是翻译的核心原则。对于译作，"忠实"不可或缺。这里不再进一步讨论翻译的"忠实"，而是聚焦"可读"。乔伊斯作品晦涩难懂，常被冠以"天书"二字，令人望而却步。乔伊斯作品评论无不涉及晦涩文字。基于"忠实"的"可读"看似容易，但对于乔伊斯作品翻译及乔伊斯评论而言却构成了巨大挑战。

当今世界，乔伊斯研究已取得巨大成就，它为我们团队的翻译提供了便利条件。尽管如此，对于说不尽的乔伊斯，乔伊斯研究并没有终结，它仍处于探索阶段。因此，我们的译文难免存在缺陷。何况，团队协作之优劣同存，其劣势在于：尽管有统一校稿环节，但在遣词习惯方面，团队译作仍不像出自一人手笔。我们的研究团队主要由教师和在读研究生组成，大家牺牲业余时间，不惧艰辛，进行了学术实践和探索。但愿我们能抛砖引玉，为未来乔伊斯作品的翻译和研究提供参考。欢迎大家批评指正。我们也愿不断修订译作。

至于《当代爱尔兰教育概况》，本研究团队聚焦当今爱尔兰教育情况，归纳爱尔兰教育传统特征，指出其独特性，讨论其新趋势和新特征，希望能为中国的爱尔兰教育研究的发展有价值的参考资料。

2019 年是"中-爱"建交 40 周年，愿乔伊斯研究经典著作汉译系列书籍和当代爱尔兰教育探秘为"中-爱"建交 40 周年献礼。

是为"序"。

冯建明

2019 年夏

上海对外经贸大学

爱尔兰研究中心（教育部备案）

序言

　　1920年6月,乔伊斯搬至巴黎后,其弟斯坦尼斯劳斯照看着詹姆斯·乔伊斯的私人图书馆。这个图书馆里有他曾选择保存的文学手稿,而这些手稿被留在了的里雅思特。最终,应乔伊斯的要求,其弟将一大部分图书馆资料寄给他,其中包括《艺术家年轻时的写照》早期草稿的幸存页面,该作品就是知名的《斯蒂芬英雄》。乔伊斯把许多手稿转交给西尔维娅·比奇女士,即《尤利西斯》的出版商。斯坦尼斯劳斯·乔伊斯保留了一定数量的手稿内容,包括《斯蒂芬英雄》另外25张附加页面。1950年约翰·J.斯洛克姆买下这些页面,此次为首次印刷。据乔伊斯先前统计,共383页,后由西奥多·斯潘塞进行编辑,而这25张页码为477—8,481—9,491—7和499—505。1944年斯潘塞出版的手稿页面共计519页。本书版本是在原出版文本基础上添加补充内容而成。

　　该手稿新发现的部分实际上是一个未完成的情节。这个完整合集可能就是詹姆斯·乔伊斯保存它的原因。该手稿第477页前八行,稍作更改,注定成为《艺术家年轻时的写照》篇尾4月16日日记的最后内容。手稿的剩余部分讲述斯蒂芬·代达罗斯去马林加的韦斯特米斯拜访神父,富勒姆先生。乔伊斯用蓝笔把"离开巴黎"这几个字写在那前八行结局部分的页面,这也标志着《艺术家年轻时的写照》的结局。尽管不太确定,在创作《艺术家年轻时的写照》时,正如它们曾经出现过一样,这477页很有可能被丢弃了。也有可能这个情节的遗失页面包含最终能够理解《艺术家年轻时的写照》的一些描写和对话。乔伊斯对情节和短语的精打细算是出了名的,甚至是他曾经遭拒的手稿部分通常也被出版作品吸收借鉴不少。

马林加位于爱尔兰中部,它并没有乔伊斯在其作品里描写的那两个爱尔兰城市——都柏林和科克郡那般优雅。或许乔伊斯起初只打算用这些地方富有生命的景色去填满爱尔兰这幅画。乔伊斯很了解马林加,他和父亲1900年和1901年在这里一起度过了两个夏天。就在那时,乔伊斯便忙于理顺那些让他困惑的马林加选举名单。詹姆斯·乔伊斯抄写了邓南遮的作品——《快乐的孩子》,现存于耶鲁大学,上附有乔伊斯的签名和一些词语,即"马林加1900年7月5日"。在乔伊斯《豪普特曼的〈日出之前〉》翻译手稿上题有"1901年夏书于韦斯特米斯,马林加"。乔伊斯将一些真实事件进行了改编,使马林加更能代表斯蒂芬的神父——富勒姆先生(乔伊斯的神父是菲利普·麦卡恩,与马林加并无关联,逝于1898年)。改编一直持续到《斯蒂芬英雄》的最后部分,这个部分多次提到富勒姆先生是斯蒂芬大学开支的经济来源。可以想象该神父的形象代表了乔伊斯有待发现的资助人。

这些页面里的许多事件肯定有乔伊斯"顿悟"的原型。乔伊斯习惯用自己的记录去揭露一些普普通通时刻,以作将来之用。对跛脚乞丐和检察员加维先生的描写直接基于两种幸存的顿悟,这两种顿悟出现在《乔伊斯集》里,现存于布法罗大学洛克伍德纪念图书馆。继而这些页面有时又影响了后来的作品。因此出现在马林加情节中的纳什和当中提到的塔特先生也就回到了《艺术家年轻时的写照》中。在《艺术家年轻时的写照》最后一章,斯蒂芬 4 月 14 日的那篇日记中的老农民是《斯塔基船长》故事的映射。斯蒂芬对赫弗南先生的评论是"对我来说,我个人的思想比整个国家的思想更为有趣",这个评论与他在《尤利西斯》里对布鲁姆的评论相近,"你猜想我可能很重要,那是因为我属于圣帕特里克郊区,简称爱尔兰……但是,我猜想爱尔兰肯定很重要,那可是因为爱尔兰属于我"。与 1902 年乔伊斯对叶芝的评论接近的是,他个人的思想"跟民俗相比与上帝更接近"。最终,在《尤利西斯》中,马林加被提到过好几次,据说是因为米利·布鲁姆在那儿的一家照相馆工作。

不过乔伊斯并未使用大量有关马林加的情节,或许因为他认为斯蒂芬这个角色对乡下人的炫耀可能会有不被认同的地方。也有线索表明他本打算在这本书里给予富勒姆先生一个更重要的角色。然而,他的计划改变时,该情节也就无关紧要了。

这些新的页面并没有给斯蒂芬这个人物增加任何新的维度,但是其中斯蒂芬显示出成功的论点和所处的情境,很好的发掘出了他对宗教、爱尔兰民族主义和同胞的态度。这个敏感、以正直自居、诚实且残酷的年轻人形象得到了完美展现。

在准备这些页面的出版时,我们遵照斯潘塞教授在其社论里提出的编辑步骤。感谢西北大学理查德·埃尔曼教授给予的建议和评论,感谢已故的斯坦尼斯劳斯·乔伊斯和詹姆斯·乔伊斯庄园,也感谢这份手稿的持有者耶鲁大学图书馆允许出版这些附加页面。

约翰·J. 斯洛克姆

赫伯特·卡洪

—— 简介 ——

1

1935 年，在巴黎左岸的奥德翁街的莎士比亚书店，首次出版《尤利西斯》的西尔维娅·比奇女士在这儿列出了一些供销售的目录，除了别的之外，还有一些詹姆斯·乔伊斯的手稿。其中一份就包括乔伊斯《艺术家年轻时的写照》第 519—902 页早期手写版。1938 年秋哈佛大学图书馆买下这些页面。经乔伊斯执行人及哈佛大学图书馆的同意，在此印刷。

手稿的确切日期并不明确。在比奇女士的目录里，乔伊斯最初给予她手稿的时间可追溯至 1903 年。加上这句话："在第 20 个出版商拒绝出版这份手稿后，这份手稿又回到了作者詹姆斯·乔伊斯那里。他将其付之一炬，乔伊斯夫人冒着烧伤手的危险救回了这些页面。"赫伯特·戈尔曼一定程度上支持这个说法。1908 年，他在书写乔伊斯的生平时这样写道："乔伊斯几度绝望地烧掉了《斯蒂芬英雄》(后来的书名)的部分内容，然后以一种更浓缩的形式重新创作该小说。"[1]

---

[1] 赫伯特·戈尔曼：《詹姆斯·乔伊斯》，纽约 Farrar & Rinehart 公司 1939 年出版，196 页。

手稿的幸存页面没有任何燃烧的痕迹。

乔伊斯本人不善交际。1938年底，笔者给他写了一封有关该手稿的信，后收到了乔伊斯秘书的回信，回信中写到："《艺术家年轻时的写照》初稿很显然篇幅很大，约有1000页，这是他19或20岁还是学生时写的作品，曾被分批卖给美国不同的机构。他觉得在这个问题上只能说因为那时那样做，为没有预见到现在的情况而深感自责（原文如此）。

因为乔伊斯生于1882年，所以这个年龄表明该手稿写于1901—1902年，而不是比奇女士在目录里所写的1903年。然而，这两个日期显然都太早了。乔伊斯曾看过戈尔曼先生的书，告诉我们他于1904年离开爱尔兰时，带走了《斯蒂芬英雄》的第一个章节和笔记。他影印了一封1906年3月13日乔伊斯写给格兰特·理查兹的信，信中写到这本书只完成了一半：

> 你建议我写一本自传体小说。这本小说我已经写了约一千页，实际上，准确来说是914页。我计算了一下一共25章，只是这本书的一半，约15万字。但对我来说，目前去思考这本书余下的内容是不可能的，更别说写出来了。

从这个解释来看，很明显《斯蒂芬英雄》似乎写于1904—1906年。

我认为从乔伊斯离开爱尔兰时随身携带着书稿的"笔记"看来，各个不一致的日期也就一致了。戈尔曼先生重印了部分内容（第135页及以后各页）。很有可能存在比这些内容更加完整的笔记，包括对话手稿等；这些内容组成了这个手稿：对于接下来的内容，读者会毫无疑问相信大多对话都是说完之后直接就被记下来了。若果真如此，我们可认为该手稿可以代表其1901—1906年的作品。这是一份誊清稿，因为乔伊斯的笔迹清晰易读，仅稍作修正。

前518页明显已经永远消失了。我深度怀疑它们是否曾被"分批卖给美国的不同机构"。[①] 也许手稿已被焚烧故事的确存在——尽管戈尔曼先生的书里并无证据表明该手稿曾经寄送给20个出版商。但是，尽管对早期页面的损失深表遗憾，但是存留下来的383页也有一种完整性。正如乔伊斯计划的那样，《斯蒂芬英雄》是"一部自传小说，就像一本个人思想成长史，即他自己的思想、集中精力专注自身的成长史。还有他年轻时的上帝论，让他成为了什么样的人以及他是如何成长的。他努力客观地看待自己，假设以神一般泰然自若的姿态去注意这个小男孩，这个他称之为斯蒂芬的年轻人，其实是他自己"（戈尔曼，第133页）。哈佛存留的手稿描述了斯蒂芬两年的生活。这本手稿从斯蒂芬进入国立大学不久之后开始，而就当斯蒂芬从大学鼎盛时期解放出来时停止了。这部分手稿没有呈现这个"小男孩"的画面，但它展示了这个名叫斯蒂芬·代达罗斯的"年轻人"生动而连贯的画面，而这个"年轻人"无论从外貌、行为和思想显然就是詹姆斯·乔伊斯。

一眼就能看出早期版本与最终出版的《艺术家年轻时的写照》相比非常不同。手稿的383页所写的阶段只是出版版本的

———————————

[①] 戈尔曼先生同意这个观点。我引用了一封来自他写于1941年1月21日的一封信，信中写道："我……相信你和比奇女士手里的手稿一样。我不相信还存在其他内容存世。乔伊斯先生的秘书（我推断你说的应是保罗·莱昂先生）给你写信说"很多内容"被卖给了"美国不同的机构"，我认为给他说这件事的人（可能是乔伊斯先生）可能把这个手稿和比奇女士当时在销售其他作品混在一起了。

最后 80 页(乔纳森·凯普出版社,插图版,1956 年)——这份手稿主要讲斯蒂芬在国立大学的两年生活,这至少在最终版本里和他发展的历史一样长。这份手稿描绘了许多出版版本省去的人物和事件。与我们之前熟知的形式相比,它以更直接、少迂回的方式描述了斯蒂芬思想的成长。最终读者看来,尽管乔伊斯丢弃了这份手稿,晚年时又嘲笑这部"学生作品",赞赏乔伊斯的人反而对这份手稿充满兴趣。它不仅给予读者一个非常令人信服的生活记录,与我们之前所看到他的早期发展相比,它也更清楚地阐述了乔伊斯作为艺术家的整个发展历程。

2

每个读者都想将该手稿中斯蒂芬·代达罗斯的形象与最终版本中的形象做比较。我不想因为自己做了全面比较而抢先阻止一些批判带来的快乐。然而,这份手稿中有一些他们有独特兴趣的人物,我提前简要地指出来,希望不会太冒失。①

最显而易见的特色是该手稿详尽地描述了大量时间和人物。例如,与最终版本相比,在该手稿里能更加清晰地看到代达罗斯的家庭:他的大学时期和他的家庭为斯蒂芬精神独立的傲慢成长提供了一个利欲熏心的环境。在最终版本中,写到斯蒂芬是哪个大学时,他的家庭成员几乎都消失了:在《艺术家年轻时的写照》中,我们没有看到任何对威尔金森先生房子的描述(第 65 页及以下各页);我们也未听说斯蒂芬与兄弟莫里斯有任何亲近;还有他令人怜悯又令人震惊、因生病最后去世了妹妹伊

---

① 哈利·莱温在 1994 年原出版社出版的《詹姆斯·乔伊斯,关键介绍》中已经运用该手稿论述优秀的评论影响。

莎贝尔（第 167 页及以后各页）都被省去了；也没有提到斯蒂芬试图使家人转变去欣赏伊莎贝拉（第 89 页及以后各页）；甚至提到同样的事件时，该手稿通常以一种不同的方式去看待——一种更加直接和戏剧性的方式——与《艺术家年轻时的写照》里所运用的方式相比。一个典型的例证是斯蒂芬在拒绝履行复活节义务的的处理上：在该手稿中（第 136 页及以后各页），斯蒂芬与其母亲之间的争论以对话形式呈现——毫无疑问好像这件事的确发生了——这是一种非常有效的写法；但是在《艺术家年轻时的写照》中（凯普出版社版本，第 243 页）的这个在斯蒂芬生命中至关重要的场景仅涉及和克兰利之间的谈话。

当然我们能轻易理解乔伊斯丢弃初稿重新以这种方式写这些内容的目的。他旨在描写其经济状况，试图把写作中心尽可能放在主人公思想意识中。因此，显而易见，他决定奉献一下这个方法，但毕竟是在《都柏林人》中运用的方法，而不是在《艺术家年轻时的写照》中的方法。这个方法客观地呈现了一幕幕情节和一个个人物。结果《艺术家年轻时的写照》与早期版本相比拥有更加集中、专注和更具控制性的重点。在《艺术家年轻时的写照中》，正如莱温先生评论的那样，"在独白之前戏剧便隐退了"。通过一个简单的视角去呈现这个控制和安排的漫无边际的现实生活。此外在《艺术家年轻时的写照中》中运用的方法仅仅暗示一个情节或对话而不是全面地去描述（可比较《艺术家年轻时的写照中》，第 253 页，和该手稿中，第 175 页）介绍焦尔达诺·布鲁诺的不同方式）——这种方法使斯蒂芬的想法和形象与乔伊斯在该手稿中所描述的相比更具启发性。在《艺术家年轻时的写照》中，我们是透过钥匙孔看房间而不是通过开着的门，我们吃力地从黑暗角落看到的模糊形状在我们固化和有限的视野所理解的基础上增加了奇特感。现在的版本中门是开着的,所有的东西一览无余。为了改变这种画面,我们在这里是在白天观察事物,而不是在聚光灯下,没有那么多强调、抉择和艺术性。

但在《艺术家年轻时的写照》里发现的那些所增加的重点却有所亏损,不管怎样它可能值得拥有或者令人钦佩。例如:在《艺术家年轻时的写照》中介绍了斯蒂芬的朋友——克兰利,林奇和其他可以说是斯蒂芬脑海中的人物。乔伊斯期望我们将他们抛掷脑后,就像斯蒂芬眼中那些有特色的画面那样,除了他们的名字和说话的方式根本不需要更多的身份识别。但是在该手稿中这些朋友更加清晰立体。乔伊斯通过描述他们的外貌和观点进行介绍。他们都是独立真实的个体,就像《都柏林人》中的人们。他们不仅仅是《艺术家年轻时的写照》中的音箱和自动售货机,因为这些人的想法对斯蒂芬来说极其重要。

的确如此,尤其是斯蒂芬被一个女孩的外表(尽管不是其他)所吸引。在《艺术家年轻时的写照》中,她仅仅有一个名字缩写——E. C.——斯蒂芬幻想围绕着的实际上是一个匿名的女孩儿。但是在该手稿中这个女孩儿名叫埃玛·克莱里,从仅仅对她最初后续事物的描写上来看她缺乏一种生活个性。在该手稿中有几个场景——尤其是 70 页及以后的页面中我们确实能清晰看到埃玛,结果斯蒂芬和她的关系就像和其他人的关系一样,与最终版本相比更加戏剧化。①

读者注意到两个版本明显差异在于描述斯蒂芬的方式上。

---

① 在该手稿中,斯蒂芬有时周日晚上去丹尼尔先生家,就在这里遇见了埃玛。对于《艺术家年轻时的写照》一书中的"丹尼尔及其一家人",乔伊斯在描述丹尼尔先生的起居室时,将其简称为"她的"房子(《艺术家年轻时的写照》,第 223 页)。这是出版作品中有关乔伊斯经济状况和聚会方面改变的典型例子。

该手稿中的形象与在后来创造者眼中看来所成为的形象相比，他是一个情绪上和智力上纯天然并且更加年轻的人物。他更像是一个普通的大学生，尽管或者由于他被描绘地更加宽泛，尽管可能傲慢自大，但整体上是一个有同情心的人。与他后期完全泰然自若的性格相比，他有更多缺点，也做许多愚蠢的事情(比如追求埃玛)。后来很少提到他很崇拜易卜生，他对耶稣会培训的反应让他以一种更不明智的愤怒反对他叫做"天主教之祸端"。斯蒂芬更依赖家庭的认可和支持。

在斯蒂芬·代达罗斯的发展过程中，早期版本和后期版本呈现出来与斯蒂芬自身密切相关的中心主题主要有五个，分别是：斯蒂芬的家人、朋友、男性和女性、都柏林的生活、天主教，还有艺术。在描述斯蒂芬个人发展过程时，舍弃了前四个部分，突出描写了第 5 部分——艺术。如此一来，对艺术的描写一旦确定，那么前四个部分的描写同样需涉及艺术家的内容。事实上，若要对斯蒂芬作为艺术家的身份进行完整的描述，前四个部分确实需要描写。

然而，在此之前他需要确定主人公是一个什么类型的艺术家，艺术又是什么。由于本书自传性的特点，这两者在许多方面是一致的。不仅仅是《斯蒂芬英雄》，乔伊斯在《艺术家年轻时的写照》(第 219 页)中提到"古英语歌谣《英雄托宾》始于第一个人，终于第三个人"，这便是《艺术家年轻时的写照》中艺术家的形象。斯蒂芬被称为英雄时还是青少年，成为艺术家时已是成年。或许，两个版本的不同之处在于主人公的职业生涯。

然而，人们在《艺术家年轻时的写照》中所熟知的美学理论在《斯蒂芬英雄》中论述相当完整。毫无疑问，对大多数读者来说，本书对他们最大的兴趣之一是发现在描写方法上与《艺术家年轻时的写照》有何不同。在《艺术家年轻时的写照》中，斯蒂芬通过和林奇的对话，同时将斯蒂芬完备的知识和严谨的思想与他的伙伴粗俗的呼喊和评论相较来概述其美学思想。该理论以幽默的方式客观展现出来，将斯蒂芬的严肃与林奇的幽默放在一起，使沉重单调的描述变得生动有趣。在阐述抽象思想时，这是激发读者兴趣的一种有效方式。但是，在《艺术家年轻时的写照》中，斯蒂芬仅仅解释了他的观点，让人们相信他最在乎的是是否有人同意他的观点。他是一个冷冰冰的人，根本不屑于别人是否支持他的观点，且已做好万全准备，随时迎接"沉默，流亡和狡猾"。

然而，本书中年轻时期的斯蒂芬并非如此。他在陈述观点时，着重强调个人重要性，并非以和朋友对话的随意方式展开，而是以在文学社发表论文的形式进行。这件事情众所周知，因此斯蒂芬在准备时小心翼翼。并且，他的思想并非仅仅和另一个人半幽默式的评论相较，而是和天主教的习俗相对比。其中本书中有关该话题的内容（96 页及以后各页）描写了斯蒂芬和大学校长的谈话，这是本书最精彩的部分之一。在本书中，斯蒂芬的思想也被拿来和聪明却麻痹的都柏林人的思想相比较。他发表论文时，逐字逐句精心推敲，然而得到的只有漠不关心和误会重重的回应。平庸之人是无法在他们自己的地盘被征服的。于是斯蒂芬越发依靠自己的资源。[①]

本文以如下一种方式阐述该理论，优点是很明显的。我们跟随斯蒂芬的脚步，从他与兄弟莫里斯之间的谈话到发表论文时引发的危机状况。我们对此颇感兴趣，正如我们对一出戏剧

---

① 在该手稿中，斯蒂芬的确与一个朋友讨论其美学理论（218 页及以后各页），有趣的是这个朋友是克兰利，并非林奇。在发表论文中，主要理论经过了详细阐述，两人的对话紧随其后，然而，克兰利对他的论点毫无兴趣，斯蒂芬对此感觉失望极了。

感兴趣一样，因为我们想知道观众会如何回应。我们还可以分享斯蒂芬的失望和幻灭之感。然而，这种方法也有缺点，斯蒂芬的理论在文中展开得太长，其他情节（五个主题相互交织）会将其中途打断，并未像《艺术家年轻时的写照》那样在斯蒂芬职业生涯中占据关键地位。在《艺术家年轻时的写照》中，直接是以斯蒂芬放弃爱尔兰作为开场白来论述其理论，这也是全书的高潮。而在该版本中，这个情节只是进行了戏剧化的描述，仅仅是众多情节中的一个而已。

事实上，在《艺术家年轻时的写照》中阐述美学理论时只进行了说明。其中斯蒂芬的中心思想之一是：动态艺术是不成体统的艺术，它驱使我们去追求，而真正的艺术则不会如此；相反，真正的"审美情感"则是静态的。真正的艺术家本质上都很冷漠："艺术家正如造物主那般，对自己的作品呵护备至，整个过程毫不显眼，隐匿无形，似乎像是修剪指甲那样置身事外"（《艺术家年轻时的写照》，第 219 页）。斯蒂芬向林奇解释他的理论时便采用了这种不受个人感情影响的静态形式，而非动态。然而本文采用动态方式进行理论阐述。斯蒂芬个人非常欣赏自己不俗的论文，似乎里面囊括了自己的知识财富。我们对此颇有感触，不必做什么，只需同情和关注结果就好。然而，像往常一样，后期版本《艺术家年轻时的写照》更加成熟完善地展现出乔伊斯通过个人实践说明自己的理论，早先的版本并非如此。[1]

————————

[1] 在《艺术家年轻时的写照》中留有诸多斯蒂芬有关美学论文方面的痕迹。在 191 页，研究论文的院长问斯蒂芬："在有关美学问题上，我们何时能从你这里得到启发呢？"还有 215 页，多诺万对斯蒂芬说："我听说你在写一些有关美学方面的文章。"这些评论，还有其他《艺术家年轻时的写照》中这样的内容（比如第 206 页中提及"那个年轻的女士"埃玛和莫兰神父）都有着丰富的隐含意义，如果我们了解本书的内容，往往以上内容也就能透彻理解了。

3

这份手稿中有斯蒂芬美学理论的一个方面,而《艺术家年轻时的写照》完全没有提及。在我看来,这段文字描写了全书最生动有趣、发人深省的内容。该文包含 216 页及以后各页的内容,从"他穿过艾克尔斯街"开始讲述,解释了乔伊斯的顿悟理论。[①]

请读者翻到这篇文章去欣赏阅读吧。

我能理解乔伊斯之所以成为一个艺术家,这个理论起了关键作用。我们可以认为他接连几部作品都是对这个理论的说明、强化和扩展。可以说,《都柏林人》就是一系列的顿悟,在描写时表面上微不足道,然而实际上至关重要,展现出那些生命中不同特性的时刻;《艺术家年轻时的写照》也可被看作一种乔伊斯身为年轻人的顿悟,作为一种"外露显现"表现出来;《尤利西斯》,根据乔伊斯的安排,通过普通人生命中一天发生的事情来充分描写主人公利奥波德·布鲁姆的顿悟——早些年前,在埃克尔斯街(布鲁姆先生居住的地方)一个雾蒙蒙的晚上无意中被听到的无足轻重的对话便是那两人生命的顿悟——就在那刻显

---

① 《尤利西斯》曾提到过这个理论,约翰·雷恩,1937 年,第 36 页至 37 页,斯蒂芬正在沉思:"好好记得你的顿悟在绿色椭圆形叶子上,若你逝去,你作品的复本将会被送至所有世界上最顶尖的图书馆,亚历山大也包括在内吗?"戈加蒂在其自传《当我沿着萨克维尔街走》(第 285 页)也有所提及。戈加蒂和乔伊斯及其他人一起晚上聚在一起,乔伊斯说:"失陪了",便离开了房间。戈加蒂写到:"我不介意被举报,只是不情愿地当一名顿悟之人的捐助者实在令人恼火。"

　　"在拉丁课他扮作旁白时,达灵顿牧师可能教过他,因为他不认识希腊语,"顿悟"的意思是"外露显现"。因此,他认为一个人会泄漏自己的思想,因此将这种"外露显现"当作"顿悟"记录下来。"我们将'顿悟'赠予他,并且送他上厕所去把它记录下来吗?"

现出来了;《芬尼根的守灵夜》可被看作一种扩充,当然虽不是乔伊斯身为年轻人时的顿悟,观点却一致。在这部作品中,并非任何一个个人经受顿悟,而是人类历史上的所有人,象征那些与彼此相联合的某些类型的人和代表们,因为描述他们的话可组合出各种各样的意义。因此,总体上说,汉弗利·钱普顿·壹耳微蚵和他的家人、老相识们、他居住的城市都柏林,以及他的道德和宗教都成为了人类生命的顿悟,最终才成就了这个艺术家。

如果我们把这个理论理解为贯穿本书的较深层次的静态艺术理论,则对于理解乔伊斯是什么类型的作家相当有用。乔伊斯初次构想时便意识到这样的理论对一个剧作家毫无意义,该理论暗示着对生命和生活抒发感情观点,而非戏剧性观点。它强调一件事物本身在一种独特时刻、一种时间片刻静止之时,展现出的灿烂和光辉。就像《芬尼根的守灵夜》中的宏观抒情,那种时刻可能涉及所有任何时刻,然而根本上仍旧静止不动,尽管所有相关时刻本质上永恒不变。

4

然而,《斯蒂芬英雄》与乔伊斯后来被认为具有保留价值的作品并无关联。它具有自己的优点,是一部出色的作品。尽管没有像《艺术家年轻时的写照》那样经过认真规划和浓缩,虽时有未臻完美之处,却具有创见性和直接性、观察准确性、自成一派的构造,以及运用成功的锐利风格。这些优点足以让人们享受和欣赏这部作品。这是描写成长思想最棒的作品之一。

西奥多·斯潘塞

版本说明

　　乔伊斯留存有两份修订手稿。一份是草稿基础上的修订版,删除了一些词句,另外有些内容也有所修改。这些修订在文中均有所标注,原词放在文中括号内,修改版本紧随其后。其中也有一些明显错误,如词语重复、漏字和标点符号错误。对于一些不感兴趣又没意思的内容,我就直接更正了。

　　第二种修改内容更难处理一些。手稿显示,乔伊斯在一些短语、句子和段落旁边或下方用红色或蓝色笔进行了标注。据推测,他应该是不喜欢这些内容,打算更改或删去它们。若要精确展现原稿内容和乔伊斯的感觉情绪,明显有必要标示这些斜杠部分。因此,凡是有斜杠的地方我都(用"蜡笔")以引号的形式,在句子收尾上方用小写字母"c"进行了标注。好像是由于匆忙或急躁,文中很多地方都有这些斜杠,因此不太容易确定乔伊斯不太满意的内容是从哪儿到哪儿。不过通用标示都很清楚,由于乔伊斯用同色蜡笔不时更正动词,他标注的斜杠部分都很明显,这样的情况都是他亲笔写的。

　　非常感激哈佛大学学者协会的约翰·凯莱先生,他将其有关爱尔兰的全部知识提供给我使用。想要识别文中提到人物在现实生活中原型的读者,可以参考戈尔曼先生的《詹姆斯·乔伊斯》(53页及以后)。

斯蒂芬英雄

（手稿始于此处）

……任何一个和他谈话的人都是太过礼貌性的不信任中又掺杂着期待。他把[呆板]①粗糙的褐色头发高高梳起到前额上方,却蓬乱无章。°女孩子可能曾说他[脸庞]很帅气,也可能没说过。他脸庞帅气俊朗,带有女性气质樱桃小嘴却几乎弱化了[自信独特]俊美的脸部。他的脸从总体上看,眼睛并不突出:那是一双浅蓝色小眼睛,感受着事物动态。除了这双相当纯净和无畏的眼睛,这张脸在某种程度上就是一副浪荡子的面孔。°

大学校长为人孤僻,会和教授一起参加社团集会和就职会议。现任助理是一位系主任和一位财务主管。斯蒂芬认为这个财务主管非常适合这个头衔。他一脸严肃、面色红润,°头发黑灰相间。°他津津乐道地履行自己的职责,经常能见到他赫然出现在走廊里,观察来来回回走动的学生。他倡导守时(出现一两次迟到个一分钟左右他也没那么在意),他只会拍拍手,笑着责备一下;不过你要是每天迟到个几分钟,他就会很严厉,因为这扰乱了正常的上课秩序。斯蒂芬几乎总是迟到一刻钟以上,他到学校时财务主管已经回办公室了。但某天早上,斯蒂芬到学

---

① 译者注,原文用"[   ]",下文同

校比平常早一点。走在他前面的是一个胖胖[年轻的]的学生，一个努力学习、有些羞怯的年轻人，脸上像面包加果酱似的明暗相间。这时，财务主管站在走廊里，抱着手臂放在胸前，看到这个胖胖的年轻人时就意味深长地看了看表。这时是八点十一分。

——莫洛尼，你知道这样做不对。晚了八分钟！你知道，我们不允许像你这样扰乱课堂。你以后每天早上都要接受严厉的批评教育。

莫洛尼的脸就像果酱铺满了整块儿面包，全部暗了下来。他吞吞吐吐借口说闹钟坏了，便急匆匆上楼去了教室。斯蒂芬正在挂外套，这个大领导严肃地看着斯蒂芬，斯蒂芬迟疑了一会儿，然后静静地转过头对财务主管说：

——早上好，先生。

财务主管马上拍拍手，两手互相搓了搓，又拍了拍手。美好的早上，配上他贴切的话，于是他开心地答道：

好极了！现在是多么美好又令人心旷神怡的早晨啊！他又开始磨擦自己的手掌了。

一天早上，斯蒂芬晚了三刻钟，他想到一个剑走偏锋的计划，他要等到法语课开始再去。他倚靠在栏杆上，等着12点的铃声响起。这时一个年轻人开始慢慢地上楼，离楼梯平台还有几步时停了下来，把方正淳朴的脸朝向斯蒂芬。

——请问这是通往入学考试教室的路吗？

他重读了入学考试的第一个音节，用爱尔兰土腔问道。

斯蒂芬给他指了路。这两个年轻人开始聊了起来。这个新生名叫马登，来自利默里克郡。马登的举止没有什么不同，就是有一些胆怯，他似乎很感激斯蒂芬的关照。法语课结束后，两人一起穿过草地,斯蒂芬带这个新人去了国家图书馆。马登在过十字旋转门时摘掉帽子,靠在柜台填书目清单。斯蒂芬觉察到这个乡下学生嘴上功夫了得。

大学的系主任是英语教授,巴特神父。据说他是学校能力最出众的人,不仅是哲学家、学者,他还在一个完全禁欲的酒吧阅读一系列论文证明莎士比亚是罗马天主教徒。他曾经写信反对另一个耶稣神父,此人晚年转而信仰与戏剧相关的培根写剧论。巴特神父手中常常满是论文,法衣沾满了粉笔的污渍。他就是一个老年快球手,声韧带就像衣服覆盖粉笔那般朦胧。他对每个人都能言善辩,尤其——

[两页缺失]

诗歌的第一个条件是词语必须为全诗服务。韵律是受制约的词语涵盖的意义、价值和关系形成的美学结果。诗歌的美妙在于构建启示时包含了同样多的隐含内容,但是它当然不能从其中一个内容着手。因此他发现巴特神父读诗和女学生精准无误读诗都令人难以忍受。阅读诗歌时应根据它的韵律和重音,不需要严格根据韵脚,也不是要完全忽视韵脚。他为自己设置的所有理论都是要向莫里斯解释。他已经理解了各个词的意思,认真地把这些词放在了一起,同意斯蒂芬的理论很对,只有一种描写拜伦第一首四行诗的可行方式:

生活飘满黄叶

爱之花果随风飘逝

虫儿、腐朽和悲痛

独自承担

这两人试着把这个理论运用到他们记住的所有诗歌中,效果不错。不久斯蒂芬开始探索自己的语言并进行选择,从而彻底解救这些词汇和短语,使其最大限度地服从他的理论。°他成了一个预谋不轨的诗人。°

很快斯蒂芬对弗里曼和威廉·莫里斯表面上看起来古怪的散文很是着迷。他读散文时就像一个人读一本词典,然后°储存°大量的词汇。他会连续几个小时看斯基特的《词源词典》。他的思想,从起初只是特别顺从到初有惊奇感,深深着迷于最司空见惯的谈话。人们对自己流利使用的词汇价值如此无知,对他来说很奇怪。逐渐地,随着生活强加给他的耻辱,他开始对一种理想化的、更真实的人类传统着了迷。这个现象对他来说似乎很严肃。他开始看到人们通过下流的密谋在一起结盟。命运轻蔑地为他们降低自己的身价。对这种降尊屈膝行为,他丝毫不感兴趣,更愿意以一种古老的方式服务于命运。

曾经有一节特别的英语作文课,斯蒂芬就是在这堂课上第一次出名了。他写的英语作文是一周之内中一篇很认真的作品。他的作文通常很长。教授作文课的是《弗里曼杂志》的社论作者,总是把他的作文放到最后进行评论。斯蒂芬的写作风格,尽管接近古风、过分煽情,甚至用老式简单的修辞,但因为一些天然原创的表达显得卓尔不群。他没有给自己找麻烦去证实作文里加粗字体表达和暗示的内容,只是把他们作为意外的辩护说了出来,忙于构建一种神秘之道。对于年轻人如果被告知另一个危机,他希望做好打击危机的准备。基于这个策略,大家开始认为他与年轻人的身份很不相称,与年轻人通常只允许把理论当作消遣相比,他对理论兴趣太大了。一天,斯蒂芬对巴特神父说,这些显露出来的不同寻常的特质经充分报道,目的是试探他。巴特神父十分欣赏斯蒂芬的文章,告诉他英语作文教授向他展示过他所有的作文。他鼓励这个[年轻]年轻人,暗示或许不久他可能会向都柏林其中一家报纸或杂志投稿。斯蒂芬发现这份鼓励很友好,不过他误解了老师的意思,以为老师对他的理论颇感兴趣,于是开始讲述大量的理论说明。巴特神父甚至比[斯蒂芬]莫里斯还要乐意倾听,并且同意斯蒂芬讲的所有内容。斯蒂芬明确主张自己的学说,坚持文学传统地位颇重。他说词汇在文学传统中有某种价值,这是一种在市场中贬低的价值。词汇只是人类思想的容器。与在市场中得到的相比,在文学传统中得到的更多是有价值的思想。巴特神父倾听了所有内容,在下巴上方摩擦着粘着粉笔屑的双手,°点头说道,斯蒂芬显然理解了传统的重要性。°斯蒂芬引用了纽曼的一个短语来说明他的理论。

——他说,在纽曼那个句子中,词汇是根据文学传统运用的,在句子中体现了全部价值。在市场中,普通用法词汇价值完全不同,只是一个贬低的价值。"希望没耽搁您。"

——一点也没有,一点也没有!

——不,不……

——是,是,代达罗斯先生,我明白了……我完全明白了你的观点。

……耽搁……

在这之后的一个早上,巴特神父归还了斯蒂芬的作文。那是一个阴冷刺骨的早上,斯蒂芬去上拉丁语课时太迟了,就漫步到了物理剧院;他发现巴特神父跪在路边,在大大的壁炉里点了一处小火。他把纸卷成齐整的小捆儿,认真地摆在木炭和树枝中间。他一直在喋喋不休小声嘟囔,解释自己的行为,在这紧要关头,从远处沾着粉笔屑的法衣口袋中取出三个脏脏的蜡烛头儿。他把三个蜡烛头儿插入到不同的缝隙处,然后用胜利的样子抬头看看斯蒂芬,擦着火柴点燃突出的纸张,一会煤炭就着了起来。

——代达罗斯先生,一门艺术正在燃烧。

——我懂了,先生。这是一门非常有用的艺术。

——的确,一门有用的艺术。我们拥有这种实用艺术,我们拥有这种自由的艺术。

说完之后,巴特神父从炉边站起身,去处理其他事情了,留斯蒂芬一个人在这里。斯蒂芬观察着火势,看着快速融化的蜡烛头儿,想着神父唱谴责曲的样子陷入了沉思,一直到物理课快上课时才离开。

虽不能立刻解决这个问题,但是其艺术部分至少没有难度。巴特神父在课堂上阅读《第十二夜》时,跳过了小丑的两首歌曲,对此没有说一句话。此时斯蒂芬决定让巴特神父注意到这两首歌曲,于是严肃地问道,是否应该把这两首歌曲熟记于心。巴特神父说这样的问题将来不大可能出现在试卷里:

——这些歌曲是小丑唱给公爵的。那个时代小丑给贵族唱歌……以提供消遣娱乐是一种风俗。

巴特神父对待《奥赛罗》很认真,他要求全班学生留意这部戏剧的寓意:这简直是疯狂嫉妒的示范课。他说,莎士比亚曾倾听过人类本性的内心深处:莎士比亚的戏剧向我们展示了各种激情影响下的男男女女及这些激情的含义产生的结果。我们看到了这些人类激情的冲突。一些表象把我们自己的激情抹去了。莎士比亚的戏剧有一种明显的道德力量。《奥赛罗》是最伟大的悲剧之一。斯蒂芬寸步不离地坚持听完所有的内容,同时他了解到,因为校长认为这部戏剧里有许多粗俗的表达,便拒绝两个寄宿生在欢乐剧场表演《奥赛罗》。对此,斯蒂芬觉得很好笑。

斯蒂芬内心的怪物让他后来举止失礼,哪怕是细微的挑衅都是为杀戮做准备。白天几乎每件事情都会刺激到他,其心智已经难以自控。宗教狂热的片段很快成为回忆,现在却导致了某种行之有效的肉体自控。此外,斯蒂芬很快意识到必须秘密地处理他的事儿,还有从前的沉默对他来说只是轻微的苦修而已。他不愿为流言蜚语争辩,也不愿粗鲁的对别人好奇,这些成了别人加在他头上的罪名,这不无一种赎罪的英雄风范。尽管他已经对神圣充满了狂热,但是出于仁慈,拒绝洞察幻灭的力量。这些冲击把他从内心羞愧令人喘不过气的热情里拉了出来,这虔诚的信仰对他来说是最大的宽慰。斯蒂芬异常需要这种安慰,这与他所处的新环境息息相关。他几乎不和同事说话,对班级事务既不作任何评论也不表现丝毫兴趣。每天早上他起床下楼吃早餐。早饭后乘电车去小镇,坐在前面,脸伸向窗外,迎着风。斯蒂芬没有去皮勒,而是在亚眠街站下了车,因为他希望参与这个城市的清晨时光。清晨散步对他来说很是愉悦,看不到上班族赶往商业监狱的苦脸从身边经过,但是斯蒂芬竭力刺穿了它的丑陋动机本质。他到格林家时总是有一种不愉快的感觉,能在远处看到令人扫兴的大学建筑。

斯蒂芬漫步在这座城市的道路上,眼耳并用,心中即刻有了印象。在斯基特不仅发现词汇在他的宝库中,也偶然发现它们在商店里,在广告里,在单调乏味的大众口中,自己不停地重复这些词汇直到它们失去所有瞬时的意义,成为绝妙的词汇。因此他决定以身体和灵魂的全部能量对抗向这个区域搞倾销,现在被他视为地狱中地狱的这个区域,换句话说,在这儿一切都显而易见,圣徒以前都谨言慎行,恪守沉默的训诫,只有艺术家才能认出他们,因为艺术家以沉默自律唯恐话语会让其恢复粗鲁。他听到语句时也便知晓了它们传达的含义。他对自己说道:我必须等着圣餐的到来(然后开始把这些词组翻译成普通的含义)。而且他日夜喧闹地敲敲打打,为自己建造沉默之屋,在里面可以等待他的圣餐,日夜收集第一次的果实和每一个平安祭,他在堆积起来的圣餐台上面喧嚣地祈祷着,燃烧的救赎象征会流传后世。在课堂上,在寂静的图书馆,在其他同学的陪伴下,他突然听到一个指令,要求离开、要求独处,还有一个搅动耳膜的声音、一团跳向神圣理智生活的噼啪作响的火焰。他会听从指令,独自在街上上下徘徊。他也会听命于一种由欲望激发的希望和热情,直到他确信再怎么徘徊都无用,然后他会迈着从容、不屈不挠的步伐回家,带着些从容、不屈不挠的严肃,把那些无意义的词汇和短语拼贴在一起。①

十六

在基督牧师的投票过程中,与斯蒂芬相比,圣学院的红衣主教都算不上一丝不苟的隐士。他写了很多首诗,因为缺乏更好的设计,他的诗把忏悔者和忏悔师的办事处结合在一起,在诗中寻求将最难懂的情绪集中到一起。他把诗句放在一起,按照字母次序排列而不是按照词序排列。他阅读了布莱克和兰波诗中字母的价值,甚至进行排列,将五个元音组合一起构成表达原始情绪的哭号。虽然全心全意,却未给自己先前的热情一个交代,

① 在手稿中,"第五章第一个情结末尾"这个地方用红笔书写。

对现在的满腔热血仍是如此。现在修道士对他来说还不及半个艺术家。斯蒂芬说服自己,如果希望能把一个最简单的设想完全表达出来,那么对艺术家来说不停地努力很有必要。他相信每次灵感迸发的时刻都要提前付出代价,反而不相信"诗人是天生的,而不是后天的"这个说法的真实性[Poetanascitur, non fit],但是他至少完全相信这句话的真实性:[Poema fit, non nascitur]"诗歌是后天写成而不是天生存在。"诗人拜伦的市民观念,赤裸裸的向斯蒂芬倾泻着诗意,就像城市的喷泉涌出水一样源源不断。斯蒂芬在审美问题上有着最流行的评判。他从根本上与这种市民观念作战,严肃地告诉莫里斯,艺术经济的首要原则是孤独。

斯蒂芬并非将自己依附于那些代表业幼稚的业余艺术爱好的艺术精神,而是力图深入一切的重要本质。他加倍努力追溯,探寻过去的人类,能一瞥意外的艺术,就像看到蛇颈龙从史莱姆海洋中浮现出来一样。他似乎大多听一些有关恐惧和欢乐的简单哭喊,想知道哪些是所有歌曲的先驱,用力摇桨的人们唱的那些野蛮的韵律,以便看到粗糙的涂画和人们内心的神灵,这些由莱昂纳多和米开朗琪罗继承下来成为了遗产。所有这些历史和传奇的混沌、事实和推测的混乱,他都努力描绘出一条有序的线索,用一个图表进行排序,减少过去的鸿沟。他发现交付给他的协定问题既毫无价值又微不足道,莱辛的《拉奥孔》激怒了他。他想知道世界怎样才能接受有价值的贡献,比如一些[奇幻]奇特的一般规律。如果他相信古代艺术可塑,现代艺术可绘,那么艺术家能得出什么确切的结论呢?在这种语境下,古代艺术指的是巴尔干半岛地区和摩里亚半岛地区的艺术,现代艺术说的是高加索和大西洋之间除去神圣地带以外任何地方的艺术。这种轻蔑吞噬了他，这是由于那些批评家把"希腊的"和"古典的"看作可以互换的术语，以及他对[每周六]巴特神父把《奥赛罗》作为一周文章的主题而怒不可遏，在接下来的星期一，斯蒂芬直率的对这篇"杰作"表达了极大的抗议。年轻人在班里哈哈大笑。斯蒂芬轻蔑地看着他们大笑的脸，认为他们是一群内心深处卑鄙的人。

没人听他的理论，没人对他的艺术感兴趣。ᶜ大学里的年轻人ᶜ把艺术看作是欧洲人的罪恶。实际上他们说："如果我们必须有艺术的话，岂不是《圣经》里没有足够的话题了？"画家才能被称之为艺术家。年轻人对考试和将来的"工作"以外的事情感毫无兴趣，这是一个可怕的迹象。能够谈论艺术真是太好了，但是事实上艺术全是"腐朽"，除此之外就是邪恶。他们知道（至少他们听说过）画家的工作室。他们不想那样的东西在他们国家出现。谈论一下美丽、韵律和美学吧。他们知道这些美好的谈话涉及什么内容。一天，一个年长的乡村学生向斯蒂芬走过来问道：

——ᶜ告诉我们，你不是艺术家吧？

斯蒂芬凝视着这个想要证明他的想法的年轻人，没有回答。

——因为你要是艺术家的话，你为什么不把头发留长呢？ᶜ

一些旁观者嘲笑这个说法。斯蒂芬想知道这个年轻人的父亲为他制定了哪些博学的专业。

尽管环境如此，斯蒂芬继续努力有加地进行研究。他能想象出来所有他酷爱的研究都被ᶜ禁止了。ᶜ这是他根深蒂固自我主义的一部分，后来他把微观世界的行为和想法聚集起来，呼唤他构想出来的救世主。这个青年有着中世纪的思想，可以推测阴谋吗？野外运动（或他们智力世界等效的东西）也许是最有效的治疗。盎格鲁-撒克逊人的教育家更喜欢勇敢的残忍模式。但对于这个不切实际的理想主义者，逃避嘟哝着的被缚的穿靴幽灵这一虚拟战争的荒唐与选择不利于他自己的阵地的不公比起来更甚。躲在这个迅速坚固的防御后面，这个敏感的人答道：让这群逐猎的敌人跌跌撞撞地嗅到我的高地。那是他的战场，用闪闪发光的鹿角蔑视他们。①

确实他在血液中感受到了这个早晨。斯蒂芬意识到ᵉ在欧洲之外ᵉ一些运动已经开始了。这当中，他喜欢最后一部分断句。因为，在他看来这似乎在岛民面前展示了这个可测量的世界。没有人可以说服他这个世界就是像巴特神父的学生构想的那样。他不需要被称为"不可或缺"的谨慎，亦无需所谓生命之本的礼节的敬畏。在他颤抖的社会中，他是一个神秘的人物，他很享受名望。斯蒂芬的同志们不知道和他冒险到什么程度。教授假装认为他的严肃认真充分证明了他想对抗实际上的不顺服。扮纯洁对他来说很不方便，于是被悄悄抛弃了。这个年轻人转而到他的同伴中间找乐子，这些同学素以放纵的生活方式而名

———————

① 这部分短句出现在乔伊斯一首讽刺诗中，"宗教法庭"，和该文本写于同时期（戈尔曼，第 140 页）：

　　"我转身向远处看去
　　那是一群蹒跚的乌合之众，
　　那些厌恶力量的灵魂，我的灵魂
　　在老阿奎那学校已经如钢铁般坚硬。
　　他们在那里蜷伏、爬行、祈祷
　　我站着，决定己命，无所畏惧，
　　没有同伴，没有朋友，独自一人，
　　如水波纹一样冷漠，
　　如山脊般结实
　　我在空中亮出我的鹿角。"

声在外。贝尔维迪宫艺术馆教区长有一个弟弟,他是这所大学里的学生。一天晚上,在一个举办欢庆活动(因为斯蒂芬已经成为一个令人崇拜的男士)的画廊里,另外一个贝尔维迪宫艺术馆男孩,° 也是这个大学的学生,在斯蒂芬耳边告发莫须有的目击者。°

——我说,代达罗斯……

——怎么啦?

——我想知道要是麦克纳利见到弟弟他会说些什么,就是在大学里的那个家伙?

——是的……

——几天前我看到他在斯蒂芬菜园里拿着一个水果蛋糕。那时我就在想麦克纳利有没有看到他……

这个告密者暂停下来,害怕暗示过多,然后用一种行家的语气,严肃地补充道:

——当然她……没什么问题。

每天晚上喝完茶,斯蒂芬都会离开家去市区,莫里斯会在他旁边。大的就抽烟,小的就吃柠檬糖。在这些动物抚慰的帮助下,他们谈论一些哲学话题轻松消磨这个长长的旅程。莫里斯是一个非常专注的人。一天晚上,他告诉斯蒂芬,他把他们之间的谈话记在了日记里。斯蒂芬想要看看这本日记,但莫里斯说第一年年末的时候就可以看了。这两个年轻人对他们自己丝毫没有怀疑,他们都用直率好奇的眼睛看待生活(莫里斯缺乏想象力时,他会自然地用斯蒂芬的想象力)。两人都觉得如果一个人足够耐心,很可能对所谓的神秘达到一个理智的理解。每天晚上在路上,他们争论的高度都是详细研究过的。年轻男生就在构筑整个美学科学上勇敢地帮助年长的男生。他们对对方讲话都非常果断。斯蒂芬发现莫里斯对他帮助很大,因为他会提出一些反对意见。他们到图书馆大门时,已经习惯站在那儿聊一些分支学科。他们的讨论会拖很久,斯蒂芬就会说太晚了没办法,该进去读书了。然后他们就转向克朗塔夫城堡走去,最后会以同样的方式返回。斯蒂芬犹豫了一会儿后莫里斯展示了他第一部分诗作成果。莫里斯问他这个女人是谁,斯蒂芬回答之前在他面前暧昧地看了看,最后不得不回答他也不知道是谁。

这个不知名的诗作现在有整齐的签名,似乎斯蒂芬选择在这些诗篇中纪念爱情的梦魇。而现在处在潮湿紫色迷雾中的世界真正遮挡了这爱情的梦魇。他已经放弃了圣母玛利亚,抛弃了诺言,坚决从小世界中撤退了。当然这可不妙,他的孤僻也许会促使他年轻人的激情迸发,抑或孤独的泛滥?

思想才能揭露了它本身的堕落(无可救药时),但如果我们综合来看这个世界(生活),只能看到贯穿堕落的生命过程。然而,对他来说有些时候似乎有一些无法忍受的过程。如同生命在任何常见的术语中的冒犯都是无法忍受的。此时他无所祈求,无所哀悼。但生命终结到来时他会感到一种甜蜜的衰颓感,他会环抱即将到来的未知世界:

> ᶜ伴随着震颤的闹铃,黎明苏醒了,
> 灰白、阴冷、空旷!
> 哦,抓住我白色的手臂,环绕的手臂!
> 浓密的秀发,请将我隐藏!
>
> 生活是一场梦,一场梦。时间在消逝
> 诗歌被述说
> 我们从光明和太阳的谎言中走出

去向阴冷死亡的荒地。[c]

渐渐地，斯蒂芬大学出勤更加不规律了。每天早上，还是那个时间离开家，乘电车来到市区。但他总会在亚眠街站下车散步。他时常决定要享受城市微不足道的生活而不是进入大学难以忍受的生活。他总会一口气走七八个小时，感觉不到丝毫的疲乏。都柏林潮湿的冬季使他内心的毫无防备得到缓和。他不再以曲折的不可预料的方式热情地顺从女性的些许挑逗，而是以不甚尽如人意的方式追寻那个难以捉摸的事物的敏捷动作。这就是：没有怨恨的爱之怀抱，清晨山峦回荡的笑声，如此不可传达的意境也许邂逅在一小时中？如果内心只是一瞬间有倾向会精神饱满、激情满怀地哭道"是这样！是这样！生活就是我构想的那样"。在他面前，他藐视耶稣陈腐的格言，发誓他们不会再建立一个他处于支配地位的关系。在他面前，他藐视高层次文化世界中既没有学问、艺术也没有礼仪的尊严——微不足道的阴谋和微不足道的胜利的世界。在他面前，他尤其藐视衰老（他发誓他们不会和他建立一种欺诈的契约。那些溢美之词！那些真诚之誓！还有那甚至不顾周围环境，勇敢而又充满激情地哭诉）。他总会经常兴高采烈地停顿，都柏林会突然把手放在他肩膀上，冷漠的命令会击打着他的心。一天，他在回家的路上途径费尔围，在分岔路口一只大狗横卧在松软的河滩前。雾气萦绕，那狗不时仰起头，发出长长的悲伤的哀号。早在小路上聚集的人们都可以听到它的声音。斯蒂芬是他们中的其中一个。后来他发觉下起了雨，然后在天空沉闷的监视下沉默前行，还会不时在身后听见奇怪的悲叹。

年轻人自己越寻求独处，他的身边的社团自然越试图阻止他实现目标。尽管他现在仍是大一新生,但已经被看作名人了。甚至很多人认为尽管他的理论有点热切,但也不是毫无意义。斯蒂芬很少上课,什么也不准备,还缺席学期考试。大家对他的这些放肆行为不仅仅没有意见,而且认为很可能他真的是艺术典型的代表。他在那群知名的时髦人物身后进行自我教育。一定不要认为受欢迎的爱尔兰大学会缺少智能中心。在民族复兴派紧密无间的团体之外,到处都有一些持有自己观点的学生,或多或少都会被他们的同伴接受。例如,一位认真年轻的女权主义者,名叫麦卡恩。他直率、活波,留着骑士胡须,身穿射击套装,也是《评论回顾》的读者。大学的学生不理解他赞成观点的方式是什么。别人称他为"纽约人",他们就认为其独创性得到了足够的回报。有一个大学演讲者,一个非常有责任心的人,他在所有的会议上发表讲话。克兰利也是一个名人。不久马登也被认作爱国派的°发言人°。斯蒂芬可能会被认为身居显位——离奇的是,几乎没人听说过他阅读过的作家们,以及那些把他们当成疯狂追随者的作家们。同时斯蒂芬对所有这些表现得很冷漠,他理应保持完全通情达理,镇定自若地勇敢面对那些诱惑。人们开始听从他,邀请他去做客,也开始向他呈现一幅认真的面孔。他有一些简单的理论。正如他已经承诺的那样,不会违反法律。斯蒂芬很受尊敬地应邀在大学文学历史协会前宣读一篇论文,日期在三月末。论文题名为"戏剧和生活"。许多人冒着被断然拒绝的危险雇佣这个年轻古怪的人讲话,但是斯蒂芬保持一种傲慢的沉默。一天晚上,他正要从一个派对上回来。都柏林杂志的其中一个记者,那天晚上被介绍给了这个奇人,朝他走过来。两人交流了一会儿,记者试探性地对他说:

——我正在读那个作家……就是前几天你说的……梅特林

克……你知道吗？

——知道……

——我在读呢，我想名字是《入侵者》……一部非常……奇特的戏剧……

斯蒂芬不想和这个人谈论梅特林克。另一方面他不喜欢因为沉默而冒犯他。他的评论、语气和意图都是应得的，因此他飞快地说出自己的想法，都是一些态度不明朗，又不用付出代价的陈词滥调。最后他说：

——它很难在舞台上呈现出来。

这个记者对他们的交流相当满意，好像梅特林克的戏剧是他创作似的，只有这个印象，仅此而已。他很相信，同意道：

——噢！是的！……几乎不可能……

他使用的这种隐喻本质上很难得，却深深伤害了斯蒂芬。简单说来，当时立刻对斯蒂芬的生活产生了持久的影响。他的才能带着每一寸贪婪和欺诈向他展现了世界的奇观。与之并肩的是他内心的怪物向他展现了世界的奇观，现在已疯长到了理智的英雄阶段。而这种展示经常让他充满突然的绝望，只有通过写下忧郁的诗篇才能缓解。当他通过难得的翻译途径遇到了亨里克·易卜生的精神后，他差不多已决定把这两个世界彼此视为异类，无论如何伪装或者表现出彻底的悲观主义。卢梭的英文传记作者曾披露了°年纪轻轻的哲学家°卢梭偷了女主人的勺子，之后竟让女仆遭到偷窃的指控，就在那时他开始为真理和自由而奋斗。几年前斯蒂芬读到这样让人疑惑和深怀歉意的理由时，瞬间就领悟了那种精神。正是那时出现诸多[有悖常理]不合常理之事，才有了现在的哲学家。易卜生不需要辩护者和评论家。挪威老诗人的思想和烦躁不安的年轻凯尔特人在同一光芒四射的时刻相遇了。斯蒂芬起初对极其优秀的艺术很迷惑。不久前,当然,查看足够而仅有的论文知识后,他确认了易卜生在世界剧作家中居首。翻译印度、希腊或中文戏剧时,他仅仅发现了预测和尝试。在经典法国戏剧和英国浪漫戏剧中预测不太明显,而尝试也不太成功。但他沉浸在这种优秀中——并不是说那种他怀着完全的愉悦精神上的敬意开心问候的优秀。反观没有人情味的艺术家,让大家领悟了易卜生自己的精神:[易卜生进行意义深远的自我赞许,易卜生的傲慢、醒悟的勇气、微小而固执的能量]真诚的思想、男人的勇敢、幻想破灭的骄傲、微小而固执的能量。[①] 无论世界对什么风尚满意,让它自行解决吧。假设马克尔根据对他似乎很不错的过程替自己辩护。那么任何人除了这个回答都不会让人类态度的尊严前进一步。在这里说的不是莎士比亚或歌德,是说欧洲的第一个诗人。这里,目的仅仅是说但丁,人们发现这个人类名人已经和一种艺术方式结合在一起了。艺术方式本身是一种自然现象:相比佛罗伦萨人,时代精神再一次轻易地和挪威人结合在一起了。

　　大学里的年轻人完全不知道易卜生只是他们从各处搜集并猜测他肯定是[c] 美学作家之一,是教皇秘书放到了《索引》中。在大学听到任何人提到这个名字[c] 都觉得很新奇。但是因为教授还未指责,他们推断最好再等等。他们有些地方让人印象深刻;现在许多人开始思考尽管易卜生道德有些败坏,但他是伟大的作家。据说,一个教授说他去年夏天在柏林度假时,很多人都在谈论易卜生的一些戏剧,那些戏剧还在柏林的一个剧场演出

---

① 更改的措辞是用铅笔在旁边所做加注,或许在完成手稿之后所添。

过。斯蒂芬开始研究丹麦语,不再准备他的课程考试。这个事实被放大报道他是能干的丹麦学者。年轻人很狡猾,他没有反驳这些流言,而是从中获益。斯蒂芬笑着想到在他们心中这些人害怕他是异教徒,他对他们所谓信仰的品质感到惊奇。巴特神父和他聊了很多。斯蒂芬不想勉强°自己成为新秩序的先驱°。他讲话没有压力,总是争论,好像不太关注以何种方式进行争论,同时从不会失去分寸。耶稣和他们的教徒可能对自己说过:我们知道°年轻人似乎很独立°,知道他们是舒缓镇定的爱国者,但你是什么呢? 他们°考虑到自己的劣势,把他夸赞得很好。斯蒂芬不理解为什么他们费尽心思满足他呢。°

——是,是,一次这样的情况后,巴特神父说,我明白了……我完全明白了你的观点……当然它适用于屠格涅夫的戏剧?

斯蒂芬曾读过,并称赞屠格涅夫小说和故事的一些译文。因此用真诚的声调问道:

——你是说他的小说吗?

——小说,是,巴特神父立刻说道,……他的小说,的确……但是,当然它们是戏剧……不是吗,代达罗斯先生?

过去斯蒂芬常常去参观多尼布鲁克的房子。这里有一种自由的爱国主义和正统研究的氛围。多尼布鲁克家中有几个妙龄女儿。每当这个年轻的学生收到任何有可能的信号,他就确定收到了去拜访的邀请。年轻的女权主义者麦卡恩是那里的常客。马登一般偶尔前去拜访。家中的父亲是一位老人,周末晚上他会和大儿子下棋,周日晚上玩一轮游戏,听听音乐。音乐由斯蒂芬弹奏。房间里有一架老钢琴。大家玩游戏感到疲惫时,其中一个女儿常常微笑着向斯蒂芬走过来,°邀请他唱一些优美的歌曲。钢琴键有些磨损，有时声调有些瑕疵，但音色柔和圆润。斯蒂芬常常坐下向这些文雅、疲惫、五音不全的观众弹唱优美的曲子。[1] 这些歌曲，至少对他来说，真的很美妙：有英格兰古老的乡村音乐，还有伊丽莎白时代的优雅歌曲。这些歌曲的"寓意"有时有点模糊。斯蒂芬的耳朵常常马上能从掌声和跟着他唱的人当中听到有天分的声调。用功好学的女儿们发现这些歌曲十分别致。但是丹尼尔先生说如果斯蒂芬希望声音听起来独特的话，他应该唱一些歌剧风格的曲子。尽管这个圈子和他之间完全缺乏同情心，斯蒂芬对此泰然自若。他们请他随意一些。斯蒂芬坐在沙发上用° 手指数一块块的马尾衬，听着他们的谈话，° 这时他觉着像在家里一样。在丹尼尔眼中，这个年轻人和女儿们差不多能自娱自乐。但是每当在他们游戏过程中，出现一个解决艺术问题的方法，斯蒂芬就带着那种很自我的幽默感认为自己的存在是一种必然。他在开发一个年轻人的机灵特征时非常严肃，他向其中一个女儿提了一个问题：

——我认为现在轮到我了……好的……让我看一下……（这里他成了一个认真的男士，一直笑了整整五分钟，可以成为）……安妮，你最喜爱的诗人是谁？

安妮想了一会儿，停顿了一下。安妮和这个年轻人都在思考。

——……是德国诗人吗？

——……是的。

在座的人都等着安妮的启发，安妮又想了一会儿。

——我想是……歌德。

----

[1] 在这些句子反面，用红笔加注"恋恋不舍"

麦卡恩过去经常组织°猜字游戏°,他常参与最激烈的部分。猜字游戏非常滑稽。每个人都友好地支持他,斯蒂芬也[经常]和其他人一样会用安静慎重的表演方式来对抗麦卡恩喧闹的演技。为此,两人经常被"挑"在一起。斯蒂芬对这些猜字游戏有些厌烦。麦卡恩却乐此不疲地组织他们,因为他认为为了人类的整体幸福,娱乐很有必要。这个年轻的女权主义者总会激动地发出带有北方口音的笑声。他的脸装饰着骑士胡子,当然可以做一些无所顾忌的鬼脸。因为他的"想法",麦卡恩从没有融入到大学里,但是在这里分享了这个家庭的内心生活。① 在这所房子里早早称呼一个年轻的拜访者洗礼时的名字是一种风俗。尽管斯蒂芬没有称赞,除了"哲学",麦卡恩什么也没有谈论。斯蒂芬过去常叫他"美丽的邓迪",没有什么含义,是把他活泼的名字还有°举止和这行歌词°连接到一起:

来填满我的水杯,来填满我的罐头。

每当晚上呈现一个严重事件的特征时,大家会要求丹尼尔先生讲一下。丹尼尔先生之前是韦克斯福德剧院的经理,经常在全国公开会议上讲话。他用坚定、慷慨激昂的语气叙述了一些国家的事情,周围是默默倾听的听众。女儿们也会讲一些事情。这些讲述期间,斯蒂芬眼睛没有离开过名叫"圣心"的这幅画,它就挂在讲述者的头上方,丹尼尔小姐没有他父亲那样令人印象深刻。她们的裙子[词语被划掉了,难以辨认]有点苏格兰少女风。此外,这张便宜的印画里,耶稣十分明显地显露着他的

---

① 在这些句子背面,用红笔加注"假面舞会:埃玛"

心脏:斯蒂芬的思维通常着迷于这两件同样的小事,有一些愉悦的恍惚。他们经常玩议会猜字游戏。几年前,丹尼尔先生曾任其郡县的议会代表。因此大家选他模仿中议院议长。麦卡恩总是代表反对派的成员,他会直截了当地发言。然后成员就要抗议。还需要一个维持议会规矩的扮演者。

——议长先生,我必须问……

——肃静!肃静!

——它是个谎言!

——你必须退出,先生。

——正如我在这位尊敬的绅士打断之前说的那样,我们必须……

——我不会退出。

——肃静!肃静!

另外一个最喜爱的游戏是"谁的谁"。一个人走出房间,其余人选择一个对缺席玩家有特别吸引力的人的名字。在这之后,他回到同伴中时,需要向每个人问一个问题,然后猜一下这个名字。年轻的男士玩游戏时的举止说明:每个年轻的学生对他们可接受距离内的年轻女性都会有恋爱问题,通常这种时候游戏会有些混乱。但年轻的男士起初对这些暗示很惊喜,最后以好像他们以为其他睿智的玩家会让他们意想不到、十分不快地发现并预先阻止而结束。朋友们对斯蒂芬没有做出严肃的暗示。所以他第一次玩这个游戏时,选择了一个对他来说特别的人。他返回房间时,[伙伴]玩家不能回答他的问题。像这样的问题:"此人住在哪里""此人已婚还是单身""此人今年几岁"……大家不能回答,一直到他快速小声地请教麦卡恩。斯蒂芬马上得到了一个"挪威"的答案作为线索。最后游戏结束,同伴们就转而去找别的乐子了,就像在这严肃的打断之前那样。斯蒂芬坐在其中一个女儿旁边,大加赞赏这个女孩淳朴清秀的气质,静静地等待她先说话。他知道他会破坏这份意境。她用漂亮的大眼睛看了他好一会儿,好像他们°打算相信他°,然后她说道:

——你为什么猜得这么快?

——我知道你说的是她,但你猜错了年龄。

其他人听到:但她对这诸多的未知印象深刻,称赞这个优秀的人,和他交换意见,他也直接交换意见。她探过身去,温和而又一本正经地和他说话。

——为什么,他多大啦?

——超过 70 岁了。

——是他吗?

现在斯蒂芬想象着他已经充分了解了这个范围。要不是有两个原因说服他继续,他可能会中断这次拜访。第一个原因是他家里那个令人讨厌的家伙,第二个是新手的到来偶然引起了他的好奇心。一天晚上,他坐在马尾衬沙发上沉思,听到有人叫他站起来,要给他介绍一个人。一个皮肤黝黑的°胖°女孩站在他面前,没有等丹尼尔小姐介绍,她说:

——我觉得我们已经认识彼此了。

她紧挨着他坐在沙发上。他发现她和丹尼尔小姐在同一所大学学习,她签名时总是用爱尔兰语。她说斯蒂芬°也应该学习爱尔兰语°,加入社团。同伴中有一个年轻人,他的脸上总带着研究目的,越过斯蒂芬和她讲话,不拘礼节地称呼她的爱尔兰名字。由此,斯蒂芬和她说话非常正式,总是称她"克莱里小姐"。就她而言,她似乎把他囊括进了她民族化魅力的°总体方案中：他帮她穿上夹克时，她允许他的双手可以在她肩膀的温暖肌肤上停留一会儿。

十七

到现在，斯蒂芬成长的日常生活十分不愉快，因为他的发展方向和家庭的发展趋势相悖。家里禁止他和莫里斯晚上去散步，因为很明显，斯蒂芬的做法正在让弟弟堕落，养成无所事事的习惯。斯蒂芬疲于被问及他在大学取得的进步。代达罗斯先生想着这个推托之词，开始担心他的儿子交了一群坏朋友。这个年轻人很喜欢这样理解，要是他没有在马上到来的考试中表现不凡，那么他的大学生涯就告一段落了。他并没被这个警告所困扰，因为他知道，就这一点来说，他的命运就和神父同在，而不是他父亲。他觉得年轻的时光太过珍贵，不能浪费在枯燥而机械的努力上。于是，他决定不管发生什么，都要做他打算的事情，一直进行到底。家人期望他能马上走一条报酬高、又体面的工作道路，从而挽回局面。但他并不满意家人的想法。斯蒂芬感谢家人为他做的打算（至少满足了他的个人主义）。他很高兴生活一直都是以自我为中心。然而，他 [也] 觉得之后的活动也 是一个冒险。

莫里斯勉强接受了这个禁止，因为受兄弟的限制他可不能公然反对。斯蒂芬本人有些无聊，因为孤独可以很大程度上自己缓解。为了人类的沟通交流，在最坏的情况下，他可以向一些大学朋友求助。斯蒂芬现在忙于准备文学历史协会的论文，并且采取一切预防措施确保它有最大的爆发力。似乎对他来说，学生们仅仅需要几句话就能点燃他们对自由的激情，或者，至少,他的紧急召唤可以让他成为少数当选的人。麦卡恩是协会的旁听生,他急着了解斯蒂芬论文的动向,于是这两人经常十点才离开图书馆,一路讨论,走着回到旁听生的住处。麦卡恩很喜欢做这样一个无所畏惧、自由发言的年轻人,但斯蒂芬发现很难让他固定谈论任何有风险背景的事件。麦卡恩会自由谈论女性主义和理性生活(他认为男女两个性别为了让彼此早点接受相互之间的影响,他们应该一起接受教育;认为女性应该得到相同的机会,就像他们得到了所谓的优越性别;还认为在社会和智力活动的各种分支方面,女性有权利和男性竞争)。他持有这样一种观点:男性生活时不应该饮用任何一种酒精饮料。因为他有道德义务遗传给子孙后代优良的大脑和身体。他不允许自己受任何谈话中有关裙子的话题所摆布。斯蒂芬非常高兴能如此迅速地解密这些理论。

——你的生活和他们不是很密切?

——当然不。

——你接受过军事训练吗?警察和消防队都是从这些人当中聘用的。

——因为有些社会责任女性在生理上不适合承担。

——我相信你。

——同时,因为他们天资聪颖,不应该允许从事民用行业。

——医生或律师吗?

——当然。

——那第三种需要学识的专业呢?

——你是说?

——你认为他们会成为优秀的忏悔者吗?

——这个问题有点轻率吧。教堂不允许女性担任神职的。

——哦，教会真是的！

每当谈话涉及到这一点，麦卡恩便会拒绝深入往下谈。谈论通常以[僵局]僵局结束：

——你登山是为了呼吸新鲜的空气？

——是。

——你夏天在海里游泳？

——是。

——肯定山上的空气和发咸的海水都可以作为刺激。

——是的，自然刺激。

——那你把一种非自然的刺激物称作什么呢？

——醉人的酒啊。

——但他们是用很天然的物质生产的，不是吗？

——也许，是通过一种非自然的过程。

——那么你把酿酒师看作一个高超的奇术士？

——人工生产令人心醉的美酒是要满足人们的口舌之欲。在正常情况下，人类不需要这个生活道具。

——请就你所说的处在"正常情况下"的人举一个例子。

——一个健康、自然生活的人。

——你自己吗？

——是。

——你可以代表正常情况下的人吗？

——我可以。

——正常情况下的人会近视或五音不全吗？

——五音不全？

——是，我觉得你就五音不全。

——我喜欢听音乐。

——什么音乐？

——所有的音乐。

——但是你不能区分音乐之间的曲调。

——不，我能识别出一些调子。

——比如说？

——我可以识别出"天佑女王"。

——也许是因为所有人站起来摘下帽子你才认出的。

——好吧，我承认我耳朵不是那么灵光。

——眼睛呢？

——眼睛也是。

——那你怎样代表正常情况下的人们呢？

——我的生活习惯就代表正常情况啊。

——你想要的东西以及让他们满意的行为举止，是吗？

——非常正确。

——那么你想要什么呢？

——空气和食物。

——有一些次要的东西吗？

——获取知识。

——你也需要宗教抚慰吗？

——可能如此……偶尔吧。

——那么女性……偶尔呢？

——不行！

最后一个字说的时候真是斩钉截铁，用这样的一种极为认真的口吻。斯蒂芬突然爆发了一阵大笑。就事实而言，尽管他在这件事上非常可疑，但斯蒂芬倾向于相信麦卡恩的节操。和与之相反的现象相比，更多的是因为他不喜欢选择去思忖这件事。他几乎一想到没有底线的倒退的执拗就浑身颤抖。

麦卡恩坚持正直的生活。他谴责纵欲就是对将来的犯罪，这不仅使斯蒂芬很生气，也刺痛了他：让他生气是因为它具有很强的家长训诫的意味；刺痛了他是因为被看作不擅长那种事情。在麦卡恩的口中，他知道那既不公正也不自然。他想到了培根的一句话，便是"对子孙后代最大的忧虑是没有子孙后代"，至于其他，他说他° 不理解未来有什么权力阻止他现在充满激情，肆意挥洒呢?°

——麦卡恩说，这不是易卜生的教导。

——教导！斯蒂芬呼喊道。

——《幽灵》的寓意和你说的正好相反。

——呸！你竟然把一部戏剧当作一个科学性的文件。

——《幽灵》教我们自我抑制。

——哦，天啊！斯蒂芬苦恼地说道。

——我到住的地方了，麦卡恩停在门口说。我要进去了。

——在我脑中，你把易卜生和伊诺的果子盐永远连在一起了，斯蒂芬说。

——代达罗斯，这个旁听生很清楚地说，你是一个很棒的同伴，但你还没学会利他主义的° 尊严和人类个体的责任。°

斯蒂芬已经决定给马登写信[发现]确定哪里能找到克莱里小姐。他开始认真调查这件事情。马登和他经常在一起，他们的对话很随意。尽管一个都市化的思想深深影响了另一个人的乡村思想，但两个年轻人关系充满深情、亲密无间。马登先前试着用狂热的民族主义影响斯蒂芬，但徒劳无功。他听到斯蒂芬的一些议题，感到非常吃惊。他对这样转变的前景很满意，他呼吁大家应具有正义感，极具说服力。斯蒂芬打算收敛自己的批判能力。这个社会团体是为实现马登用自己的力量在追求的东西。对他来说,这个团体就是理想和解放,这让马登十分满意,但从来没让斯蒂芬感到满意过。罗马人,不是撒克逊人,对他来说就是岛民的暴君(强烈专横的保证吞噬了所有智慧的灵魂,起初是傲慢地压服,现在急不可耐地证明傲慢就是它的朋友)。口号是"信仰和祖国",这是一个神圣的字眼,可以巧妙地激起人们燃烧的热情。爱尔兰人民老实服从,每年领取失业救济金,[现在]过去,急切表示争取故意受到抑制向国家表达热爱的荣耀,正如[过去]现在只屈服于战争。尽管多数牧师确信他们会享受很高的荣耀,鼓励人们心怀希望。根据基督教的观点,在后的将要在前。无论是谁,有多么自卑、高贵,作为对几个世纪无名忠诚的回报,ᶜ"流行的圣洁"ᶜ 已经向他所在的土地展现了一个迟到的红衣主教,也许仅仅是ᶜ"欧洲的马后炮"。ᶜ①

马登准备承认大部分事实确是如此,不过他想让斯蒂芬理解这个新运动具有政治性。如果无信仰者都被统一吊死,那人们就不会聚集起来,推广者也因此尽可能希望大家和牧师并肩努力。斯蒂芬反对这样,和牧师并肩工作已经一次次地摧毁了革命的机会。马登对此倒是意见一致,不过现在牧师和人民是在同一阵线的。

——斯蒂芬说,他们鼓励爱尔兰人学习他们的教徒可以更安全地保护他们免受那些ᶜ 怀疑贪婪者ᶜ 的侵袭。他们把这视为让人们撤退回到过去刻板、含蓄信仰的机会。你没有看到吗?

——但我们的农民的确没有从"英格兰文学"中得到什么。

---

① 戈尔曼《英雄斯蒂芬》印刷版,乔伊斯的注释中(p. 135),出现这句话:"爱尔兰——欧洲的马后炮"。

——废话!

——至少现代一些了。你自已也总是抱怨……

——英格兰位于大陆的中部。

——我们只想要爱尔兰人的爱尔兰岛。

——似乎对我来说,你并不关心一个人冗长地用爱尔兰语说话多么乏味。

——我完全不同意你的现代观念。我们不想要这样的英格兰文明。

——但你说的文明不是英语,而是印欧语。现代观念不是英语。他们指出了印欧语文明的方式。

——你想要我们的农民模仿约克郡农民信奉的唯物主义吗?

——想象一下这个国家居住的都是小天使。如果我在达默看到了农民的与众不同(对我来说,他们所有人都很相似,就如一个豌豆荚和另一个豌豆荚很像)。只不过约克郡的饮食有所改善。

——当然你之所以轻视农民,是因为你居住在城市里。

——我丝毫没有瞧不起他们的工作场所。

——但你确实轻视农民,对你来说,他们一点儿也不聪明。

——马登,现在你知道,这毫无意义。起初他如狐狸般机灵(试图给他一枚假币,你终会看到)。但这根本算不上聪明。我的确认为爱尔兰农民不能°代表°一种令人钦佩的文化。

——这是你所有的想法?你当然会嘲笑他们,因为他们不会与时俱进,只会简单生活。

——是,那是一种单调乏味的生活(就像数着铜钱一样无聊)。每周的堕落和每周的虔诚(在教区教堂的阴影和救济院之间过着一种狡猾而畏惧的生活！）

——像伦敦这样大城市的生活对你来说会更好吗？

——英国城市的[英语]智慧，也许层次没有太高，但至少比爱尔兰女农民的精神沼泽高出不少。

——那么作为品德高尚的人，你觉得这两者如何呢？

——那么？

——在全世界，爱尔兰人可是至少具备一条美德而闻名的呀。

——噢！我知道现在会发生什么了！

——但这是事实，他们道德高尚。

——无可否认。

——你喜欢从各个方面诽谤自己人，但你不会谴责他们……

——非常好：不完全正确。我完全承认我的同胞还没有巴黎人的卖淫机构先进因为……

——因为……

——嗯，因为她们可以手工完成，这就是原因！

——天哪，你该不是说你认为……

——年轻人，我知道我说的是事实，并且你也非常清楚。你可以问帕特神父，这个博士和那个博士。我在学校，你也在学校，这就足够了。

——哦，代达罗斯！

这场有关指责的对话暂停了一会儿。然后马登说：

——好吧，如果这就是你的想法，但是我没有看到你想让我了解什么，你想探讨学习爱尔兰语的什么内容。

——我会把它当作一门语言来学，斯蒂芬如是谎称。至少我会先看看。

——所以你承认你毕竟是爱尔兰人，而不是红色守卫的一员。

——当然。

——难道你不认为每个配得上爱尔兰人这个称呼的人都应该说爱尔兰语么？

——我真不知道。

——难道你认为我们的民族没有权利追求自由吗？

——哦，马登，不要问我这些问题。你可以用这类词组但我不能。

——但你的确有政治观点啊，老兄！

——我快要想出来了。我是一个艺术家，你没有看到吗？你相信我是吗？

——哦，是，我知道你是。

——非常好，魔鬼怎么能期盼我马上解决一切事情呢？给我点儿时间吧。

最后斯蒂芬决定开始学习爱尔兰语的相关课程。他买了一些盖尔联盟出版的欧·格朗尼的启蒙书，却拒绝向该联盟捐献，还拒绝佩戴徽章。他发现曾经渴望的东西和这个班级里克莱里女士渴望的一样。家里人似乎不反对他这种新狂热。凯西先生教他几首南方的爱尔兰语歌曲，总是举起杯子向斯蒂芬说"新芬运动"，而不是祝愿"身体健康"。代达罗斯夫人对此可能很满意，因为她觉得神父能监督儿子，还有那并无恶意狂热者的社会可能以一个正确的导向成功影响了儿子（之前她可是一直为他担心呢）。他不理解是什么让他弟弟和爱国者联系在一起了，也不相信任何对爱尔兰语的研究对斯蒂芬都有用（他却很沉默，还迟迟不前)。代达罗斯先生说只要没有妨碍儿子的正常工作,他不介意他学这门语言。

一天晚上,莫里斯从学校回来,带来三天后就要退出的消息。这个消息突然让斯蒂芬认清了自己的位置。他几乎不相信一年之内他的观点已经完全变了。仅在 12 个月之前,他还一直大声要求宽恕,一直承诺要进行无尽的忏悔。他几乎不相信这就是曾经的他,曾经那么激烈坚持教堂赐予他拯救有罪孩子的唯一方法。他很惊讶,自己会如此恐惧。一天晚上,在撤退期间,他问弟弟,神父施行的是哪种布道。两人站在一起,向文具店的窗户里望去,那儿有一幅苏珊·安东尼的画刚好指向了这个问题。他回答时,莫里斯笑容满面:

——该死的今-天。

——是哪种布道呢?

——普通的布道。早上丑恶不堪,晚上厄运缠身。

斯蒂芬大笑着看了看旁边这个肩膀宽宽的男孩儿。莫里斯用沙哑讽刺的声音宣布这个事实。他大笑时那暗沉的肤色丝毫没有变化。他让斯蒂芬想一下"赛拉斯·弗尼"的这幅画。他那忧郁的吸引力、细致清理过的旧衣服、态度的过早幻灭都表明一些精神和哲学问题的人类装束是从荷兰学习而来。斯蒂芬不知道这个问题在什么时期,却很明智地想到用自己的方法去解决。

——你知道除此之外,牧师还告诉我们什么了吗? 听了一会儿莫里斯问道。

——什么?

——他说我们没有同伴。

——同伴?

——° 这个"晚上我们没有和任何特别的同伴散步"是说,

如果我们想去散步,他说,我们应该一起。[c]

斯蒂芬停在马路上,拍着手。

——莫里斯问:你怎么了?

——斯蒂芬说:我知道他们怎么了,他们太害怕了。

——莫里斯严肃地说,他们当然很害怕。

——顺便提一句,你已经撤退了?

——哦,是。我早上准备去圣餐台。

——真的吗?

——说实话,斯蒂芬。

斯蒂芬脸色有点儿变了。

——为什么问这个呢?

——说实话。

——不……我没有。

——那你去哪了?

——哦,小镇的……任何地方。

——我就是这么想的。

——你是个可爱的同伴,斯蒂芬用一种拐弯抹角的口气说道。我能问一下你想好了吗?

——莫里斯说,哦,是。

他们继续默不做声地走了一会儿。然后莫里斯说:

——我听力不好。

斯蒂芬没有吭声。

——我觉得我一定有点儿傻。

——怎么这么说呢?

在他心里,斯蒂芬觉得他在谴责弟弟。在此情况下,他不能承认那种被严苛的宗教影响的自由是值得的。对他来说,似乎

任何一个能思忖一下他平凡的灵魂的人都不配拥有自由,只适合 ᶜ 基督教教会严峻的桎梏。ᶜ

——那么今天,牧师正在给我们讲述一个有关酒鬼之死的真实故事。牧师进门看了看他,和他交流,还让他说他感到抱歉并承诺要戒酒。这个男人觉得他一会儿就要死去,但是他直挺挺地坐在床上。牧师说着,在铺盖下面取出一个黑色的瓶子。

——那么?

——说道"神父,这是不是我最后一次在世界喝酒了。"

——那么?

——因此他一饮而尽。牧师低声说,那时他就放弃了死亡。"那个男人倒在床上死掉了,彻底断气了。他死了,去了……"他声音很低,我几乎听不到,但我想知道这个男人去哪儿了,所以我探着身子去听,我的鼻子猛地撞到了前面的长凳上。我揉鼻子的时候,同伴们刚好都跪下来念祷文了。所以我还是没听好他去了哪里。我是不是很愚蠢?

斯蒂芬噗嗤大笑起来。他笑声很大,以至于从身边经过的人们看着他,也被吸引得微笑起来。他捂着肚子,抹着笑出来的眼泪,眼睛几乎都要掉出来了。他每每瞥到莫里斯那一本正经的橄榄色脸庞,他就会又爆笑起来。有时候他什么也不能说,但是("我"会把看到的一切都说出来),"神父,如果这是最后一次"……你张着嘴。我会把看到的一切都说出来。"

每周三晚,斯蒂芬都在位于都柏林奥康奈尔大街上一栋房子二楼的后屋里上爱尔兰语课。课上有六个男人,三个女人。老师是一位年轻的男士,戴着眼镜,面色苍白,嘴巴歪歪的,说话声音很高,操着一口讽刺的北方口音。他抓住一切机会嘲笑西部英国主义①和那些不学习母语的人。他说 Beurla② 是商业语言，爱尔兰语是灵魂的演讲。他有两个甚妙的小短语，总是逗得学生哈哈大笑。一句是"万能的美元"，另一句是"高尚的撒克逊人"。每个人都把休斯先生看成一个十足的狂热者。一些人认为他曾经作为一名演讲者，有一份很好的事业。周五晚上，联盟召开公开会议时，他总会发言，但因为他不太懂爱尔兰语，刚开始发言时他总会用[英勇]"高尚的撒克逊人"的语言向观众道歉。每次他都会引用一首诗来结束自己的发言。他对三一学院和爱尔兰议会党嗤之以鼻。他认为爱国者不是那些向英格兰女王宣誓效忠者，也认为国立大学不是一个不能表达大多数爱尔兰人宗教信仰的机构。他的演讲赢得了热烈的掌声。斯蒂芬听说一些观众认定他在这个酒吧里会取得斐然的成绩。经询问，斯蒂芬发现休斯是阿马地区一位民族主义者律师，住在英皇宿舍，还是一名法律系学生。

斯蒂芬上爱尔兰课的教室装饰简陋，里面点着一个煤气灯，罩在灯上的球形灯罩是裂开的。斯蒂芬发现，壁炉台上方悬挂了一幅蓄有胡须的神父画像，他就是欧·格朗尼神父。这是一门针对初学者的课程。由于其中两个年轻人非常愚笨，这门课程进度缓慢。而课上的其他学生学得很快，还很努力。斯蒂芬发现喉音字很[难]难说，但他尽量做到最好。这门课很严肃并富有爱国心。其中只有一次，斯蒂芬觉得这门课有些轻率。那就是介绍"gradh"这个词的那节课上，三个年轻的女人大笑着，那两个愚笨的年轻人也大笑着发现爱尔兰语"love"这个词或它

---

① "西部英国主义"，该词来自约翰·塞翁，尤其是约翰·布尔（改词是在有关政治问题上，爱尔兰人对亲英派的轻蔑称呼）。

② "Beurla"是英式英语。

本身的概念有趣极了。但休斯先生、其他三个年轻男人和斯蒂芬都非常严肃。大家对这个词的兴奋劲儿已经过去时，斯蒂芬注意到那个较小而愚笨的年轻人还在涨红着脸。他的脸一直红了很久，斯蒂芬开始觉得不自在了。这个年轻人越来越困惑，糟糕的是他只是自己感到困惑，班上似乎只有斯蒂芬注意到了他。他就这样持续了很久，一直到最后也不敢从课本上抬起双眼，只是偶尔左手悄悄地用一下手帕。

周五晚上的会议公开且受神父大力支持和保护。组织者引进不同地区的报告，神父负责讲道词。然后两个年轻人被叫起来用爱尔兰语唱赞歌。全体人员解散时，所有人会起立唱"团结之歌"。这两个年轻女人的骑士帮她们穿上夹克时，便开始喋喋不休。一位长相结实的市民，蓄有黑黑的胡须，总是戴一顶宽檐帽，一条亮绿色的长围巾。① 大家要回家时，通常能看到一些年轻人围成一圈，把他围住，想比他的块头，这些年轻人看起来很瘦弱。他的声音如同公牛，老远都能听见他的非难、谴责和愚弄之声。他的圈子是独立派的中心，其中支配着这相互对立的脾气。在库尼的烟草商店设有总部办事处，成员们每天晚上坐在"吸烟室"用陶制的长烟斗抽着烟，大声地说着爱尔兰语。马登，一个爱尔兰曲棍球俱乐部队长，由他负责向这个圈子汇报了这两个年轻而相互对立的人强健的体魄。相互对立方②周刊编辑报道了他在巴黎报纸观察到的任何哲学凯尔特主义的迹象。

由于这一切社会自由总体上能令人满足，其成员都是一些热切的民主主义者。他们自己渴望的自由主要是一种服装和词

---

① 这是迈克尔·丘萨克，《尤利西斯》中的"市民"，盖尔人体育协会的创立者。
② 亚瑟·格里芬和《统一的爱尔兰人》

汇的自由：斯蒂芬几乎不能理解一个自由、贫困、衣衫褴褛的人可使[他们]严肃的人屈服于信仰。正如在丹尼尔家，他看到人们为了显得更加重要而消遣娱乐。那么在这里，他看到人们消遣是为了自由。由于在公务人员中缺乏一种比较的公正感，他看到许多政治性的荒谬言行。爱国者演说家并不耻于引用瑞士和法国的例子。运动的智力中心机构并不充足，以至于他们发布准确有效地类比法是建立在相当不精确知识上偶然建立的类比法。在巴黎，一个孤独的法国人（一个卑鄙的英国人）对凯尔特人的重聚会哭喊一番，他们都是一些狂热分子，其中社论的主题会迫切显示出来自法国政府对爱尔兰岛的援助。对爱尔兰岛来说，一个生动的案例就是匈牙利。正如这些爱国者构想的那样，一个长期坚忍的少数民族被赋予民族和正义的每项权利，取得独立自由，最终解放自己。由于他们通过涂油仪式来祈祷自己的革命，在仿效那个成就中，年轻的盖尔人在凤凰公园里和那些拿着巨大爱尔兰曲棍的人们发生了激烈的冲突。仅仅在争论中，那些人们的武装都是盖尔人的三倍。年轻的盖尔人会因为存在一些不受欢迎的年轻怀疑论者而怒火中烧、义愤填膺。年轻的怀疑论者意识到匈牙利人有能力侵略拉丁人、斯拉夫人和日耳曼人。这些人口数量上比他们自身要庞大，他们进行了政治联合，有效单个严格管制步兵团，从而核查城镇两万居民。

一天，斯蒂芬对马登说：

——我认为这些曲棍球比赛和徒步旅行都是大型事件的准备。

——目前在爱尔兰要发生的事情比你意识到的还要多。

——但是 camàns① 有什么用呢?

——那么,你看,我们想提升国民的体格。

斯蒂芬考虑了一会儿,说道:

——在我看来,英国政府在这个问题上对你非常有好处。

——我该怎样问呢?

——英国政府每个夏季会带一批人去不同的民兵组织路营房,培养你使用现代武器,训练你,给你提供食物,还给你报酬,然后演习结束时再把你送回家。

——那又怎样呢?

——对年轻人来说,那不比在公园里进行曲棍球训练要更好吗?

——你的意思是说,你想要年轻的盖尔人联盟穿上红外套,发誓效忠女王,也能得到女王发的薪酬吗?

——休斯,看一下你的朋友。

——他怎么了?

——总有一天,他会成为律师,一个王室法律顾问,或许一个法官,然而他对议会政党嗤之以鼻,因为他们发誓效忠女王。

——法律是全世界的法律,必定有一些人要去执行,在这个人们在法庭中没有朋友的地方尤其如此。

——子弹就是子弹。在我没有完全遵照你对管理英国法律和英国子弹之间所做的区别差异,这对两个行业都有相同的效忠誓言。

——不管怎样,对于一个男人,追求高尚文明的生活更好一些。相比较曲棍球员,律师会更好一些。

① 曲棍

——你认为参军入伍并不体面。那为什么你加入了萨斯菲尔德俱乐部,休·奥尼尔俱乐部和红休俱乐部?[1]

——噢,为自由而战有所不同。在暴君统治下卑贱地服役,自己成为暴君的奴隶又完全是另外一回事。

——那么,告诉我,研究乙级队以及探寻行政部门进步的盖尔人联盟有多少呢?

——这不一样。他们只是公务员:他们不是……

——该死的公民!他们抵押给政府,政府付给其报酬。

——哦,好吧,当然如果你喜欢用那种方式去看……

——在警察和警官队中,有多少盖尔人联盟的相关人呢?我甚至差不多知道,你朋友中有 10 个都是警察巡视员的儿子。

——控告人很不公平,因为他的父亲是某某人。父亲和儿子通常观点不同。

——但爱尔兰人喜欢夸耀自己年轻时信奉接受的传统。你们这些人多信奉母教会(天主教)呀!为什么对头盔的传统的忠诚不像秃顶的传统那样呢?

——我们仍然信奉教会,因为那是我们的国民教会,我们需要承受教会带来的痛苦,并且还得再次承受。而警察不同,我们把他们看作外星人、叛徒和人民的压迫者。

——这个老农民沿着乡村的路走着,他重算着那些圆滑的笔记,似乎和你想的并不同。他说"我会让神父扮演汤姆,让警

---

[1] 根据爱尔兰军人英雄命名。帕特里克·萨斯菲尔德(卒于 1693 年)在于国王威廉姆三世交战中是一名将军。在他那个时代,爱尔兰所有阶层的人们对他极端崇拜。休·奥尼尔(1540? —1616)才华横溢,是抵抗英格兰战争中著名的爱尔兰领导人。红休——休·罗·奥唐奈(1571? —1602)是奥尼尔的同盟。他是最后一任老盖尔国王。

察扮演米基"。①

——我料想你在一些"爱尔兰舞台剧"中听到过那个句子。这是对我们同胞的诽谤。

——不,不,它是一句爱尔兰农民至理名言(他使神父和警察保持了平衡)。这是一种很好的平衡,因为它们都有足够的周长。真是一个不错的补偿系统!

——任何西大不列颠人都不能诋毁自己的同胞。你只是发泄老旧陈腐的诽谤,就像我们在《抨击周刊》中看到的爱尔兰醉鬼、爱尔兰狒狒等诽谤一样。

——我说的和看到的东西是关于我的。收税员和典当商是以人们的痛苦为生。人们花钱送儿女入教为他们祈祷。其中一个教你卫生学或法医学或其他课程(上帝才知道叫什么呀)的医学院教授,他同时还是一整条街妓院的老板,离我们站的地方并不远。

——谁告诉你的?

——一个小小的知更鸟。

——胡说!

——是,的确很矛盾。这就是我说的系统补偿。

斯蒂芬和这个爱国者的对话并不都是严肃的话题。每周五晚,他都会见克莱里女士,或者,就像他现在回到她的教名,埃玛。她住在波托贝洛附近,晚上会议结束得早的话,就会步行回家。她经常和一个矮小的年轻神父聊天,推迟很久才回。他就是莫兰神父,一头整洁的黑卷发,眼睛黑亮有神。这位年轻的神

---

① 在乔伊斯的注释中,由格尔曼印制(第135页),出现该短语。"爱尔兰的神父和警察。"

父是一个钢琴家，会唱一些伤感的歌曲。由于诸多原因，女士们非常喜欢他。斯蒂芬经常观察埃玛和莫兰神父。莫兰神父唱的是男高音，他曾经称赞斯蒂芬，说他曾经听说很多人对斯蒂芬有极高的评价，希望有空能有幸听到他的嗓音。斯蒂芬也向神父说了同样的话，并补充说克莱里女士曾高度赞扬过"他的"嗓音。于是，神父微笑着，顽皮地看了看斯蒂芬。他说："人们肯定不信女士们所有对我们赞美的话语。""我要说，恐怕女士们会喜欢说一些无伤大雅的小谎。"此时，神父用两颗小白牙咬咬红润的下唇，眼睛炯炯有神，微微一笑，看着这样一个讨人喜欢，慈悲心肠的俗人。斯蒂芬钦佩地拍了拍他的背。斯蒂芬又说了一会儿，一旦谈话碰到爱尔兰问题时，牧师就会变得很严肃，非常虔诚地说"啊，是。°上帝会保佑的！"°莫兰神父告诉斯蒂芬，他不喜欢低沉单调的老圣歌。他说，当然它是一种宏伟而严肃的音乐[原文如此]。但他认为教堂不应搞得太阴郁沉闷，然后脸上带着迷人的微笑说道，教堂的精神可不是音乐沉闷啊。他说不能指望人们乐意接受严肃的音乐，也不能指望相比格列高利圣咏，人们会更喜欢人类宗教音乐。最后他建议斯蒂芬学一下亚当斯的"圣城"。

——现在有一首歌曲，旋律优美，然而是一首宗教歌曲。它具有宗教的感情思想，拥有动人的°旋律，事实上对灵魂具有震撼力。°

斯蒂芬看着这位年轻的神父和埃玛，通常会陷入一种不安的愤怒中。他从来没有自己经历过痛苦因为这个场景对他似乎是典型的爱尔兰，徒劳无益。他经常觉得手指发痒。莫兰神父的眼睛清澈温柔，埃玛看着他的目光，那是一种英勇淡漠的坦然目光，°这是身体的骄傲°。斯蒂芬渴望促成这两人能够紧紧相拥,可以震惊整个房间的人,哪怕他知道这种客观的宽宏大量会让他痛苦不堪。埃玛好几次都让斯蒂芬前去家中拜访,但她似乎并不是在专程等待他。这个青年对之前的事情都心怀不满,他讨厌和其他人作比较。如果她的身体没有片刻的愉悦,那么他宁愿被遗忘,哪怕很丢脸。埃玛大声又颇具攻击性的言行起初着实令他震惊,直到后来他完全了解了她所做的一些糊涂事,也就习以为常了。埃玛严厉地批评丹尼尔女士,态度傲慢,这令斯蒂芬十分不适,和对他的态度简直完全一致。她卖弄着自己的学识,询问斯蒂芬他是不是能说服大学校长录取女子进入大学学习。斯蒂芬告诉她,这可以向拥护女士的麦卡恩提出申请。她大笑着,话中带着°真正的失望°说:"好吧,老实说,他是不是一个外表糟透的艺术家?"她用女性的眼光看待一切事情,年轻人应该严肃认真,不过她礼貌性地将斯蒂芬排除在外,就是为了盖尔语的复兴。埃玛问他是否在看论文,论文讲了什么。她愿意付出一切去倾听他(她自身对戏剧几近痴迷,曾经以为吉普赛女人给她看过手相,说她将来会成为一名演员)。有一部哑剧埃玛已经看过三遍了,她就问斯蒂芬这部哑剧中,斯蒂芬最喜欢的是什么。斯蒂芬说他很欣赏一个还不错的小丑,但这时埃玛说她更喜欢芭蕾舞剧。然后埃玛就问斯蒂芬是不是经常出去跳舞,催促他去参加一个爱尔兰舞蹈课,埃玛就是在这儿上的。她的眼睛开始模仿莫兰神父的表情°,那是一种当谈话显得平凡乏味时眼神便极尽温柔°意味°的表情。通常当斯蒂芬从她身边经过时,都在琢磨着自从上次邂逅她都做了些啥。斯蒂芬祝贺自己抓住了埃玛最美好一瞬的印象。斯蒂芬现在感觉和她呆在一起就像一种冒险,他从未如此喜欢这种感觉,对于对埃玛感情的变化他深感遗憾。但是他感觉哪怕是那温热宽硕的身体都不能补偿他内心深处的痛惜,只是因为埃玛那令人烦恼的傲慢和中产阶级的矫揉造作。斯蒂芬认为埃玛对他的主要态度有一种目中无人的憎恶,他觉得自己知道为何如此。他清除了记忆中的美好时刻,清除了内心藏宝室的人物和风景,这三样东西如魔术般催生了几页。悲伤的诗篇。一个雨夜,路滑难走,埃玛在皮勒乘坐拉斯敏斯电车,下车时她把手搭在斯蒂芬肩上,感谢他的善意,祝他晚安。那个童年的情节在同一时刻将两人的心紧紧吸引。起来。情况的变化让他们两人的位置发生了转变,此时埃玛占了上风。他轻柔地抚摸着埃玛的手,亲吻着她。小山羊皮白手套背面的三条线,细数着她的指关节,也抚慰着自己的过去;对于过去,这个前后矛盾的仇恨继承者总会归于宽大。他们微笑着看向对方,他之前领悟到的憎恶再次看来却是和蔼可亲。斯蒂芬怀疑,根据埃玛的荣誉准则,她肯定会忍耐男士,也会因为忍耐而轻视他呀。

十八

　　斯蒂芬的论文创作集中在三月的第二个星期六。在圣诞节和这天期间,他都会花很多时间去执行自己筹备已久的节欲禁食。四十天里,他独自漫步并着迷于此,这期间,主要是为了锻造锤炼论文语句。如此一来,下笔之前,从第一个词到最后一个词,对整篇文章已经胸有成竹。他发现自己的坐姿对思考或架构整篇文章大有影响。因此,身体上的干扰让他决定采取一种让自己保持平和镇静的方式——散步。有时散步,他毫无思路,脑袋空空,似乎难以恢复,此时他会逼迫自己大喊来激发热情和灵感。早上散步,他吹毛求疵,晚上散步,他又天马行空;

晚上无论多么花言巧语,白天时总会被严厉地检查出来。这些漫游闲逛开小差有诸多解读:代达罗斯先生曾问儿子,他是不是兜出都柏林° 多尔芬仓° 了,究竟要干什么。斯蒂芬说他只是和一个大学同学一起回家罢了,代达罗斯先生说的这个地方,这个大学同学本应该[一定可以]可以直达米斯郡,不过好像只是经过而已。他漫步时遇到一些熟人,难免会寒暄一番,然而从不会打扰这个年轻人的沉思,事实上她们好像认出彼此前会先打招呼。一天晚上,斯蒂芬经过位于里士满北街的基督教兄弟会时非常惊讶,感觉有人在身后抓住自己的胳膊,听到一个有些喧闹的声音:

——你好,代达罗斯,老兄,是你吗?

斯蒂芬转过身,看到一个高个儿男人,脸上满是红疹,一身黑衣打扮,令人压抑。斯蒂芬注视了一会儿,试图回想起这张脸。

——你不记得我了吗? 我曾经见过你。

——噢,现在我认识你了,斯蒂芬说道,不过你变了。

——真的么?

——我不了解……你是不是……很伤心呢?

威尔斯大笑起来。

——天啊,真是无稽之谈! 显然° 你看到你的所属教会竟然不认得。°

——什么? 你该不会是说……?

——的确如此,老兄。我目前在克兰里弗大道任职,今天在巴尔希里根休假,老板太糟糕了。你真是个可怜的家伙!

——噢,的确呀!

——博兰告诉我,你现在不在格林了。你认识他吗? 他说你过去和他一起在贝尔维迪宫艺术馆。

——他也在那儿吗？我认识他。

——他对你夸赞有加，说你现在都是文学家啦！

斯蒂芬微笑着，不知道接下来要说些什么，他想知道这个大嗓门的学生还要和他一起走多远。

——你会看着我这样走吧？我刚从亚眠街的火车上下来，晚餐后也有助于消化。

——当然。

于是他们就肩并肩一起走。

——你刚才一个人在做什么呀？我猜，应该很愉快吧？要去布雷吗？

——斯蒂芬说，就是一些很平常的事。

——我知道，嗯，我知道了。你就是为了走在那些散步的女孩后面，是不是呀？愚蠢的游戏，老兄，这真是太愚蠢啦！

——显而易见，这是你做的事情。

——我们该想想，时间真是太……你见过克朗戈伍斯的同学吗？

——一个也没见过。

——果真如此。我们离开后就再也没见过，你记得罗斯吗？

——记得。

——他在澳大利亚，我猜他成了山贼或是什么的，而你从事了文学事业。

——其实我也不知道自己要做什么。

——我知道，我明白。就想过一种自由自在，无拘无束的生活，对吧？我曾过过这样的生活。

——其实，不完全如此……斯蒂芬开始打开了话匣子。

——威尔斯大笑着很快说道,哈哈,当然不!

沿街走到科克公园琼斯街,他们看到一则花哨的广告,色彩浓厚,是一部夸张的戏剧。威尔斯问斯蒂芬看他之前是否读过《软帽子》(George Du Maurier,1834—1896年)。

——你还没有读过《软帽子》? 这本书很出名,我觉得风格也适合你。当然还有一点儿……伤感。

——为什么这么说呢?

——好吧,你懂的……比如说,巴黎呀……艺术家呀。

——噢,确实是这样一本书吗?

——我看的确实是这样的。当然还有一些人认为这本书带点儿邪恶的色彩。

——你不是在克兰里弗大道图书馆读的吧?

——不,不可能是在那儿……难道我希望错过这场演出吗?!

——你想离开?

——明年,噢,也许今年我就要去巴黎修神学了。

——我猜,你将来不会觉得遗憾。

——当然。这个地方的表演水准不高,食物也马马虎虎,又很乏味。

——现在里面有很多学生吗?

——嗯,是的……你知道,我并不擅长和他们交往……里面人很多。

——我觉得你将来能成为一名教区牧师。

——希望如此,到那时候你可一定要来呀。

——好呀。

——将来你要是成为一个伟大的作家,就像第二个创作《软帽子》这样出名作品的作家时，你会来吗？

——我可以去吗？

——啊，和我一起……你尽管进来就是。

斯蒂芬和威尔斯两人走入运动场，沿着通往门口的环道走着。这个晚上空气潮湿，夜色浓重。在摇曳不定的灯光下，几个冒险家们在单打边线和双打边线之间的细长地带打手球，那潮湿的球打在球场混凝土墙上的味道和活力充沛的大喊声交替着，他们真是精力旺盛呀。此时，只见大多数同学都三三两两一起穿过运动场：一些人戴着四角帽①[原文如此]，方方正正地戴在头顶上；其他人穿着神父的法衣，就好像女人穿着裙子穿过街道。

——斯蒂芬问道，你可以和你喜欢的人一起走吗？

——同伴们不允许呀。因为你见到他们就得入队。

——你为什么不去耶稣会呢？

——老兄，不可能的。我做了十六年的见习修道士，根本没机会安定下来，今天在这儿，明天又在那儿。

斯蒂芬看着这个砖石建筑的大块头，透过昏暗的日光，在他们面前隐约可见，他又在思考自己进入了多年的神学院学生的生活，理解了这种狭隘的活动，立刻让他想起一个敏锐又意气相投的外国人的精神。他马上认出爱尔兰教堂的军事思想风格是依照教会营房所立。他轻慢地看着这些象征道德高地的人们从面前走过，所有人都受到恐吓，不再谦逊，只顾随波逐流，丢失了最简单的礼仪和生活态度。一些学生赞扬威尔斯，然而得到恩惠却不懂感恩。威尔斯希望斯蒂芬明白他其实看不起那些同学

---

① 天主教神职人员戴的法冠。

们;还有,如果同学把他看作大人物,那可不是他的错。走到石阶尽头,他转过身对斯蒂芬说:

——给我一分钟,我得见一下系主任。恐怕今天晚上带你看这个大秀太晚了……

——噢,没有的事。我们可以再抽时间看。

——好的,你可以等我一下嘛。你先去小教堂那边儿逛逛,我马上就来。

威尔斯向斯蒂芬点头致意暂时道别一下就抬脚走了。[威尔斯]斯蒂芬沿着小教堂,边走边沉思,击打着灰色卵石小道上扁平的白石头。他不相信威尔斯的话,不觉得那个年轻人有什么恶意。斯蒂芬知道威尔斯有些言过其实,他是为了隐藏内心的屈辱感,要去和抛弃世界、肉体和恶魔的人会面。斯蒂芬怀疑,如果说有什么能动摇这个直言不讳的年轻学生的灵魂的话,教堂的铁腕纪律必定会加以调停恢复平衡。同时,斯蒂芬有些愤愤不平,竟然有人将精神困境交付给这样一个不顾迫害坚持信仰的基督徒,或者收到来自只有一面之缘的年轻学生的圣礼和赐福。能够阻止他不是一件具有个人荣耀的事,而是要认识到两个人的本性就不相同:一个是要压制教义实施,另一个人是在幻想。他根本不会感受到那是在幻想,认为他热爱争论,就像对待欢声笑语似的。

夜晚的薄雾让绵绵细雨显得更加厚重。斯蒂芬在一条窄窄的小径尽头驻足,旁边是零星的月桂树丛,细心观察着叶尾处的雨滴,闪烁着特有的光晕,迟疑了一下,最后还是跳进了浸透的泥土,在月桂树下避雨。他想知道威斯米斯要是下雨了,[牛就会在树篱里耐心地站在一起]。他记起当初看着牛在树篱里耐心地站着,在雨中身上冒着水汽。一小群学生从月桂树丛另一边经过，彼此谈论着：

——你看到伯金夫人了吗？

——噢，我看见了……她戴了一条黑白相间的围巾。

——两位肯尼迪小姐在那边。

——哪里？

——在大主教王座后面。

——噢，我看到了其中一个人。她是不是戴一顶灰色的帽子，上面印有小鸟。

——就是她，端庄又大方。

这群人沿着这条小路走了。一会儿功夫，又有一群人经过月桂丛后面。其他学生都在听一个学生说。

——是，他也是一个天文学家，这就是为什么他在大主教宅邸旁[修建]了天文台。我听一个神父说格莱斯顿①、俾斯麦②和我们的大主教这三位了不得的人在欧洲呢，他们可都是全能之人啊。他在梅努斯认识那个神父，还说在梅努斯……

沉重的皮靴踩在碎石上，那个学生的话淹没在那清脆的声音里。雨越下越大，成群结队的学生迈着步伐向学校走去。斯蒂芬还在那儿等着，终于看到威尔斯飞快地沿着这条路过来了，他把之前的户外衣服换成了黑长袍。他感到很抱歉，样子不是很熟悉。斯蒂芬想让威尔斯和别的同学一起走，不过他坚持要看着这位访问者走到门口，于是沿着墙边的近路，不一会儿就到了门房对面。[大门]侧门关了，威尔斯大声呼唤着女门房开门，让这个绅士出去。然后他和斯蒂芬握握手并紧紧拥抱，希望他

---

① 格莱斯顿，英国政治家。

② 俾斯麦，德意志最伟大的政治家。

能再来。女门房打开门,威尔斯又羡慕地看了一会儿,说道:

——好吧,再见了,老兄。现在得赶紧走了。能再次见到你真是无比开心,你知道,能够看到科隆钩学校的任何一个老朋友真是幸福的事。要好好的,我得走啦。再见。

他高高地撩起黑袍,笨拙地跑向车道。c 在这个阴郁的黄昏,他看起来就像一个陌生人,一个逃亡的罪犯。c 斯蒂芬的眼睛紧随这个跳动的人影好大一会儿,当他穿过跑向灯光照亮的街道,他对自己内心突如而来的怜悯致以微微一笑。①

十九

他笑了笑,因为似乎自己内心竟出乎意料的成熟,这份同情,或更确切地说,他一时心怀的同情只不过是消遣罢了。但他文章的实际成果让他如此成熟,再次把一种愉悦当做了这种同情感。斯蒂芬在许多事情上完全有自己的态度:他的文章一点儿也不能称为文雅之作。相反,这可以非常严肃地确定自己的位置。他不能说服自己是否可以得心应手地围绕自己的主题写作,或从文章效果的角度去写作,从而产生不错的结果。另一方面有人说服他,没人服务这一代,不管在他的艺术生涯或生活里,他出身好是拥有确信无疑的天赋。他对爱国者的项目规划充满了怀疑。理性上,他并不认同那些项目规划文章。此外,他知道和它协调一致对他来说意味着在利益取向上对一切其他事情的顺从,他也知道因此而负有在源头将投机的苗头毁掉的责

---

① 在手稿中,此处是用红色蜡笔写的"第五章第二篇末",这是后来回想的内容,原手稿中没有中断,没有章节分配。

任。因此，如果他起初通过对祖国宣誓就对他的成功怀有偏见，那么他会拒绝开始进行任何工作。那么这种拒绝从而导致了一种艺术论，这种艺术论即刻便显得严肃而自由。他的美学主要°运用了阿奎那°的思想。他运用发现新奇事物的天真提出了美学思想。他这样做，部分是为了满足自己对神秘角色的品味，还有一部分来自一种对诚恳的偏好，除了°经院哲学对一切都选择赞成。他从一开始就宣告艺术就是最终对美学明白易懂或通晓事理的人类性情。他进一步宣布所有的这些人类性情必须分成三个明显的自然种类——抒情类、叙事类和戏剧类。他说，抒情艺术是一种凭借艺术家发出与自身直接联系的想象的艺术；叙事艺术是一种艺术家向自身和其他人通过直接联系陈述画面的艺术；戏剧艺术是一种艺术家向其他人通过直接联系陈述画面的艺术。°各种形式的艺术，比如音乐、雕塑、文学都不会像这种划分一样清晰明了。他由此总结这些已经清晰划分的艺术形式可以称之为最优秀的艺术形式（他并未过于忧虑，因为他不会为自己随意决定一个半身雕像是不是一件叙事型艺术品，或者随意决定建筑师可能是一个抒情、叙事或戏剧性的诗人）。通过这个建立在最优秀艺术基础上的简单过程，他会继续测试以支持他的理论，或者他描绘时，建立文学画面、艺术作品本身与想象和塑造形象的力量、意识中心、反应、独特生命、艺术家之间一定存在的联系。

他想象着，艺术家站在经验世界和梦想世界°斡旋者的位置上，这个斡旋者，结果是一个具有双项能力天赋的的人，分别具有选择性能力和再生产能力。°这些才能保持均衡便是艺术成功的秘诀（若能够最确切地通过管中窥豹确定事情情况，从而理清人物的狡猾灵魂，在新地方可以最确切地在艺术情境中°

再现[c] 出来)。那么这样的艺术家才是至高无上的艺术家。斯蒂芬把这两项艺术能力的完美结合称作诗歌艺术,他想象着艺术领域是锥形的。现在对他来说,"文学"这个词是一个轻蔑性的词语。他会用它指定位于顶端和底部之间,也就是诗歌和被人遗忘的混乱作品,位于广大中部区域。它的优点在于外部的描绘。王子的王国是礼貌和风俗的社会,这是一个广阔的王国。但他认为,社会就是它本身,涉及和被某些法律包装的复杂体。因此他宣布诗人的王国就是这些不可变更法律的王国。如果他没有坚持古典风格,这个理论可能容易导致设计者接受精神混乱。他说,古典风格是艺术的三段论法,从一个世界到另一世界唯一正当合法的过程。古典主义不是任何固定年龄和固定国家的风俗习惯(它是艺术思想的恒定常态)。它是一种安全、满足和耐心的性情。浪漫的性情与其他性情相比,自己本身常常产生极大的曲解,这是一种不安、不满,也没有耐心的性情,这里对于它的理想也没有合适的居所,因此选择在无动于衷的人物下注视它们。结果这种选择忽视了某些限制。由于缺乏实体分量,其人物被吹到野外历险,而构思这些人物的思想则随着对它们的否定而终止。另一方面,古典性情一直留意着这些限制,宁愿选择专心于当前的事情,然后影响它们、变革它们,这颖慧的性情可能都超越了它们未说出口的意义。在这个方法中,聪慧愉悦的精神向外涌出,实现了不朽的完美,也实现了带有她善意的自然协助和谢意。[c] 因为只要我们知道这个自然中的地方,那么艺术对待恩赐不应怀有暴力是正确之选。[c]

在这两个矛盾的学派之间,不可思议,艺术之都已经不太平了。对许多旁观者来说,争论似乎是关于名字的一场争论,而一场战役中标准的位置从不是一会儿就能预示出来的。加上这个致命的冲突，与唯物主义争论的古典派肯定会参与其中，浪漫派也在努力与其保持一致，注视着来自那些粗糙的礼貌，批评一定会认出所有涌现出的成就。批评家有能力可以通过艺术及提供的标记接近造就艺术作品的性情，看到其中有什么是做得很好，也能看到它表示了什么。对他来说，莎士比亚的一首歌曲似乎自由而生动，距离任何有意识的目的如此遥远，好比雨水落在花园中或好比夜晚的华灯，发现它自己如同饱含感情的有节奏的演说一般，否则会难以传达，至少不会如此整齐。但在执行许多约定之前，为接近造就艺术性情的做法是一种崇敬的表现，起初一定要规避，因为内心深处从不会向任何满是亵渎言行的人放弃它的秘密。

最重要的是在这些亵渎中间，斯蒂芬确定了这个古老的准则，艺术的终点是为叫人们得到提升和尽情娱乐。他写道："在阿奎那给予的美学定义中，或在他写的有关美的任何著作中，我无法找到有关美学目的的清教徒思想的任何痕迹。"他对美丽条件的期待事实上抽象而又普通。甚至对最暴力的敌后游击队员来说，和抨击我们拥有的任何艺术品的目标一起，不管这个艺术品出自哪位艺术家，去运用阿奎那美学理论完全不可能。这种对美的认可有关于由某物承载的最抽象关系，对此物来说，这一可以运用的术语和支持"禁止接触"法令是颇有差距的，实则是一系列解除艺术家的所有禁锢而已。体统的局限性太轻易的向现代投机者暗示了些什么，他们的作用是鼓励世俗思想倒向无用的权力。艺术的传统和艺术家同在，即使他们不能让始终如一的实践去践踏这些体统的局限性。如果他们选择这样做，那么公众思想无权从他们不能为自己霸占全部自由就得出结论。内心炽热的革命者写一封信，对于建立在说教基础上的批评本身来说,禁止在他美丽"启示"中艺术家的选修课,就如同警官禁止任何三角形的两边加在一起都要比第三边长一样荒谬。

总而言之,事实不是艺术家要求一个人具一家之主的许可证才可进行这样或那样的做法,但每个时代都必须寻求对诗人和哲学家的制裁。对于他处在一种没有人会更加重要的关系中,诗人是他那个时代生活的绝对焦点。他独自便可以理解周围的生活,也有能力在被地球音乐的环绕中再次把它抛至国外。天堂中有一些诗意现象预兆时,即将升天的作家说道,是到了这些批评家据此更正他们的预测的时候了。他们是时候承认一直密切地思量着可视世界的事实,承认美丽即华丽的事实早已降生了。尽管这个时代用规则和机械将自己深深掩埋,但它需要这些独自给予和维持生命的显示。它必须从这些赋予生命的选定中心中等待生存的力量,生命的保障只能由它们来实现。因此人类精神便有了持续的判断。

除雄辩和傲慢的夸夸其谈外,斯蒂芬的文章对一种经过深思熟虑的美学研究理论进行了细致阐述。他完成这篇文章时,发现有必要将"戏剧与生命"这个题目变更为"艺术和生命",因为他一直忙着打基础,没有足够的空闲提出一个完整框架。这两个兄弟将这个不可思议、不受欢迎的宣言进行了逐字逐句的研究,最终读起来在各方面都完美无瑕。除了莫里斯,还有其他两个祝福者对它已经有了一个预先的看法。他们两个分别是斯蒂芬的母亲和朋友马登。马登没有直接自讨没趣,不过在谈话结束时,斯蒂芬挖苦地重算了一下他去克兰里弗大学的次数,他模糊地想知道什么状态的思想才能生出这样的不敬的言辞。斯蒂芬马上把手稿拿给他说"这是我第一部惊世之作。"第二天晚上,马登把手稿还给他并给予了高度评价。他说,一部分内容对他来说太深奥了,不过看得出来,书写相当优美。

——你知道史蒂维,他说(马登有一个叫斯蒂芬的兄弟,他有时用这种熟悉的方式称呼)你总告诉我说我是 buachail①,我无法理解你神秘的同伴们。

——斯蒂芬说,神秘?

——你知道是有关行星和恒星的神秘。灵梦中的一些同伴就很神秘。他们可以很快地理解事物。

——不过我给你说的内容里面并无神秘之处呀。我很认真地去书写……

——哦,我能看到你很认真。书写很优美。不过我确定对你的读者有点深奥,难以理解。

——马登,你该不会是告诉我,这是一部“外表华丽”的作品!

——我知道你已经好好想过了。但你是一位诗人,不是吗?

——如果你是这个意思,那我已经……写过诗了……

——你知道休斯也是一位诗人吗?

——休斯!

——对。你知道他可是报纸专栏诗人。你想看一些他写的诗吗?

——好,你能给我展示一些吗?

——碰巧我口袋里有一首。在本周的《剑》②这本杂志中也有一首。给你,读读看。

斯蒂芬拿起这张纸,读了一首诗,名为 Mo NaireTù(你是我

---

① 男孩,土包子

② 杂志名叫 An ClaidheamhSolius《光之剑》。

的耻辱）。该诗包含四节，每节均已爱尔兰短语——Mo NaireTù 作为结束语。当然，相应的诗行中，押韵的还是英语单词。该诗是这样开篇的：

什么！潺潺流水般的盖尔语将要

在撒克逊人俚语面前退却了！

诗行中满是振奋人心的爱国主义，继续大肆嘲笑那些不学习当地传统语言的爱尔兰人。斯蒂芬并没有关注这些诗行，除了一些频繁出现如"e'en"、"ne'er"和"thro'"这样的缩略形式，而不是用"even"、"never"和"through"。然后他把这张纸交给马登，并没有对这首诗做任何评论。

——我觉得你不喜欢那首诗，因为爱尔兰风格太过浓重。不过我觉得你会喜欢这首，因为它的神秘主义和理想主义写作手法就是你这样的诗人喜爱的风格。只有你不会说我让你看……

——哦，不。

马登从他衣服里面口袋里拿出一张折有四折的大号书写纸，上面题写了一首诗，包含四节，每节 8 行，题为"我的理想"。每节诗均以"汝可真实？"开头。这首诗讲述了诗人在"现世悲痛"中的麻烦，以及这些麻烦才让他充满激情。它讲述了"疲惫的夜晚"、"焦虑的白天"、一种"地球无法给予"但对优秀"无法遏制的欲望"。这种悲哀的理想主义之后，最后一节在诗人的悲痛中给予他一种慰藉和假设的理想主义：它就带着一点希望这样写：

汝可真实？吾之理想？

来之其身，衰弱萎靡

于温柔和缓黄昏之晌

其子可卧于汝膝？

这个幻影对斯蒂芬的[联合]影响就是一种让人长时间脸红的怒气。华丽的诗行,琐细的数字变化,还有那滑稽地蹒跚向前去接近休斯的"理想",而这理想被一个莫名其妙的初学者所拖累。这些联合起来造成他在敏感区域显得极为苦恼。再一次,他交还这首诗时,未说一句褒贬的话,不过他决定不再去上休斯先生的课了,他感到愚蠢之极,后悔屈服于来自朋友的同情。

他是一个相当严格的人。理智同情没有回应时,他会因为给一个笨蛋提供参加更有组织生活的温暖运动而自责不已。因此斯蒂芬把自己的许多手稿都看做精心制作的 短语训练标记。 他并未把母亲看作一个笨蛋,但在寻求欣赏中,第二次失望的结果就是他可以责备他人了,而不是自己(在那上面,他已经继承和获得了够多的责任了)。他母亲没有要求看这份手稿(继续在餐桌上熨烫衣服, 对于他儿子内心的激动没有丝毫的疑心)。 三四把餐椅紧挨在一起,他坐在上面,跷着二郎腿,桌子下面都没空地儿伸了。最终,斯蒂芬难以控制激动之情,直截了当地问母亲可否愿意让他朗诵他的文章。

——哦,行啊,斯蒂芬,要是你不介意我在熨烫一些东西的话……

——是,我不介意。

斯蒂芬缓慢而有力地对着母亲读出文章。他读完诗,母亲说文笔很优美,不过有一些没跟上,问他可否愿意再读一遍然后解释一些内容。他又读了一遍,允许自己阐述 许多天然而显著的隐喻来说明自己的理论,他希望在家里能更好地叙述这些理论。 他母亲从未怀疑"美"不仅仅是休息室的集会或婚姻,还有婚姻生活的自然祖先。她很惊喜看到儿子赋予美的非凡荣光。美,对于这样一位女士来说,经常和放纵的方式很是相近。可能由于这个原因,她可以轻松发现一种圣洁的认可权威监督着这种新型崇拜的放纵。然而,这个作家的最近习惯并不十分令人放心,她决定把这种谨慎的慈母关怀和一种兴趣结合到一起。她不愿接受那些起初是一种赞扬,后来却成了人为的谴责控告。她在认真考究地叠着一块手帕,然后说:

——斯蒂芬,易卜生写的什么呀?

——戏剧。

——我以前从没听过他的名字。现在他还在世吗?

——对,他还在世。不过,你知道,在爱尔兰,人们对于欧洲之外发生的事情所知不多。

——据你所说,他肯定是一位伟大的作家。

——母亲,我有一些他的剧作,您愿意读一下吗?

——好啊。我想读最好的一篇,哪一篇是最好的呀?

——我不知道…不过你真想读易卜生的作品吗?

——是,真想读。

——是为了看一下读我的作品读者是否是危险分子吗?这是您想读的原因吗?

——不,斯蒂芬,母亲语气不卑不亢,不过有些搪塞的意味。我觉得你已经长大了,现在已经知道对与错,不需要我告诉你应该读什么。

——我也这样觉得……不过听到你问易卜生,我很惊讶。我以为你对这些事情提不起丝毫兴趣呢。

代达罗斯女士平稳地推着熨斗,熨烫着一件白色的衬裙,此时还可一边回忆。

——恩,当然,我没说过,但我可不是漠不关心呐……和你父亲结婚前我读过很多呢。我过去对所有这些新兴戏剧很感兴趣呢。

——不过结婚以来，你们两个都没有买过一本书！

——好吧，你看吧，斯蒂芬，你父亲又不像你：他对那样的事情没有兴趣……他年轻时告诉我，他过去常会花所有的时间在猎犬后面奔驰，或者在背风处划船。他酷爱体育运动。

——我怀疑他在追求什么，斯蒂芬无礼地说道。我知道他不关心一个稻草人的所思所写。

——他想看到你前进成功，出人头地，母亲警觉地说。那是他的追求。你不应该因此而责备他。

——不，不，不。但那可能不是我的追求。那是一种我经常讨厌的生活：我觉得那种生活令人厌恶又畏缩懦弱。

——当然生活不再是我年轻时认为的样子。这就是为什么我想读一些伟大作家的作品，看一下他拥有的理想生活是什么，我这样说"理想"，对吗？

——对，但……

——因为有时候，对于全能的上帝所赐予的东西，我并没有抱怨太多。差不多和你父亲也过着一种幸福的生活。不过有时候我想离开这种真实生活，过另外一种生活一段时间。

——但那不对，那是每个人都会犯的错误。艺术不是要逃离生活！

——不是？

——你显然没有听我说的话，要不然你也不会不理解我的意思。艺术不是要逃离生活。而且恰恰相反。艺术，相反，正是生活的重要表达。一个艺术家不是把呆板的天堂摆在公众面前的追随者。那是牧师的事情。艺术家肯定自己生活的充实，他创造……你理解吗？

以此类推。一两天后，斯蒂芬给母亲几篇戏剧读。她怀着最大的兴趣读这些作品，发现了一个迷人的人物诺拉·赫尔默。她还敬佩斯托克曼博士，不过很自然地，他儿子自由自在地亵渎神明，把健壮的市民比作"穿着大衣的耶稣"抑制了她的敬佩。不过所有戏剧中，他更喜欢《野鸭》。她更愿意并且主动的读这部剧：这部戏剧深深打动了她。斯蒂芬，不想对一时冲动和党派偏见负责，所以不鼓励她打开感觉的记录。

——我希望你不要再提《老古玩店》中的小内尔了。

——当然我也喜欢狄更斯，但我能看到小内尔和那个可怜的小人物之间有很大的不同之处，那个人物叫什么？

——海德维格·埃克达尔？

——海德维格，对……多么伤感啊：读起来太可怕，甚至……我非常同意易卜生是一位优秀作家。

——真的？

——是，真的。我对他的戏剧印象很深刻。

——你觉得他伤风败俗吗？

——当然，你知道，斯蒂芬，他对待学科……我自己了解的很少……学科……

——你觉得从来不应该讨论学科？

——好吧，那是守旧人们的观念，但我不知道它是否正确。我不知道人们完全无知对他们是否是好事……

——那么为什么不开放地对待它们呢？

——我认为它可能对有些未受教育、心态失衡的人有害。人们的本性很是不同。你也许……

——哦，不要在乎我……你觉得这些戏剧不适合人们阅读吗？

——不，我认为他们的确是宏伟的戏剧。

——不会伤风败俗？

——我认为易卜生……极其了解人类本性……我也认为人类本性有时也是非常不可思议的东西。

斯蒂芬对这个老生常谈的概论很满意，因为他知道那是一个天才观点。事实上，目前为止她母亲都在自学教义，她还承担向异教徒传教的义务。也就是说，她还让她丈夫阅读一些戏剧。他倾听着她的赞扬，有点被吓住了，观察着她的脸没有任何特征，他的眼镜片就像嵌入到眼中一般，如此震惊，嘴的姿势也显示出天真的惊讶。他总是对新奇事物很感兴趣，单纯地感兴趣并善于接受它们。在家里出现的这个新名字和新氛围对他来说就是新事物。他相信妻子新奇的发展，不过让他生气的是妻子本来应该在他的帮助下去实现它，还生气她应该作为他和儿子之间的媒介采取行动。他谴责尽管这不合时机，但并不怀疑儿子研究陌生文学。尽管并没有发现和儿子有相似的品味，他准备寄托于那种最虔诚的英雄主义，也就是人生后期得到延申的同情心，这是与年轻人的主张不同的。一些老年人从不理解为什么他们的赞助或判断会让文人发怒。遵照这个习俗，他通过题目选择戏剧。隐喻是一个缺点，结果是因为它的适切性去吸引迟钝之人，因为它的虚伪和危险击退那些太过认真之人。毕竟，一些话这样说，也许没有长篇大论，但至少有一个社会阶层在文学方面让步的词语，就像在其他一切事情上总能脚踏实地。不管怎样，按照《小爵士》的样式，代达罗斯先生怀疑《玩偶之家》可能太过浅薄平凡。因为哪怕是曾收集和检查心理现象的国际协会非正式成员，他都不是。他认为《幽灵》很可能就是某个闹鬼屋里无趣的故事。他选择阅读《青年同盟》，看完两幕外省的情节，他希望能在这部作品中找到志趣相投喧闹者的追忆，放弃了冗长乏味的事业。在提到这个名字时，他向自己保证要和持疏远态度和半恭半顺、使用半字的印刷工人争论一番。某种放肆言行，也许是一种北方异常的狂热，尽管这个名字在易卜生照片下方，它总能成功再次唤醒他的惊奇感。至于对于一些遗忘瞬间，有人心灵焦虑不安，在首字母旁边，字母"b"的竖直线写得如此奇怪。他对该人物的最终印象放在了添加的名字上，他把这个人物形象和律师或股票经纪人在圣夫人的办公室联系起来，就是一种慰藉和[失望交叉]的印象。因为他儿子的缘故，慰藉战胜了他的轻视，但整体很失望。因此可尊可敬的斯蒂芬父母都没有得到绝对的忠诚。

在确定阅读论文的前一周，斯蒂芬把上覆简洁印刷的一小沓信封交到审计员手里。麦卡恩咂咂嘴，把他的手稿放进大衣内袋里：

——今晚我会读一下，明天我们还在这里碰面。我想我已事先获悉所有事情。

第二天[晚上]下午，麦卡恩汇报说：

——我读过你的论文了。

——怎么样？

——写得很棒，对我来说，还有些说服力。不过今天上午我把它交给校长看了。

——为什么要交给校长？

——你知道，所有的论文都必须首先交给他批准。

——斯蒂芬轻蔑地说，你的意思是，在我向社团朗读前必须先经由校长批准是吗？

——是。他是检察员。

——真是一个极具价值的社会呀！

——为什么不让他先看呢？

——老兄，那只是一部孩子的作品。你让我想起了托儿所的孩子。

——没有办法。我们必须做我们能做的。

——为什么不马上关上百叶窗呢？

——其实，那很有价值。它可以训练年轻人在酒吧和政治讲台上发表公众演讲。

——代达罗斯先生可以说很多关于自己猜字游戏的东西。

——我猜他也可以。

——那么你的检察员在检查我的论文？

——是的。他是一个思想自由的人……

——唉。

这两个年轻人在图书馆的台阶上谈话时，惠兰，这个学校的雄辩家(orator)①向他们走过来。这个文雅、身材圆胖的年轻人是协会的会长，他会在酒吧里阅读。现在他的眼睛看着斯蒂芬，眼神温和，有些妒忌，有些震惊。他忘记了阿提卡的所有行李：

——代达罗斯，你的文章可是禁忌。

——谁这么说？

——就是那个狄龙教士。

这个消息一说，紧接着便是一阵沉默。然后惠兰慢慢地用舌头的唾液沾湿下嘴唇。而麦卡恩准备耸耸肩膀。

---

① orator 这个词，"给他一些葡萄，'我从不吃麝香葡萄'，"这里用铅笔写在手稿空白处，放在"orator"之后。显然斯蒂芬修改文本时忘记放到文章里了。

——这个可恶的愚蠢老家伙在哪儿？这个作者立即说道。

惠兰脸红了，用大拇指指了一下他的肩膀。一会儿，斯蒂芬已经走过半个中庭了。麦卡恩在身后喊他：

——你要去哪儿？

斯蒂芬停了下来，但是，发现他太生气，不会相信自己的话，他只是指了指学院的方向，迅速径直离去。

他所有的麻烦过后，这个老保守考虑了一下他的文章，调整好周期，打算禁止它！他穿过格林大街时，他的愤慨就放在了对政治轻视的情绪上。斯蒂芬和苍老的守门人说话时，学院大厅的钟表已指向三点半。他不得不说两次，第二次声音清晰明亮，一字一顿，喊向这个愚笨耳聋的守门人：

——我——能——见——校长——吗？

——校长不在房间：他说他办公室在花园里。斯蒂芬出去步入花园，走向球场。一个披着一件西班牙样式的宽松黑斗篷的小个子背对着他，挨着人行道远处的尽头。这个人步履缓慢行至人行道尽头，驻足片刻，然后转身面对着他。只见这个人手捧一本每日祈祷书，顶着一头灰色的卷发，脸上皱纹明显，显现的颜色难以形容，上半部分有灰色，下半部分带些许蓝色。校长缓慢走在人行道上，披着宽大的斗篷，无声地蠕动着灰色的嘴唇，就像在办公室里说话时那样。在人行道尽头，他再次驻足，打量着斯蒂芬，似乎要问些什么。斯蒂芬抬抬帽子说道："晚上好，先生。"校长致以微笑，这个微笑是漂亮女生收到令她困惑的赞美而给出的微笑——一种胜利者的微笑。

——我能为你做些什么呢？他用一种[惊人的]丰富深沉带有预谋的声音问道。

——我知道，斯蒂芬说，你想看我的文章，那一篇为辩论社写的文章。

——噢,你是代达罗斯先生,校长用一种更显严肃却又愉悦的语气说道。

——也许是我打扰您了……

——没有,工作我都已经做完了,校长说。

他[开始]开始缓慢地走在这条小路上,这种步调仿佛就在暗示着一种邀请。因此斯蒂芬也就陪伴左右。

——他非常坚定地说,我非常欣赏你文章的风格,但并非支持你所有的理论。恐怕我不会允许你在辩论社里读你的文章。

他们就这样一言不发,走到小路尽头处。然后斯蒂芬说:

——校长,为什么?

——我不能鼓励你在大学里向这些年轻人传播这些理论。

——您觉得我的艺术理论是错的?

——大学里受尊敬的理论就不该是艺术理论。

——这个观点我同意,斯蒂芬说。

——相反,它总括代表了现代动荡不安的局面和现代的自由思想。一些你引用的一些作为例子的作家,还有那些你似乎欣赏……

——是阿奎那吗?

——不是阿奎那,我不得不马上谈谈他们。比如易卜生,梅特林克……这些无神论作家……

——你不喜欢……

——我惊讶于这个大学的任何学生都会在这些作家中找到他们欣赏的东西,这些夺取诗人名号的作家,公开表示他们的无神论学说对于那些现代社会思想垃圾的读者来说,已深入人心。那并不是艺术。

——即使承认你说的堕落，然而我并没有看到在堕落测试中看到有任何不公正。

——是，对科学家，改革家……来说也许很公正。

——为什么对诗人不也是这样呢？但丁必定会审查、责骂这个社会。

——啊，是，看起来带着一种道德目的，如是解释：但丁是一位伟大的诗人。

——易卜生也是一位伟大的诗人。

——你不能把但丁和易卜生拿来比较。

——我并没有。

——但丁是对美学的高级守护者，是意大利最伟大的诗人之一；易卜生是前无古人，后无来者的作家，易卜生和左拉试图贬低他们的艺术，迎合一种堕落的品味……

——但你的确在比较他们！

——不，你不可能将他们拿来比较。其中一个有高级的道德目标，他让人类种族如此高贵；然而另一个人却进行贬低。

——在我看来，缺乏道德公约的特定法典并不会贬低诗人。

——啊，如果他打算检查哪怕是最基本的东西，校长隐忍地说，要是他打算检查，然后向人们展示如何净化自身的话整个事情就会不一样了。

——那是针对传道士的，斯蒂芬说。

——你的意思是……

——我是说易卜生对现代社会的描述发自内心地讽刺不已，就如同纽曼对英国新教徒道德和信仰的描述。

——可能是吧，校长有些让步。

——就如同摆脱了任何传教士的企图。

校长沉默了。

——这确实是性情的问题,纽曼可以克制自己 20 年不书写《护教辞》。

——但当他超越自己!校长咯咯笑着没有说完。可怜的金斯利!

——不管一个人是诗人还是评论家,他对社会的态度,一切都是性情的问题。

——噢,是。

——易卜生有一种天使长的脾气。

——可能是吧,不过我总认为他是一个像左拉那样凶猛的现实主义者,会去鼓吹宣扬一些新学说。

——先生,您搞错了吧。

——这是一般的想法。

——一个错误的想法。

——我非常理解他有一些教义或其他一些社会教义、自由生活、一种艺术教义,还有无拘束的许可,人们不能忍受他舞台上的剧作,即使在混合社会你也不能叫出他。

——你在哪里看到的这个内容?

——噢,在文章中……到处都是。

——这是一个严肃的问题,斯蒂芬责备道。

校长并不厌恶这个大胆的陈述,似乎承认其公正性,没有人会比他对现今教育受限的新闻业有这么无聊的观点了,他当然也不允许报纸新闻批判。同时对于易卜生,有这样一种全体一致的意见,他想象着……

——请问您读过他的作品吗?斯蒂芬问道。

——好吧,没有读过……我必须说我……

——没有读过一个人的作品就对其进行妄加评论,你确定这不对吧?

——是,我的确承认。

此番成功后,斯蒂芬迟疑了一下。校长又继续了:

——你对这个作家如此有热情,这让我十分感兴趣。我个人的确没有机会拜读易卜生的作品,但我知道他颇具盛名。我必须承认,你所说的有关他的内容大大改变了我对他的看法。某一天或许我会……

——先生,要是您愿意,我可以借给您一些他的剧作,斯蒂芬不小心直接说了出来。

——你是认真的?

两人都愣了一会儿,然后两人说道:

——您会知道他是一位伟大的诗人,一位伟大的艺术家,斯蒂芬说。

——校长和蔼可亲地说,我个人很有兴趣拜读易卜生的作品,我肯定会去读。

斯蒂芬有一种想说"您介意给我五分钟让我向克里斯丁亚那(挪威首都奥斯陆的旧称)发一份电报吗",但他抑制住了冲动。他们这次见面中,他不止有一次机会揪出内心喜欢滑稽闹剧的讨厌鬼,然后给它戴上沉重的手铐脚镣。校长开始展示他自由主义的一面,却如教士般谨慎小心。

——是,我会最感兴趣。你的观点有点奇怪。你打算出版这篇文章吗?

——出版!

——你的文章会在我们大学里进行教授,我不应该关心是否任何人都会认同你文章中的观点。对我们的大学,无疑我们要表示信任。

——但你不应该对大学里每个学生的所想所说负责。

——不，当然不……但是，读了你的文章，知道你是我们大学的学生，人们会认为是我们在这里将这些观点教给了你。

——当然这个大学的学生可以选择并追求自己想学的内容。

——正是这样，我们总是试图鼓励学生，但是对我来说，你的学习让你采取了一种非常革命性……非常革命性的理论。

——要是我明天出版一个颇具革命性的小册子，不过要防止马铃薯过早枯萎无果，你会考虑为我的理论负责吗？

——不，不，当然不……这又不是农业学。

——那也同样不是戏剧学，斯蒂芬回答。

——校长停了一会儿说，你的论点似乎没有那么可信。不过很高兴看到你对这个话题如此严肃、尽心尽力。同时你得承认，要是从逻辑结果上来说，你的理论会解放诗人免于所有道德准则的束缚。我也注意到你的文章顺便提到这个"古老的"理论，充满了讽刺意味，这个理论就是：戏剧应该有具体的道德目标，它应该具有教授大众、振奋人心和娱乐的功能。我认为你的意思是"艺术至上主义"。

——对于阿奎那给出的美学定义，我仅仅道出了其逻辑上应有的结论。

——阿奎那？

——*Pulcra sunt quae visa placent.*[①]似乎他认为美只是为了满足审美兴趣，如此而已，这种浅解只满足……

——————————

① 美是令人愉悦的东西。

——但他的意思是崇高会让人们力争上游。

——他的评论适用于荷兰画家的代表作———盘洋葱。

——不,不,这种浅解只满足神圣化的灵魂,寻求精神俱佳的灵魂。

——阿奎那对美好的定义并不实在,太宽泛了。他对"兴趣"的态度对我来说似乎有些讽刺。

校长有些怀疑地挠了挠头……

——他呐呐地说,当然阿奎那思想确实优秀,他可是教派最优秀的专家(不过他要求极佳的解释说明)。在阿奎那思想中,一部分是没有牧师会考虑爱讲道坛上宣告。

——但要是我作为艺术家,拒绝接受没有必要的告诫,而这些人仍然处在原始愚蠢状态,可该怎么办呢?

——我知道你很真诚,但我会告诉你这是作为长辈和经验丰富之人(对美的崇拜异常艰难)。唯美主义只是始于美好,却又结束于恶劣讨厌之类……

——*Ad pulcritudinemtriarequiruntur.*①

——它就这样潜伏着,在我脑海中慢慢爬行,渐渐地……

——三个条件是: *Integritas* , *consonantia* , *claritas*②。对我来说,在这个理论中,只有灿烂光辉,并非危险重重。智者本性上马上就能理解其中涵义。

——托马斯当然……

——一方面,阿奎那当然是能力卓著的艺术家。我听说没有提到指导或提高之类的内容。

---

① (阿奎那说)美必须具备三个条件。
② 完整、和谐和光彩

——为了支持阿奎那理论上的易卜生主义,似乎对我多少有些矛盾。年轻人经常会用信任代替光彩夺目的悖论。

——我的信任让我一无所获(我的理论可以自圆其说)。

——啊,你是一个喜欢使用矛盾说法的人,校长微笑着满意地说道。我能看到……还有另外一件事情(只是品位的问题),这会让我觉得你的理论很幼稚。你似乎不理解古典戏剧的重要性……当然就他看来,易卜生仍旧可能是一位令人尊敬的作家……

——但是,允许我,先生,斯蒂芬说。我对艺术全身心地尊敬。毫无疑问,你要记住我说……

——目前为止正如我能记得的。校长抬头看着苍白的天空,微微一笑,记忆中难得搜索到的一种虽空洞却和蔼可亲的感觉。目前为止正如我记得的那样,你对待希腊戏剧,是一种很经典的态度,实际上非常富有总结概括性,有些幼稚……无礼冒失,是吗?

——但希腊戏剧充满英雄主义和荒谬色彩(原文如此),埃斯库罗斯(希腊的诗人及悲剧作家)并非一位经典作家。

——我说过你是一个喜欢使用矛盾说法的人,代达罗斯先生。你希望通过一场机智的演讲、一个悖论颠覆数世纪的文学评论。

——在某种意义上,我用了"经典"这个词,有某种确定的含义。

——但你不能用任何你喜欢的术语。

——我并没有换术语。我已经解释过了,"经典"的意思就是经过慢条斯理、耐心精心制作,才能成就满足大众的艺术。英雄主义,绝妙之笔,我认为那是浪漫至极。也许米南德(雅典剧作家),我不知道……

——世人皆知埃斯库罗斯(希腊的诗人及悲剧作家)是一位至高无上的经典戏剧家。

——噢,由他提供帮助的世界上那些教授专家给养……

——能力卓著的评论家,校长严肃地说,就是那些拥有最高境界文化的人。哪怕是大众对他们也无比欣赏。我想我曾在……报纸上读过,我认为那是欧文,一位伟大的演员,亨利·欧文在伦敦创作出一部剧作,伦敦民众簇拥聚集,争相去看。

——那是因为好奇。伦敦民众总会看一些新东西或者陌生的东西,要是欧文模仿一个吝啬鬼,他们也会争相去看。

校长听到这种荒谬,神情严肃,他走到小路尽头时,在他进房间之前暂停了一会儿。

——对于你在这个国家的主张,我预测并不会取得多大的成功,从总体上,他这样说道。我们的民众有自己的信仰,他们很幸福。他们信仰神学,神学也令他们感到很满足。哪怕是对世俗世界,这些现代悲观作家们也太……太多了。

带着轻蔑的想法,从克兰里弗大学跳到马林加,斯蒂芬努力让自己对某些确定的契约有所心理准备。校长已经细心地把这次见面转变成了闲聊。

——是,我们很开心。即使英国人起初看到这些愚蠢病态的悲剧。几天前,我读到一些剧作家不得不改变剧本中的最后一幕,因为最后一种总是以一些卑鄙的谋杀、自杀或死亡之类的灾难结尾。

——为什么不能让死亡成为一种重要的反抗呢?斯蒂芬说。人们其实非常胆怯。拿着喇叭胡说八道可就相当简单啦,人们也是这样做的。

他们到大学门厅时，校长进办公室之前，站在最低一节台阶上。斯蒂芬就这样默默地等着：

——开始去看这件事情光明的一面吧，代达罗斯先生。首先艺术理应健康向上。

校长整理了一下长袍，用一种缓慢温婉的手势往上提了提：

——你为自己的理论做出了完美的辩护，的确很棒。当然我并不同意，但我知道事先你已经认真思考过。你的确认真思考过吧？

——是。

——真是有趣极了：有时有点儿矛盾，又带点儿幼稚。不过我非常感兴趣。我也十分确定你的研究渐行渐远，你也会不断完善以适应既定事实。我确定你会能更好应用它。你的思想经历过一种定期训练，你就会有一种更宽广的比较感……

二十

校长对这次会谈结束的态度模糊不清，斯蒂芬对此心存些许疑虑，校长态度不明的结束对话，这在斯蒂芬心里留下些许疑惑。他不能断定楼上的撤退是对一种对友好关系的违背还是一种策略性的无力忏悔。然而，由于对他并没有明令禁止，他便下定决心继续稳步进行，直到遭到了实质性的制止。他再次见到麦卡恩时，只是微笑等待着接受询问。他对此次会谈的叙述传到了本科生班那儿，他异常欣喜地去观察到众人眼中的震惊之情，他们根据让自己公然丢脸的震惊去判断，似乎注意到他具有一种良人纳尔逊的品性。莫里斯听着他兄长与公认权威争论的描述却未置一词。由于缺少对方的回应，斯蒂芬开始对该事件做出诸多解释,详述该会谈每个暗示性的细节。他消耗了颇多的想象力燃料在快乐追求的可能性上,他瞬息万变的心理过程又在心中激起了对莫里斯的无动于衷而不满的火焰:

——你在听我说话吗? 你知道我说的什么吗?

——我知道……你可以读一下你的文章,对吧?

——我当然可以读一下……不过你是怎么了? 很累吗? 还是在思考吗?

——其实……是的。

——是什么?

——我已经清楚今天晚上为什么会有这样的感觉。你觉得是为什么呢?

——不知道,告诉我们吧。

——一晚上我一直在用左脚掌走路,而通常我是用右脚掌走路的。

斯蒂芬看向一旁,只见演讲者一脸严肃,他想看看演讲者脸上是否显露出任何讥讽感,结果只发现了坚定的自我剖析,他说:

——的确如此? 真是太有趣啦。

周六晚,在物理学院大家聚集到一起阅读文章,斯蒂芬发现自己就面对着大家。秘书在读文章时,他有空观察到父亲的眼镜高高的在窗户近旁微微发光。站在这个观察者圆心,他不光预言会努力巴望到身材魁梧的凯西先生。他看不到他的兄弟,只注意到巴特神父、麦卡恩和另外两个神父坐在前面长椅上。基恩是主持人,他是教授英语作文的老师。正事结束后,主持人请这位随笔作家阅读他的文章,斯蒂芬站了起来。他等待着,直到不起眼的赞美掌声减弱,直到麦卡恩用有力的手掌响亮地拍了四下作为表示欢迎的总结独奏。然后他就大声读出了自己的文章，沉静而清晰，好似每种刚毅的思想和表情中都包裹着低吟浅唱的旋律。他就这样沉静地读着直到结束，中间不曾被掌声打断。他用一种金属质感的清脆音色读完最后一句话后就坐下了。

经过一番困惑的情绪转变，首先出现在脑海中的想法是他愈加确信本来就不应该写这篇文章。主持人桌上的烛光映着他的脸颊，关于他是否应该°扔掉自己的手稿°后回家或留下来这个问题，尽管他沮丧地劝告自己，他开始意识到大家已经开始讨论他的论文了(这个发现着实令他惊讶不已)。惠兰是这个大学的演说家，正在提议公开致谢，不失时机的摆摆头，致以华丽的语句。斯蒂芬想知道其他人有没有注意到演说家幼稚的嘴部的动作。他希望惠兰啪地闭合上下巴以便露出坚固的牙齿。这种仅有的演讲时的声音让他想起护士莎拉把伊莎贝尔在蓝碗里捣碎泡过牛奶的面包时发出的噪音，现在他的妈妈用这个碗盛淀粉了。但是，他马上更正自己，以批判主义的态度去对待，努力倾听演讲者的话。惠兰对其大加赞赏(他觉得在阅读代达罗斯先生的文章时，仿佛在聆听天使的谈话，只是不懂他们说的语言而已。)他冒险去批判一些差异性，但事实证明代达罗斯先生不理解阁楼戏剧(对雅典人舞台和戏剧的描述)的美。他指出埃斯库罗斯是一个不朽的名字，预测希腊戏剧会比许多文明更长久。斯蒂芬注意到惠兰在说"昨天"这个词时刻意模仿巴特神父的口音，并且说了两次。巴特神父来自英格兰南部，他推测给予演说家最后那句话的是多明我会修道士或者耶稣修道士。惠兰说："希腊艺术不是暂时存在，而是永垂不朽。它远离世俗，独自屹立，它°威严、傲慢，势在必行。°"

惠兰先生巧妙地提出进行公开致谢,麦卡恩也如此附议。惠兰先生今晚对随笔作家的颂词极具说服力,麦卡恩也想加上他的赞美之词。代达罗斯阅读的内容,也许有很多与他意见并不一致的地方,但他并不是像惠兰那样唯古物至上的不辨是非之党。现代的观点必须找到自己的表达方式(现代的世界必须面对迫切的问题)。他认为用一种突出的方式注意到这些问题的任何作家都值得每位认真之人的关心。他说那天晚上读了代达罗斯先生通过朗读坦率而真切的文章,让整个社团受益匪浅。他认为他所言代表了在场人们的心声。

这两个公开的演讲结束后,晚上的娱乐消遣就开始了。斯蒂芬受到六个或七个敌对发言者的攻击。其中一位发言者,是一位年轻的男士,名叫麦基。他不知道代达罗斯先生是否理解他所提出理论的真正意图,他惊讶于斯蒂芬出于一种与宗教精神本身敌对的精神而构思的文章应该在社团中找到支持和认可。除了教会,还有谁支持和培养了艺术性情呢?要是没有戏剧,宗教会诞生吗?那的确是一种可怜的理论,试图支持那些罪恶深重、诡计多端的拙劣戏剧,谴责那些不朽的杰作。麦基先生说他不像代达罗斯先生那样了解易卜生,他也不想知道关于易卜生的一切,但他知道易卜生的其中一部剧作讲述了一个洗浴地方的卫生条件。如果这是戏剧,他没有看到为什么一些"都柏林莎士比亚"不去书写一部解决都柏林公司重大排水系统新规划的不朽作品。这个发言是总抨击的信号。文章不含毫无意义的词汇,在艺术理论的伪装下机智展现了堕落的信念,一种来自疲惫不堪的欧洲资本的颓废文学观点的复制。大家期望这个随笔作家会拿他的部分内容开个玩笑(众所周知,代达罗斯非常喜欢的一位不知名的作家逝世,被人遗忘后,《麦克白》便闻名于世)。古老的艺术喜爱拥有美丽和崇高(现代艺术可能选择其他主题)，但是这些维护自己思想、免于被无神论毒药污染的人们知道如何选择。休斯站起来时，攻击性已经达到了顶点。他用响亮的北方口音宣布° 这些理论威胁了° 爱尔兰人民的幸福安宁。他们不喜欢外国肮脏。代达罗斯先生可能说了他喜欢的作家，当然，但是爱尔兰人民拥有自己辉煌的文学，他们总能在文学中找到新理想鼓舞他们激发新的爱国情。代达罗斯先生自己是民族主义(他声称为世界主义)的叛徒。但是属于所有国家的人也就没有国家，拥有艺术之前你必须首先拥有一个国家。代达罗斯可能去做他愿意做的事情，在艺术圣殿门前下跪(带有大写字母 A)，热烈赞美那些名不见经传的作家。尽管(他)虚伪使用教会学识渊博之人的名字，爱尔兰警惕这个隐藏的理论，即艺术能与道德分离的理论。要是他们使艺术成为道德的艺术，总而言之，高尚的艺术就是民族的艺术，

爱尔兰善良的爱尔兰人，

既不是撒克逊人也不是意大利人。

到主持人该总结，走到门前的时候，通常都会有间歇休息。间歇时，巴特神父站起来，请求说几句话。大家异常兴奋，掌声雷动，打算聆听权威的谴责之声。前一个小时，巴特神父会哭诉着"不，不"来留住观众，但他认为应该发声支持这个被过度伤害的随笔作家。将来他可能是恶魔代言人，他愈发觉得不自在，因为其中一位发言者把代达罗斯文章中的语言表达为天使的语言，这并不贴切。代达罗斯先生已经向我们贡献了如此印象深刻的文章，满屋的人都已倾听，并激起了生动的讨论。当然在° 艺术问题上° 可能每个人观点不一致。作为一切成绩的条件，代达罗斯先生承认浪漫和经典的冲突。那个晚上他们证明：一

方面,对抗性的理论可以产生突出的成就,就像一篇优秀作品文章本身一样;另一方面,休斯作为反对方代表,进行了显著的抨击。他们二者存在冲突。他认为有一两个发言者对这个随笔作家太过苛刻,但又很自信这个作家能自行处理这个问题。至于理论本身,巴特神父承认,在美学上,引用托马斯·阿奎那作为权威人物,对他来说是一种新感受。美学是一种现代分支,如果非要说它的功能,只能说它很实用。阿奎那总是站在理论的角度认为美没那么重要。为了更实际地解释他的陈述,他需要具备比代达罗斯的宗教体系更加完备的知识结构。同时,不管是有意或者无意他还不至于说代达罗斯先生真的误解了阿奎那。但是如果戏剧中的一幕本身不错,也会因为一些情况变得糟糕不已,因此本质上美好的事物可能会被其他考虑所破坏。代达罗斯先生选择从本质上思考美学,忽视了其他注意事项。但是,美有其实用性的一面。代达罗斯先生对艺术极富热情,大加赞赏。[广阔]世界上的这些人也并非总是只注重实际。然后,巴特神父向观众们提起了阿尔弗雷德大帝和为这位理论家兼实干家做蛋糕的老妪的故事。结束时,表达了如下希望:这个随笔作家会效法胸襟宽广的阿尔弗雷德大帝不要对批判过他的那些实干家们太过严苛。

主持人在总结发言中,大加赞赏随笔作家的风格,却明显忘记要含蓄地选择艺术。他认为对这篇文章的讨论非常具有教育意义,也很感谢巴特神父清晰、简洁的评论。代达罗斯先生被严肃处理了,但他认为,这篇文章还有诸多优秀之处,主持人很好地证明了大家一致认为要像这个社团致以最诚挚的谢意,特此也要感谢代达罗斯先生贡献了他极其出色、有教育意义的文章!全体同意表示谢意,却毫无热情。

斯蒂芬站起来,深鞠一躬。回应评论在这种场合对他很有利,况且也是惯例。但斯蒂芬答谢了大家的赞赏,自我感觉良好。一些人让他发表演讲,但主持人白白等了一会儿后,这个进程就相当迅速地结束了。楼下大厅里,年轻人忙着穿上外套,点上香烟。斯蒂芬寻找他的父亲,但莫里斯没有看到他们,所以就独自回家了。在格林大街拐角处,他赶上了一群四个人,马登、克兰利、一个名叫坦普尔的年轻医学学生,还有一个海关职员。马登搭着斯蒂芬的手臂,悄悄抚慰说道:

——老朋友,我告诉你这些人根本就不懂。我知道这文章好到他们难以理解。

斯蒂芬对这份友谊甚是感动,但他摇摇头好像希望改变这个话题。而且,他知道马登不太理解他的文章,也不赞成他的想法。斯蒂芬追上这四个人时,他们闲庭信步,讨论周一复活节打算去威克洛。斯蒂芬和马登肩并肩走在小路边上,然后这群人都走上前来肩并肩走在这宽宽的小路上。克兰利在中间,挨着马登和海关职员。斯蒂芬听得模糊不清。克兰利用拉丁语讲话(和别人散步时习惯如此),这种不一般的结构由爱尔兰语、法语和德语构成:

——*Atqueadduas horas in Wicklowiovenia.*①

——*Damnum long tempts prendit*②,海关职员这样说道。

——*Quando*③……不,我的意思是……*quo in…bateau…irons-nous?*④ 坦普尔问道。

---

① 到威克洛需要两个小时。
② 到这儿,要花很长时间。
③ 何时
④ ……我们去……哪个船上……转一转吧?

——*Quo in batello*①? 克兰利说,*in 'Regina Maris'*②。

这个年轻人说了一会儿后,同意到威克洛(爱尔兰共和国东部港市)"海之女王"号上转一转。斯蒂芬悠哉悠哉地听着这个谈话(只消一会儿功夫,°自身不幸的痛楚也没那么强烈了)。最后,克兰利注视着斯蒂芬走在小路边,说道:

——*Ecce orator qui in malohumore est.* ③

——*Non sum*④,斯蒂芬说。

——*Credo utestes*⑤,克兰利说。

——*Minime.* ⑥

——*Credo   utvossanguinairesmandatestesquia   facies vestesmostrat*[原文如此]*utvos in malohumoreestis.* ⑦°

马登并不会这种语言,于是把对话语言拉回到了英语上。海关职员似乎想用英语从心底里表达对斯蒂芬风格的欣赏。这个年轻人身材高大结实,有一张肉乎乎的脸,总是带一把°雨伞。°他比同伴们[小]年长几岁,却决定攻读思想政治科学学位,是克兰利的永恒伙伴。克兰利用自己的雄辩口才说服他参加这所大学的夜校课程,花大量的时间劝说年轻人°可以有不同的人生轨迹。°这个海关职员名叫奥尼尔,为人和蔼可亲,对克兰利一本正经开玩笑总能笑得气喘吁吁,不过对任何能够在精神上得到提升的机会很感兴趣。他就这样被大家带上"接触"

---

① 去哪个船上?

② 去"海之女王"帆船上。

③ 这个演说家心情很糟啊。

④ 我不是。

⑤ 我认为你是。

⑥ 绝不是。

⑦ 我想我他娘的满嘴胡扯,因为你那脸色显示[原文如此]你心情很糟。

大学生活,于是参加了辩论社,还有大学联谊会。他是一个慎重的年轻人,却允许克兰利开他和女孩们的玩笑。斯蒂芬试图劝阻大家不要暗指他的文章,但奥尼尔想抓住这个对他有益的机会。他向斯蒂芬询问一些问题,好像这些问题可以在年轻女士的表白专辑中找到似的。斯蒂芬觉得奥尼尔的精神世界特别像一家糖果店。坦普尔还是一个稚嫩的年轻人,外表像吉普赛人,走路拖沓,连说话也是这个样子。他来自爱尔兰西部,大家都知道他极富革命性。克兰利回答奥尼尔问题时可比斯蒂芬礼貌多了。他们说了一会儿,坦普尔在没有开好头的情况下说了这样一句话:

——我觉得……文章相当棒。

$x'c'xE<3$ $-p=p5=-oo$ 克兰利一脸茫然看着发言人,但[奥尼尔]坦普尔继续说着:

——让我也熬夜到很晚。

——*Habesnebibitum*?[①] 克兰利问。

——打扰了,先生,隔着这么多人,[奥尼尔]坦普尔对斯蒂芬说,您相信耶稣吗……我不相信耶稣,他补充说。

斯蒂芬听到这种说法,大笑不止,坦普尔开始吞吐着向他道歉时,他还在笑:

——当然我不知道……你是否信仰耶稣。我信仰人类……如果你信仰耶稣……当然……第一次见你时我也不会说这么多……你觉得呢?

奥尼尔表情严肃,就这样沉默着,直到坦普尔的演讲渐渐模糊,变成了咕哝,他然后才说,好像又开始一个全新的话题:

---

① 你喝醉了么?

——我对你的论文和演讲都十分感兴趣……你觉得休斯怎么样?

斯蒂芬没有回答。

——十足的骗子,坦普尔说。

——我觉得他的演讲粗俗不堪,奥尼尔很支持地说道。

——*Bellam bocca habet*①,克兰利说。

——是,我觉得他想得太远了,马登说,不过你明白吧,他被热情蛊惑了。

——*Patrioticus est.* ②

——是,他很爱国,奥尼尔笑得上气不接下气说。不过我认为巴特神父的演讲很不错,条理清晰,又富有哲学思想。

——你是这样觉得? 坦普尔在小路里面哭着对斯蒂芬说……打扰了……我想知道他对巴特神父演讲的看法,他同时向其他三[四]个人解释……你也认为……他是骗子吗?

尽管巴特神父的演讲只是让他有种慈善宽恕的心境,不过对他这种小说式的演讲,斯蒂芬还是情不自禁地大笑起来。

——马登说,只不过就是他每天给我们讲的东西,就是这种风格嘛。

——他的演讲让我生气,斯蒂芬说得简短有力。

——为什么呢? 坦普尔很想知道。为什么他的演讲让你这么生气?

斯蒂芬做了个鬼脸,并没有回答。

——多么愚蠢的一篇演讲,坦普尔说……我是唯理论者。

---

① 他有一张迷人的嘴。
② 他是爱国者。

我不信仰任何宗教。

——我认为他的意思是巴特神父的演讲有些还不错,停了一会儿克兰利把脸全部朝向斯蒂芬这样说道。斯蒂芬回应了他的注视,[两人目光相遇]就这样看着一双明亮的黑眼睛,就在这时,两人目光相遇时他感觉到了希望。话语中没什么可鼓励的,他强烈怀疑其公正性(不过他知道那种希望已经深触心底)。他走在这四个人旁边,作沉思状。他们走在路上,经过一条偏陋的街巷,克兰利停在一个小店窗前,紧紧盯着一份发黄的《每日画报》复印版,悬挂着,一侧挨着草地。画的插图是一个冬日场景。没有人说话,似乎有人按下了永久沉默键。马登问他在看什么。克兰利看着马登,然后又回过头看着这幅满是污垢的画报,然后重重点着头:

——这是……这是什么?坦普尔问道,谁会一直看着旁边窗子里的 crubeens①。

克兰利又一脸茫然地转向马登,指着这幅画,说:

——*Feuc an eis super stradam…in Liverpoolio.* ②

伊莎贝尔从女修道院回家后,斯蒂芬的家族圈现在就扩大了。有段时间,她身体较弱,修女建议她需要接受家庭护理。自斯蒂芬发表有关他文章的著名演讲算来,她回来有些日子了。斯蒂芬站在小小的前窗边,望着河口,就这样看着父母从电车上下来,中间走着一个瘦弱苍白的女孩儿。斯蒂芬的父亲并不喜欢家里另外一个人的前途,尤其是他并没有对这个女儿产生多少影响。他很生气,因为女儿没有利用好提供给她在修道院的

---

① 猪脚。(an Irish food made of boiled pigs' feet)
② 盖尔语,德语和拉丁语:"看那利物浦街道上的冰……。"Feuc 应该拼写成 Feuch。

机会。如果他的公共责任感是断断续续的,不过也是真的,不然他绝不允许妻子在没有自己的帮助下把这个女孩儿带回家。事实反映,他的女儿对他并无帮助,只是妨碍而已。他怀疑曾虔诚放在大儿子肩上责任的重担开始让这个年轻人烦恼不已,这叫他对未来前景担忧起来。他对一些对比饶有兴致,也许,这让他对后代的勤奋和节制充满期待,但并不是说他渴望什么物质生活上东山再起。这种境况让他得到了斯蒂芬有条件的原谅。他希望在这种境况下,他的儿子能再次坚持深深蕴藏的优秀。然而,父亲和儿子之间这种纤细的连线早已被日常生活所消损,因为它如此纤细,日渐[挫败]斑斑的锈迹,开始消耗上层站,信号也就变得微弱渐无了。

斯蒂芬的父亲想说服自己,相信自己的看法并不真实。他知道自己把事情搞砸了,但又告诉自己那是别人的事情。他厌恶儿子的责任,又没有儿子的勇气。他就是诸多不合常理自以为是的聪明者之一,没有原因可以说明这个第一印象。他的妻子完成了对他的责任,非常令人吃惊。然而,她从未能为其血脉的过错做过任何补偿。在较高的社会等级面前,误解就是如此自然。市民阶层却不是如此,不过在平民阶层中,争执不和、贪得无厌和狭隘的怨恨倒是很常见。代达罗斯先生讨厌妻子那带有强烈中世纪色彩的少女名字,简直臭不可闻。此外,他的婚姻是完全怯懦的生命中唯一的过失,这完全归咎于他自己。既然他要减少舒适的物品,养成不舒适的习惯,用这些痛苦的意识来过最后几十年的生活,他便用激烈的长篇演说聊以慰藉,报复自己,持续反复声称自己有成为狂热者的危险。晚上,炉边是这些复仇、沉思、咕哝、咆哮和诅咒的神圣见证。有一例外是,他起初支持妻子,不久便将这种仁慈宽厚抛之脑后,于是她开始用象征意义上的顺从刺激他。他的生活的巨大失望被更小的且更敏感的损失——梦寐以求的名誉的损失加重了。因为有些收入，又具有社交天赋，代达罗斯先生已经习惯将自己看作小圈子的中心，小社团的宠儿。他仍在尽力维持的职位是以不顾后果的慷慨为代价，而他的一家人却在行动和精神上苦不堪言。他想象着。努力保持这个令人醉心的职位，同时可以让儿子代理家庭事务，这样一切会以一种极好的方式步入正轨，可是他根本没有试图去理解儿子。他沉溺在这种希望里，有时会怨恨自己对儿子的影响，不过也因此发现儿子才是胜利者。既然他怀疑自己的希望不太现实，对儿子产生的影响让他更加苦恼不已，似乎怨恨永远在主导自己的情绪。他的儿子对上层社会的看法和自己完全没有共鸣，儿子虽在国内斗争期间保持沉默，他也未曾表示任何赞许。事实上，他十分敏锐地观察到这儿对城堡权利是一个隐藏的威胁。如果他能想到儿子把这些扭曲可憎的独白视为一个父亲索取的贡品，就因为给任性的儿子提供了必需品……他就不会犯错。

斯蒂芬没有非常严肃的考虑过父母。在他看来，他们总是令人误解，和他之间的关系也不近人情。他认为自己要认真学习回报父母对他的影响，对待父母要诚恳，好回报他们提供的物质生活服务。在他当下猛烈的理想主义状态下，他可以将其看作微不足道之事。不过唯一他要拒绝的服务是他们判定他在精神上是危险分子，可以承认以上例外，不过为忍受少数服从自己培养了独立的灵魂，这样的仁慈可不能废弃。神圣的典范也支持他这么做。牧师在所要遵守的戒律中阐述的话对他来说似乎孱弱、讽刺，没有丝毫效果。耶稣生命的故事根本没有打动他，没有像别人那样因为一个人的生命故事就受人支配。曾经他作为一个天主教徒，具有一种正派观念期间，耶稣的形象对他来说总是ᶜ太遥远又太冷漠ᶜ，他从未从内心深处向救世主表达哪怕是一句简单的虔诚祷告。对圣母玛利亚的祷告，就像是对一个ᶜ弱者ᶜ的祷告，他将自己的精神事业交付给了更加迷人的ᶜ救赎之船ᶜ。现在他从教会的戒律中解放出来，[天生]本能上似乎和新教创始人不谋而合，这种驱动也许会让他考虑新教教义的优点，没有另一种驱动能让他自相矛盾、荒谬绝伦。同时，他不知道天主教会的ᶜ傲慢是否并非是耶稣自己可以追根溯源的，远非通过"阿门，我对你说"来叙述一件事情能够反抗的；ᶜ不过他能确定，在耶稣高深莫测的说话方式后面是一种比任何宗教体系后面能够显示的内容都要明确的概念。

——把这个内容记录到你的日志里，他对爱抄写的莫里斯说道。基督教正统主义就像兰特·麦克海尔的狗，他跟每个人都走点儿路。

——莫里斯说，似乎是圣保罗训练的那条狗。

一天，斯蒂芬去学校，偶然发现麦卡恩站在大厅里，手里拿着一份长长的请愿书。另一部分请愿书在茶几上，学校里几乎所有的学生都签上了名字。麦卡恩在和一群人喋喋不休地说话。斯蒂芬发现请愿书是都柏林大学学生写给俄国沙皇的颂词。标题是"世界和平"，上面写着：靠仲裁解决一切争端，普遍解除各国武装，这些恩惠就足以让学生们感恩戴德了。茶几上还有两张照片，一张是沙皇，另一张是《评论之回顾》的编辑，这对有名的夫妇在两张照片上都签上了名字。麦卡恩站在一边，走到灯下，斯蒂芬在心里描绘着自己爱好和平的君主之间的相似之处自娱自乐，君主的照片已经放进了文件袋里。沙皇，一副愚蠢的救世主姿态让他顿生轻蔑之情，他要转而支持站在门旁边的克兰利。克兰利戴了一顶草帽,形状像倒扣的水桶,掩盖着他波澜不惊的脸,像大海一样[原文如此]平静。

——斯蒂芬说,难道他看起来不像一个忧伤的耶稣吗? 他指着沙皇的照片,用都柏林特有的名字来形容这个引人注目的普通名词。

克兰利向麦卡恩的方向看去,点点头回应:

——是忧伤的耶稣,也是令人毛骨悚然的耶稣。

那时,麦卡恩看到斯蒂芬,向他示意一会儿就去找他:

——你签名了吗? 克兰利问。

——这个吗? 没有,你签了吗?

克兰利迟疑片刻,用一种故意的口吻说"签了"。

——为了什么呢?

——为了什么呢?

——唉。

——为了……和平女神。

斯蒂芬抬起头看着这个草帽下的人,无法从这个邻居脸上读出任何表情,眼睛在他的帽顶处游离徘徊。

——以上帝的名义来说,你为什么要戴这顶帽子呢? 并没有那么热,对吧? 他问道。

克兰利慢慢摘下帽子,凝视着最深的地方。停了一会儿,他指着说道:

——Viginti-uno-denarios.①

——在哪里,斯蒂芬问道。

——我买这顶帽子的地方,克兰利直截了当地说,去年在威

_____

① 21 块钱。

克拉买的。

他一边戴上帽子一边说，^c 令人讨厌地微微一笑。^c

——你知道吗……这个帽子……也没有……太令人讨厌。

他慢慢地戴上帽子，向自己抱怨，从"Viginti-uno-denarios^①"这种习惯的力量开始。

——Sicutbucketusest^②，斯蒂芬说。

这个话题没有再讨论下去。克兰利从其中一个口袋里拿出一个灰色的球，认真检查一番，在球的表面刻上印记。斯蒂芬看着这些操作，听到麦卡恩在叫他。

——我想让你在请愿书上签上你的名字。

——请愿书有关什么内容呢？

——这是对俄国沙皇显示的勇气赞赏有加的请愿书，他颁布权力的法令，提倡通过仲裁而非战争以解决国家争端。

斯蒂芬摇摇头。坦普尔在大厅里徘徊寻求同情，这时找到斯蒂芬，说道：

——你信仰和平么？

没人回应。

——麦卡恩说，那么你不会签了？

斯蒂芬再次摇了摇头：

——为什么不签？麦卡恩声音尖厉。

——斯蒂芬回答，如果我们非要有一个耶稣的话，那么希望是一个正统意义上的耶稣。

——绝对是！坦普尔大笑道，非常好。你们听见了吗？他

---

① 21 块钱

② 这只是一只桶

对克兰利和麦卡恩这两个听力不太好的人说,你们听见了吗?正统的耶稣!

——我推测你支持战争和杀戮,麦卡恩说。

——我又不能对世界产生什么影响,斯蒂芬说。

——绝对是! 坦普尔对克兰利说道。我相信世界兄弟情,他转向麦卡恩说,不好意思,请问你相信世界兄弟情吗?

麦卡恩没有注意到这个问题,继续和斯蒂芬说着。

他提出一个论点说自己支持和平,坦普尔听了一会儿,不过他转身去和坦普尔说话的时候,这个主张革命的年轻人又开始不好好听他说,眼睛在大厅里飘来飘去。斯蒂芬没有和麦卡恩争论,不过在方便的时候他停下来说道:

——我没有打算签名。

麦卡恩停了下来,克兰利拉着斯蒂芬的胳膊说道:

——Nos ad manumballumjocabimus.①

——好吧,麦卡恩迅速说道,好像他已经习惯了拒绝,你要是不签,就不签吧。

他离开了,去为沙皇找更多的签名。然而,克兰利和斯蒂芬向花园走去。由于球道已经荒芜,遭到废弃了,于是他们安排了一场二十个回合的比赛,克兰利让斯蒂芬七分。斯蒂芬并不擅长这个游戏,因此,当克兰利大喊着"决胜球来啦"时,他仅仅得了十七分,连第二局也输掉了。克兰利是一位强壮精明的球员,不过斯蒂芬觉得脚底太重不能成为一个优秀的球员。他们在打球时,马登来到球道这边,坐在一个老旧的箱子上。他比这两个选手还要兴奋,一直用脚后跟踢箱子,大声呼喊"加油,克兰利!

———

① 让我们去玩手球吧。

加油,克兰利!"绝不放手,史蒂维!"克兰利在打第三场比赛,不料打球时偏离球道,打进了伊维勋爵的运动场,游戏不得不暂停,他需要去把球找回来。斯蒂芬挨着马登,坐在脚后跟上。他们俩看着克兰利拿着落网球向墙另一边的其中一个园丁示意。马登拿出抽烟的工具:

——你和克兰利在这儿很久了么?

——没有很久,斯蒂芬说。

马登开始在烟管里塞满粗糙的烟叶,说:

——你知道么,斯蒂夫(Stevie)①?

——知道什么?

——修斯……一点儿……都不喜欢你。我听到他向别人说起你了。

——"别人"这个词真是含糊不清。

——他一点儿都不喜欢你。

——他的热情让他失去自制力了,斯蒂芬说。

圣枝主日②前的周六晚,斯蒂芬独自和克兰利呆在一起。两人倚靠在图书馆大理石楼梯上,懒洋洋地观察者来来往往的人们。他们面前的大窗户开[开]着,潮湿的空气一涌而进[进]:[他们]

——你喜欢圣周的圣歌吗? 斯蒂芬说。

——喜欢,克兰利回答。

——它们太棒了,斯蒂芬说。做赞美诗晨祷时,他们在长凳上敲打祷告书来吓唬我们实在太幼稚了。没有灯光、法衣,祭坛

---

① 斯蒂夫,来源于希腊语 Stephen,为加冕之意。

② 即复活节前的星期日。

上也空空如也,教堂的门敞开着,牧师们在祭坛台阶上跪拜,却提供这么多圣餐礼,难道不奇怪吗?

——是呀,克兰利说。

——你不觉得召集大家的诵经师是一个奇怪的人吗。没人知道他从哪里来,因为他和大家没有任何联系。他一个人走出来,站在祭坛右手边,打开经书,读完圣经选读之后,合上书,就走了。他不奇怪吗?

——很奇怪,克兰利说。

你知道他讲圣经选读时是如何开头的吗? Dixit enim Dominus: ① In tribulation suaconsurgent ad me: venite et revertamur ad Dominus——②

他吟唱着圣经,声音柔和,好似音符缓缓沿着阶梯流淌,在整个大厅里环绕回响,每个音色回到耳中,充实而柔软。

——他在恳求,斯蒂芬说。对我来说,他只不过是脸色苍白的家伙,advocatus diabolic.③耶稣在受难日没有朋友。你知道什么样的人在受难日的时候在我面前复活吗?

——什么样的人?

——一个丑陋的小个子用自己的身体担起了世界罪恶: ④苏格拉底和诺斯替教派的基督之间是黑暗时代的基督。这便是他的拯救使命带给他的:一具上帝和人都不会怜悯和同情的扭曲丑陋的肉体。耶稣有这样一个父亲真是奇怪。在我看来,他

---

① 用红笔修正为:"Haec dicit Dominus."
② 物主自言自语道: 当你有了麻烦,起来找我: 过来,并报答物主。
③ 恶魔的代言人
④ 这个说法是用铅笔在空白处添加的内容,"《旧约全书》中替罪羊的观点以及《新约全书》钟上帝的羔羊的观点(上帝自己的话)。"可能是跟在"世界"这个词后面。

的父亲就是一个十足的势利眼。除了有一次在塔波山耶稣身着正装，他的父亲从未在公共场合关注过他，你有没有注意到这一点呀？

——我不太喜欢耶稣升天节，克兰利说。

——我也不喜欢。那天总有很多妈妈和女儿一起去教堂礼拜。教堂里不仅到处都是香味浓郁的鲜花、红色蜡烛和女人们，而且，女孩儿们的祈祷也会打扰到我。

——你喜欢圣星期六吗？

——虽然圣歌总是很早，不过我还是很喜欢。

——我也喜欢。

——对吧，教堂似乎考虑到了这个问题，会说"你们看，毕竟现在是上午了，他没有像我们认为的那样死去了"。他的躯体用下面这种方式予以体现，将五颗焚香的谷粒插入复活节的蜡烛里来代替那五个伤口。在周五，三个虔诚的圣母马利亚每人手持一个蜡烛。待圣钟敲响，赞歌里满是不协调的哈利路亚。[①]这真是一个技术活儿，祷告这个、祷告那个，还得祷告其他的事情，不过相当讲究的仪式呀。

——不过你想象不到这些愚蠢的人们在唱圣歌时看见了什么，对吧？

——他们看不到吗？斯蒂芬说。

——呸，克兰利说。

克兰利和斯蒂芬在说话时，克兰利的一个朋友向楼梯这边走来。他的朋友白天是吉尼斯黑啤酒厂的员工，晚上在大学上思想道德哲学课。当然，说服他去上课的人是克兰利。这个年

[①] 这句话还有之前的两句话都用铅笔写在空白处，作为后来添加的内容。

轻人名叫格林,因为他有遗传性紧张,所以头总会不自觉地晃,做事情的时候手也会颤抖。他说话时会因为紧张而迟疑,似乎只有有调理地跺脚时才会满意。他身材矮小,有一张黑鬼的脸,还有一头黑鬼那样的卷发。他通常会打一把伞,他的交际就是为了把老生常谈的话翻译成多音节词。他养成的这个习惯有一部分原因是在正常情况下避免思考,或许还因为这符合他独特的性情。

——这是"特别大伞"格林教授,克兰利说。

——晚上好,先生们,格林鞠躬说道。

——晚上……好,克兰利神情茫然。呃,是……真是一个美好的晚上。

——我能看到,格林摇晃着颤抖的食指,带着责备的语气,我能看出来你打算评论一番。

圣周三晚,克兰利和斯蒂芬参加了在临时主教堂举行的纪念耶稣受难的晨祷日课。他们走到祭坛后面,跪在正在念祷告词的克兰里弗大道学生后面。斯蒂芬在威尔斯对面,他看见威尔斯披了一件白法衣,真是不小的变化。斯蒂芬不喜欢这个喋喋不休的日课,他对克兰利说这个教堂光滑的长凳和炽热的灯让他想起了保险机构。克兰利说他们应该在耶稣受难日参加加尔默罗教堂的日课,在白衣修士街,那里的日课更加简单舒适。克兰利在陪斯蒂芬回家的路上,用他的大手,详细解释了威克洛烟熏肉的所有优点。

——你不是以色列人,斯蒂芬说,我看见你吃不干净的动物。

克兰利回应,认为猪不干净是因为它吃不干净的东西,这种看法太荒谬了,就像牡蛎,主要吃鸡粪长大,却是美味佳肴。他认为大家提到猪多是诽谤和污蔑,他说有人可是在猪身上赚了不少钱呢,举例说所有的德国人因为在都柏林开猪肉店都发了一笔小财。

——他走着路,突然停下来强调道,我经常认真想着可以开一家猪肉店,你知道吗……可以起一个"屠夫先生"①或者某个德国名字,你知道么,门前可以……这样我也可以通过卖猪肉小赚一笔。

——上帝保佑我们,斯蒂芬说。真是糟糕的主意!

——唉,克兰利脚步沉重,说我真的会赚很多呀。

耶稣受难日这天,斯蒂芬在市里漫无目的地闲逛,看到墙上的海报写着"加德纳街,耶稣会教堂,狄龙教长和坎贝尔教长布讲福音,时间三小时"。斯蒂芬穿过一条又一条空荡荡的街道,感到孤独又漫无目的,然后毫无意识往加德纳街的方向走去。那天天气温暖却很阴暗,整个城市笼罩在神圣的气氛下,严肃而麻木。他经过乔治教堂的时候看见已经两点半了,在市里已经游荡了三个小时。他走进加德纳街的教堂,经过修士面前的桌子时没有致礼,修士从打盹中把自己叫醒期待能得一个银质奖章,斯蒂芬从右边侧门进到教堂里。教堂很是拥挤,从门口到祭坛都是衣着考究的群众。到处可见阿谀奉承的耶稣会士,习惯依附上千个虽不牢靠却非常体面的中产阶级,向他们提供一个高尚优雅的收容所,一个考虑周全的忏悔室,还有他们没资格享有的精神冒险所得到的和蔼可亲的礼仪待遇。离他不远处的正教柱石那边有一个临时收容所,在那儿斯蒂芬看到了他的父亲和两个朋友。他的父亲扶正眼镜,指导远处的唱诗班,脸上的表

---

① 用铅笔写在空白处,"屠夫先生",没有明显的标志显示插入到文章的哪个地方。

情无比虔诚，令人印象深刻。唱诗班吟唱着，脸色红润，犹如花色窗棂，可原本应该是悲痛的表情啊。漫步行走、炽热温度、粉碎之声，还有教堂的黑暗击败了斯蒂芬，他倚靠着门楣，眼镜半闭着，让思绪尽情流淌。诗句便开始在脑中酝酿。

他隐约觉得一个白色的身影走上讲道坛，听到一个声音说 *Consummatumest*①。他认出了这个声音，知道那是狄龙神父在宣讲第七章的教义。除了一些新词，听这些布道，他驾轻就熟，比如"结尾了""实现了"这些新措辞。这种感觉把他从白日梦中唤醒，这些词[每个]一个接着一个迅速地蹦出来，他发现自己本能上开始警觉起来，猜接下来布道者会选什么词，是……"完成了"，是……"很圆满"，还是……"如愿以偿"。斯蒂芬的大脑高速运转，思考几秒钟的时间在第一部分和第二部分话之间出现的词是不是"结束了""完成了""终止了"。最终，狄龙神父说了一大串华丽词藻后，大喊"结束了"，会众开始向外一涌而出，走到街道上。斯蒂芬在人群中一路上忍受着各种有关他的赞赏之声，满意的表情，还有谨慎的低语和抑制的表情。

耶稣会士的特殊责任是彼此祝贺过了一个很棒的耶稣受难纪念日。

为了回避父亲，斯蒂芬溜到小教堂，在中心门廊那儿等着，然而经过他身边的人们步履踉跄而缓慢。当然到处都是赞赏，满意之声。一个年轻的工人和妻子经过他身边，斯蒂芬听到"我告诉你们，他知道他的宗教体系。"两个女人停在圣水池旁边，°徒劳地°用手刮擦圣水池底，手仍是干的。其中一个女人叹了口气，描绘着她棕色的披巾：

---

① 完成了

——用他的语言说，另一个女人说道。

——哦。

这时候轮到另一个女人叹了声气，拉起她的披巾：

——啊，她说，上帝保佑人们，他会用这样一种你我都不能解释的语言。①

二十一

复活节和五月末这期间的日子里，斯蒂芬每晚和克兰利呆在一起，两人混的更熟了。暑假前的期末考试日益临近，莫里斯和斯蒂芬都应该努力学习了。每天下午茶时间后，莫里斯晚上都会回到房间认真学习。斯蒂芬则会经常去图书馆忙于课业，实际上，他在图书馆学得很少或者说根本没学习。斯蒂芬和克兰利一说话就是一小时，或者就坐在桌边，要是图书管理员让他们离开或者学生们用愤愤不平的眼神瞥向他们时，他们就会站到楼梯最高处。待十点图书馆关门，这两人就一起回去，穿过中央街道，和其他学生谈论一些观点，都是陈词滥调。

起初，除了无可救药的休闲欲望，这两个年轻人竟然还有相似之处，实在有些奇怪，让人难以相信。斯蒂芬开始认真把自己看作一个文学艺术家，他公开表示藐视暴民和权威。克兰利挑选的伙伴代表了处在局部发酵阶段的暴民，好似从大桶到酒壶之间的酝酿阶段。克兰利似乎想用这种毫无防备的讽刺场面来取悦自己。总之，他对暴民和权威一类的唯唯诺诺的辩护，要不

---

① 这句话后面，用铅笔写着："如果我告诉你们，圣水池里面没有水，基督在我们出生就已经让我们接受洗礼了，没有必要再接受其他洗礼了。

是现实证据说明克兰利冒着毁掉联谊会的成员以及普通的教会俗家佣仆的清誉而和一个被世俗污染的人走得很近，斯蒂芬乐意将克兰利这种成熟的行为看作内部腐败的真实迹象。然而，克兰利可能希望教父认为他和这个反抗的年轻艺术家在一起，这是出于他想把艺术家引回正道的秘密目的。因为自己认为比较适合这个任务，他总是一边聊斯蒂芬的理论，一边详细解释教会教义。如此一来，面对这种情况，才知道这是正统教派辩护人的把戏，他们建议和解邻国之间的关系，建议教会不应草率谴责建筑的怪异风格，甚至异教徽章的使用和繁盛，只要异教徒能提前按季度付地租就行。对更简单的灵魂来说，这些好通融的商业条款的虔诚有待怀疑。这两个年轻人对上列条款不会感到惊奇的。因为，他们喜欢追查道德现象，甚至回溯至最原始细胞阶段。天主教道德信条与热心的良心合金巧妙地相互排列和交织，在已经取得或大或小成绩的灵敏精魂的经营下足以胜任。其形式经历了上千次的变化后，这个易伸缩的躯体因为位置的变化突然被发现，迄今为止，其外表仍与世隔绝，这些似乎从未被察觉，由一种变形虫似的本能展现的诸多变化，让眼睛平静下来了。

至于说艺术同情，克兰利可丝毫不会提供这些。因为一周六天都过着普通的生活，因此他拥有一切淳朴的情感，另外，在一周的第七天，他缺乏对艺术的虚伪鉴赏。在图书馆里，他会读带有插画的周报。有时他会从柜台拿一本大书，拿到位子上，态度神圣极了，然后打开，研究扉页和前言将近一个小时。他读的纯文学，几乎不夸张地说，他完全不了解。因为对《尼古拉斯·尼克尔贝》开头和华兹华斯《一个父亲的忠告》这首诗不太熟悉，他所熟悉的散文似乎也被限制了。一天，斯蒂芬发现这两种造诣时，他正在全神贯注地读《牛之病》的扉页。他没有对内容做任何评价,只对完成部分做了简单叙述,当然也想知道都完成了哪些内容。他按照自己的意愿组合句子,因此断然而又频繁地犯一些幼稚的错误。°他目中无人,运用科技和外语术语,好像这些只是语言惯例。°任何形式的深恶痛绝均无法破坏他的接受能力,他很自然地接受一切事物。对斯蒂芬而言,在任意一条船上觉察到任何特殊的亲密关系纯粹是本能。他喜欢将哲学争论引回到机械智能本身,对于世俗的一切事物他也如此,用食物本身的价值衡量一切。

斯蒂芬决定打破沉默戒律支持这个年轻人。就克兰利的立场来说,如果他还未因为老练又引人注目的谄媚而遭受一丝的混乱,那么他必须藐视生活中所有的意外。由于缺乏大量的词汇积累,斯蒂芬向克兰利贫瘠的耳朵诉说,还要面对朋友勇气十足又司空见惯的情绪,却具有复杂的思想光辉。克兰利很少或从不把他的存在强加到这些独白上。他听取所有的话,似乎也理解所有的话,认为或许他听取和理解那些话是他的性格责任使然,从不拒绝听取意见和建议。斯蒂芬需要智慧同情时,不管是否合时宜,总会讨论一番。两人臂挽着臂一起在街上散步,一走就是很远。多雨的天气,他们会在宽敞的门廊下驻足,抛除杂事烦扰。有时,乐队和喜剧演员相互大喊大叫时,他们坐在音乐厅后排,一个人向另一个人展示他富有诗意的目标画卷。克兰利逐渐习惯记录和分析自己面前那一瞬间幻影的感觉和印象。[克兰利]丝毫不会全神贯注,起初为了寻开心,对斯蒂芬的正直傲慢比较吃惊。这种现象可以解释先前的判断,也开启了[克兰利]的生命新征程,心里有些愤懑。因为他十分清楚大多数基督徒都隐藏在斯多葛学派恬淡寡欲的外表之下,怀疑自己天生有一些奢侈浪费。然而,他听到这个一心一意的年轻的利己主义者就像昂贵的药膏那样诉说着骄傲和怒火,同时得益于心胸宽阔,不记恨。随着他越来越愿意远离这种关系,他也逐渐通过一种沉默而倔强的感情回答诉求。好像被同伴的傲慢所传染一般,他调动起相较于自己本性中更多的粗暴,似乎指望这种侵略性的批判能在他这种情形下告一段落。

他允许自己沉默也是一种抽象意义上的粗鲁,这表明他精神活动丰富,不过有些直率。如果一段从琐事发出的独白对他来说太过分了,他会用沉默去接受,通过这种沉默识别出厌恶之人,然后在平静中将锤子粗暴的敲落在可怜的原始目标上。有时,斯蒂芬发现这种极端传统的习惯非常讨人厌。一天晚上,一段[对话]独白总是被反复打断。斯蒂芬提到她的妹妹生病了,并扩展到一些有关家庭暴政的理论联盟。实际上,克兰利从未打算要打断这个演说,但是每当斯蒂芬开个头他就不断插进一个接一个的提问。他问了伊莎贝尔的年龄、症状、主治医师名字、治疗方法、饮食、表现,她的母亲是如何照顾她的、是否请过牧师,以及之前是否生过病。斯蒂芬回答了所有问题,克兰利仍然不满意。他继续追问,直到被合理制止才作罢。斯蒂芬仔细考虑了对方的行为,他无法确定这种提问导向是否可以看作对人类疾病有浓厚兴趣的标志或者被激起对非人道理论家不满的标志。

斯蒂芬丝毫不畏惧自责,反而诚实地发现自己不能承认其公正性。由于她妹妹养育方式的问题,斯蒂芬和妹妹几乎成了陌生人。从孩童时代开始,他们很少说话,几乎不到一百句话。现在,他不会跟她说话,不过作为陌生人,也许会说几句。她默许了母亲的宗教信仰,并接受了向她推荐的一切事物。如果她活着,将会丝毫不差的具有一个作为一个天主教妻子的脾性,智慧有限,内心虔诚又顺从;如果她死了,作为基督徒,她会在永恒不朽的天堂有一个安身之处,而她的两个哥哥却可能被关在天堂外面。据说,世界上的灾害都能轻易的扛在真正的基督徒的肩膀上,不过真诚的基督徒们在等待时机,等待造物主成就良善的国度那一天。伊莎贝尔的情况激起了斯蒂芬的怒火和同情,不过他马上认清自己根本无法干涉。在上帝面前,她的生命只会迈着颤栗的步伐行进。他们之间最轻微的思想交流必须是斯蒂芬的纡尊降贵或是一种堕落的尝试才可。他没有意识到他们之间亲近的血缘关系困扰着他,这种感情总是自然而发,没有根据。斯蒂芬把她称作妹妹,就好像把母亲称作母亲一样,但是从来没有任何证据证明她们对斯蒂芬的情感态度,而斯蒂芬对她们的情感态度也未被识别承认。这对天主教丈夫和妻子,天主教父亲和母亲,拥有天生的判断力,不过同样的荣耀却未赐予他们的天主教孩子。毫无疑问,他们必须保持秩序井然,甚至冒着被那些主张自然属于撒旦的牧师不近人情的训斥的风险也要如此。斯蒂芬对母亲、父亲、伊莎贝尔和威尔斯的态度有些冲动,不过他相信抵制他们没什么错,他起初是要拯救自己,在他证明自己的实验之前并未试图拯救其他人。克兰利几乎明确表达了对斯蒂芬的严肃指控,通过暗示想起有关伊莎贝尔的一些画面,比如逐渐消耗的热情、黑长的秀发和明亮疑惑的眼睛。但是,斯蒂芬勇敢面对这些指控,用心回答对他的责备并不公平。来自那些鼓吹互相奴役的联合体系的人们模糊、懈怠的同情。对接受者来说,这仅仅是一场情感剧,因为拥有感情的人和利己主义者的性格一样。此外,对斯蒂芬来说,伊莎贝尔似乎并未处在多大的危险中。他告诉克兰利伊莎贝尔成长速度太快,许多女孩这个年纪还很娇气呢。他坦白,这个话题让他感到有些累。克兰利站那儿不动,盯着他说:

——我亲爱的兄弟呀，你知道吗，你真是……一个十分优秀的……男人呀。

距考试一周前，克兰利向斯蒂芬详细介绍了他的计划——在五天之内完成课程复习。那份计划建立在主考人丰富知识和试卷的基础上，认真又详细。克兰利的计划是从上午十点学习到下午两点，然后从下午四点到六点，再从晚上七点半到十点。斯蒂芬拒绝遵循这个计划，认为他有均等的机会通过"迂回的"知识考试，不过克兰利说执行这个计划会更完美，更安全。

——我真不明白，斯蒂芬说，只是粗略地匆匆复习，你怎么能通过拉丁语散文考试？如果你愿意，我可以向你展示一下我可是写不了多出彩……

克兰利似乎没有思考斯蒂芬的话，默默想了一下，然后直截了当断言他的计划很有用。

——我会带上伴我一生的圣经，他说，我会写得很优秀，你知道吗，他们希望多优秀，我就能写多棒。对于拉丁散文，他们知道什么呢？

——我猜，知道的不多，斯蒂芬说，不过他们应该会关注拉丁语法。

克兰利认真考虑了一下，找到了补救方法。

——你知道吗，他说，我一旦想不起来语法，我就提塔西佗①。

——有关什么内容呢？

——关于什么内容又有啥大不了呢？②

---

① 塔西佗，约公元 56—118 年，是白银时代拉丁文坛最出色的文法修辞学家。
② 在乔伊斯的笔记中（戈尔曼，第 137 页），标题"伯恩"下方，也就是克兰利列举的："无情，血腥，火焰"。

——说的也是,斯蒂芬说。

克兰利的计划既没有成功也未失败,因为根本没有执行。考前的很多夜晚他们就坐在图书馆外面的走廊里。这两个年轻人抬头看着安宁的夜空,讨论着如何才能毫不费力地活着。克兰利提到了蜜蜂,似乎对蜜蜂的整个生命了如指掌,他对待蜜蜂不会像对待人那样无法忍受。斯蒂芬说如果克兰利依靠蜜蜂的劳动生活,这个安排可能还不错,斯蒂芬也可以依靠蜜蜂和养蜂人的劳动生活。

——"我从清晨一直到黄昏

尽望着湖面映射的阳光

照亮花蕊上黄色的蜜蜂。"

——"照亮"? 克兰利说。

——你知道"照亮"的意思吗?

——是谁写的呢?

——雪莱。

——照亮,正是这个词可以表现秋天的赤金色。

——对风景画的精神诠释非常少见。一些人如果觉得风景有些暗淡,阳光很少时,他们会认为写得超凡脱俗。

——你刚才说的话现在对我来说没有产生什么心灵上的感觉。

——我也没有感觉,不过有时雪莱不是要仅仅吸引眼球。他说"湖面反映的许多长笛",这个画面有没有吸引你的眼睛或者色彩感呢?

——雪莱的脸让我想起了一只鸟。是什么呢? "尽望着湖面反映的阳光? ……"

——"尽望着湖面反映的阳光

照亮花蕊上黄色的蜜蜂。"

——你们引用的是什么诗句呀?格林在图书馆学了几个小时,刚刚出来问道。

克兰利回答之前俯视着他说:

——雪莱。

——噢,雪莱?引用的是什么句子呀?

克兰利向斯蒂芬点点头。

——引用的是什么句子呀?格林问道,雪莱可是我的旧情人。

斯蒂芬重复了刚才说的两句诗,格林激动地不停点头表示赞同。

——雪莱的诗写得真美,是吧?神秘又不可思议。

——你知道在威克拉人们是怎样称呼黄蜜蜂的吗?克兰利突然转向格林问道。

——不知道?叫什么?

——红屁股蜜蜂。

克兰利说完,在花岗岩台阶上拍打着自己的脚踝,哈哈大笑起来。格林意识到有什么误解,开始胡乱摸自己的雨伞,想要在自己的妙语库中找一个合适的词。

——不过这是唯一的词,他说,如果你愿意原谅这个表达,你就可以这样说……

——"尽望着湖面反映的阳光

照亮花蕊上黄色的蜜蜂。"克兰利对格林说,雪莱的诗从头至尾都很特别。你觉得呢?

——对我来说,雪莱的诗当然优秀,格林拿着自己面前摇摇晃晃的伞专门强调着,蜜蜂在花丛中,多么色彩斑斓呀。

考试持续了五天。前两天考试过后，克兰利甚至没有仔细检查进入考试大厅的形式，但每场考试过后，他都会出现在大学外面和更勤奋的同学认真温习所有的问题。他说试卷很简单，每个人都可以凭借经验知识通过考试。他没问斯蒂芬任何问题，只对他说"我猜你会通过"。斯蒂芬说"希望如此"。麦卡恩通常会检查前来考试的学生，一部分原因是那是他的责任，有关大学的事务他很有兴趣，另一部分原因是丹尼尔先生的女儿也来参加考试，他要过来看看。斯蒂芬不担心自己是否通过考试，他更开心自己观察到那些妒忌与紧张的忧虑试图隐藏在粗心中。全年都努力学习的学生假装和那些懒散之人考得一样。再不情愿，懒惰和勤奋都会在上交的试卷中显现出来。互为对手的人们相互之间不说话，害怕会相信他们的眼睛，但是一个人询问熟人，想暗中知道其他人的好成绩。他们的兴奋如此真实，连性亢奋都较之不及。女学生并不是往常窃笑和开玩笑的主体，但她们却以讨厌的态度对待，被视为狡猾的敌人。一些年轻的男生缓和了敌意，同时证明了她们的优势，他们说难怪女生表现好，因为他们看到女生全年[每天]一天都学十个小时。麦卡恩，持中立态度，告诉他们另一个阵营的小道消息，是他扩散了这个报道，兰迪不会在英语课上取得第一名，因为里弗斯小姐已经写了一篇二十页的文章《愚弄的使用和滥用》。

周二考试结束了，周三早上，斯蒂芬的母亲似乎相当焦虑，斯蒂芬的父母对斯蒂芬在考试中的表现不太满意，但他没想到这会成为母亲的困扰，然而，他在等待这个困扰能早点解决。她的母亲等到家里没人了，对他很随意地说：

——你还没有履行复活节义务吧？斯蒂芬？

斯蒂芬回答说还没有。

——你白天最好去忏悔一下。明天是圣周四,今晚教堂肯定挤满了人。他们可是拖到最后一刻才去履行复活节义务。人们不会对此感到羞愧,真实是奇迹呀。上帝知道人们从圣灰星期三有足够的时间去见牧师,而不用待钟声敲响十二点……斯蒂芬,我可不是说你。我知道你最近一直在准备考试学习。但是那些没什么事儿可做的人……

——我已经履行过复活节义务了,就在耶稣升天节那天,但是我上午就去了圣坛,我连续做了九天的祷告,我想让你给我的一个特定对象提供一个专门的圣餐仪式。

——什么特定对象?

——亲爱的,我非常担心伊莎贝尔……我不知道该怎样想……

斯蒂芬生气地把勺子插到馅饼底部,问还有没有茶。

——茶壶里没有了,不过我马上可以煮一点。

——噢,算了。

——很快就好。

斯蒂芬让母亲去煮茶,刚好结束了这个对话。他很生气,母亲竟然用妹妹的健康作借口哄骗他和大家一样参加活动。他觉得这种企图是在侮辱他,打算摆脱要他虔诚信教的劝诫。母亲放上水后,不太焦急了,好像预料到会被拒绝。她身为信教的妇人甚至连闲聊都冒险一试。

——明天我想去马尔堡街参加大弥撒,教堂会举办圣餐日活动。

——为什么? 斯蒂芬微笑着问道。

——母亲严肃地回答,因为是耶稣升天节呀。

——为什么会有圣餐日呢?

——因为这一天他向大家证明他是神，他上升到天堂了。

斯蒂芬开始在面包一侧上涂抹黄油，此时的嘴脸很清楚地显露出敌意：

——他从哪里离开的呢？

——从橄榄山，母亲回答着，眼圈都有些泛红。

——头朝前么？

——什么意思呀，斯蒂芬？

——我的意思是他到的时候肯定头晕目眩。他为什么不乘坐热气球呢？

——斯蒂芬，你是在嘲笑我们的上帝吗？我真的觉得以你的智商可以说出更妥帖的话，人们只相信他们眼中看到的东西和口中说出的话。我实在太惊讶了。

——妈妈，告诉我，斯蒂芬吃了一口面包说，你的意思是告诉我你相信我们的朋友升天，从山上离开吗？因为他们说他的确这么做了，你相信吗？

——我相信。

——我不相信。

——斯蒂芬，你在说什么呢？

——太荒谬了。上帝来到这个世界，他知道如何在水上行走，如何从墓穴中出来，如何从霍斯山离开升至天堂。这是什么糊涂话呀？

——斯蒂芬！

——反正我不相信，就算我愿意相信这也是不值得相信的。我可不信我不相信的东西。真是废话。

——教堂最博学的人相信，对我来说已经足够了。

——他能斋戒四十天。

——上帝能做一切事情……

——现在在卡博尔街有一个家伙表演时说,自己能吃玻璃和坚硬的钉子,自称"人类中的鸵鸟"。

——斯蒂芬,母亲说,恐怕你已经丧失了信仰。

——恐怕果真如此,斯蒂芬说。

代达罗斯先生看起来心神不定,无助地坐在近处的椅子上。斯蒂芬把注意力集中在水上,想再来一杯茶。

——我刚才稍加思索,母亲说,我想到我的一个孩子要失去信仰了。

——但是不久前你都知道啦。

——我怎么会知道?

——你知道。

——我怀疑有些不对劲,可是从没想到……

——不过你还是想让我参加圣餐礼吧!

——当然现在你不能参加了。不过到目前为止,你每一年都履行了复活节义务。除了你读的那些书,我不知道什么会让你误入歧途。你的叔叔,约翰,年轻的时候也是因为书迷失自己,不过只有一段时间而已。

——可怜的家伙呀! 斯蒂芬说。

——你可是由耶稣会士虔诚地抚养,在一个天主教家庭……

——一个非常正统的天主教家庭。

——你的亲人中从来没有,无论是你的父亲,还是母亲的血管里从未流淌过一滴非天主教的血液。

——好吧,我就在咱家开个头吧。

——这就是拥有太多自由的后果,你总是喜欢做什么就做什么,喜欢相信什么就相信什么。

——比如说,我不相信耶稣是唯一一个拥有一头红褐色头发的人。

——那又怎样呢?

——他也不是唯一一个不多不少刚好六英尺高的人。

——那又怎样呢?

——可是你相信那都是真的呀。多年前在布雷,我听到你可是这样告诉护士的,你还记得莎拉护士吗?

代达罗斯夫人为传统辩护有些敷衍了事。

——那是他们说的。

——噢,他们说的!他们可说了很多呢。

——不过如果你不想相信的话也就没必要相信了。

——非常感谢。

——让你相信的所有东西都是上帝的话。想想上帝美丽的教义,想想你相信那些学说时的生活。那时的你不是更好,更开心吗?

——也许那时候对我很好,但现在对我毫无用处。

——我知道你发生了什么事——智慧的骄傲害了你。你忘了我们只是地球上的蠕虫。你认为你可以公然反抗上帝,因为你误用了他给你的天赋。

——我认为耶和华在判断他人动机时收费太高,他年纪太大,我想辞掉他。

代达罗斯夫人站了起来。

——斯蒂芬,你可以用那种语言对待你的任何同伴,但我不允许你用在我身上。甚至你觉得很糟糕的父亲,也不会像你一样亵渎神明。恐怕从你上大学开始你就变了,我猜你是碰到了一些学生……

——天啊,妈妈,斯蒂芬说,可别这样想,我的同学们都十分好,他们热爱自己的宗教,胆小如鼠。

——不管你在哪里学的,提到神圣的东西,我不会再允许你用亵渎的语言,把那些话留在晚上黑暗的街角吧。

——好吧,妈妈,斯蒂芬说,是你先打开话匣子的。

——我从未想过有一天看到我的一个孩子丧失了信仰。上帝知道我不会这样做,我已经尽力让他走正道了。

代达罗斯夫人哭了起来。斯蒂芬吃完面包,喝完茶,站起来朝门口走去:

——都是那些书,还有你那些朋友害了你,晚上你总是呆在外面不回家,我要把你的书一本一本烧掉,不会再让家里的任何人受你影响,误入歧途。

斯蒂芬停在门口,转向泪眼婆娑的妈妈:

——妈妈,如果你是一个真正的罗马天主教徒,你把书连同我一起烧了吧。

——我知道糟糕的结果来源于你要去的地方,你正在毁灭你的身体和灵魂。现在你的信仰已经丢了。

——妈妈,斯蒂芬站在门口说着,我不明白你在哭什么,我那么年轻、健康,而且很开心。你在哭什么呢? ……太傻了……

斯蒂芬朝图书馆走去,晚上特地去看克兰利,[告诉他]要和他说最近和正教发生的矛盾冲突。克兰利站在图书馆走廊里,正在提前宣布考试成绩。像往常一样,一群人围着他,有一个在海关任职的朋友;还有另一个亲密的朋友,有些年长,一脸严肃,名叫林奇。林奇性格有些懒散,他离开学校后,过了六七年,又开始在外科学院修药学课程。他的同行们都很尊敬他,因为他有一副深沉的男低音,别人请他喝饮料,他从不回请,几乎不对听到的话发表任何评论。他走路时总是˚把两手插进裤子口袋里,某种程度上突出胸部˚,昂首挺胸的姿势就当作对生活的批判。然而,他和克兰利说话主要围绕女人们,由此克兰利给他取了一个绰号,叫尼禄①。这可能归咎于他尼禄风格的嘴,不过他消除了帝国主义的幻觉,因为他戴了一顶帽子,没有遮住自己吓人一跳的额头。他总是不受控制地蔑视医学院学生以及他们的处事方式,如果不是那么了解都柏林的话,他肯定热爱艺术。事实上,他对音乐艺术十分感兴趣。他试图用这个兴趣和斯蒂芬亲近,他的庄严掩盖了不˚惹眼的理想主义˚,开始感受到克兰利对斯蒂芬生机勃勃的骚动产生的影响。他的反对于不严格的人够突出,不过也只是陈腐又毫无意义的诅咒,信口开河的邪恶,最后都为他提供了灵感。他˚憎恶低级趣味的东西˚,保护不确定词源中乐观的形容词去描述婚礼册。他有一个不变的词,称为"圣人",所有这个领域之内的称为"神谕"。这个词在他的圈子中适用于高贵之人。他很小心,从不解释发现这个词的过程。

斯蒂芬站在走廊的石阶上,但克兰利并没有什么礼待欢迎他。斯蒂芬插了几句话,˚克兰利还是无视他的存在。˚受到如此待遇,他一点儿也不怕,更多的是有些疑惑,于是就在静静地等待机会。一次,他直接叫了克兰利,仍然没有得到回应。他反复思考怎么回事,最终沉思只化作了长长的微笑。在享受微笑时,他看到林奇在观察他。林奇从那一群人中走过来,道了声"晚上好"。他从一侧口袋里拿出一盒伍德宾香烟,递给斯蒂芬一支,说:

———————————

① 古罗马暴君。

——五便士呢。

斯蒂芬知道林奇有些拮据,满心感激地接着递过来的烟。他们抽着烟,没有说话。终于,走廊下面的那群人也不说话了:

——你的文章有复印件吗? 林奇说。

——你想看吗?

——我想看看。

——明天晚上我带过来给你,斯蒂芬上着台阶说。

斯蒂芬去找克兰利,只见他倚靠在石柱上。他盯着面前的克兰利,轻轻拍着他的肩膀说:

——我想和你谈谈,斯蒂芬说。

克兰利慢慢转过身,看着他问:

——现在吗?

——对。

他们一起沿着基尔代尔街走着,没有说话,走到格林街时,克兰利说:

——周六我打算回趟家,你能来哈考特街的车站吗? 我想看看火车几点出发。

——没问题。

在车站里,克兰利花了很长时间看时间表,又做了一些难以琢磨的计算,然后走上站台,观察了很长时间一列货运列车火车发动机转到客车上去。发动机冒着气,发出喧闹的汽笛声,浓烟在车站顶部翻滚旋转。克兰利说,火车司机来自他的家乡,他是蒂那依利市补鞋匠的儿子。发动机的运转有些犹豫不决,最后终于发动成功了。火车司机从一侧探出头,疲倦地注视着火车:

——我猜你会叫他黑煤耶稣,克兰利说。

——克兰利,斯蒂芬说,我离开教会了。

克兰利听了斯蒂芬的话,他们离开站台,走下台阶。他们一走到街上,克兰利就带着鼓舞人心的语气问:

——你离开教会了?

斯蒂芬又一个词一个词地说了一遍。

——所以你不再信仰天主教了?

——不可能再信了。

——可是你之前是信的呀。

——现在不了。

——如果你想的话现在也可以呀。

——可是,我不想。

——你确定你不信啦?

——相当确定。

——你为什么不去圣坛啦?

——因为我不信教了。

——你亵渎圣体了吧?

——我为什么要这样做?

——因为你母亲?

——我不明白我为什么要这样做?

——你母亲肯定很伤心,你说你不信天主教了,主持对你来说就是一片普通的面包,你会为了让母亲痛苦而不去吃那片普通的面包么?

——许多情况下我会吃的。

——为什么在这种情况下不吃?你不愿承认你有亵渎神明的行为吗?就算你不信教,也不应该会有这些行为。

——等一下,斯蒂芬说。目前,我不愿承认我有亵渎神明的行为。我是天主教义的产物,出生之前就被出卖给天主教了。

现在我要打破奴性,却不能摧毁我天生的每种感觉,这需要花费一定的时间。然而,比如说,如果这是我人生必须要做的,我会向主持承认任何罪行。

——许多天主教徒也会这样做,克兰利说,如果他们的生命危在旦夕的话。

——信徒们?

——对,信徒们。根据你的表现,你就是一个信徒。

——我不是害怕,只是不想承认亵渎神明。

——但是你都会履行复活节义务,为什么变了呢? 你是白费心机,装模作样。

——如果我在装模作样演哑剧,那也是谦恭的一幕哑剧,对教会顺从的公开哑剧,我不会向教会投降。

——到现在也是在演哑剧吗?

——我是故意这样做的,表面上看不出什么,实则含义可多了。

——你看你说话又像一个天主教徒了。这主持表面上看啥也不是,不过是一片面包而已。

——我承认,但同时我坚持不再顺从教会了,不会再服从了。

——但是你就不能更老练些? 就不能在心里反叛,带着轻蔑去顺从? 你可以做一个精神上的叛徒啊。

——对于敏感的人不是长久之计。教会知道圣餐的价值,牧师每天早上都会在神龛前对自己催眠。如果我每天早上起来,去镜子面前,对自己说"你是上帝之子",那么年末我也会成为上帝的门徒。

——如果你可以像基督教徒那样让你的宗教信仰有所回

报,我建议你每天早上走到镜子前面这样说。

——对于人世间我的牧师来说当然很好,但我也发现了该受的苦难。

——在爱尔兰,如果信了你的"不信教"这个新宗教,你可能会像耶稣殉道那样折磨自己,只不过在社交方面而不是身体上。

——这就是区别,耶稣对此毫不气恼,而我会抗争到底。

——你怎样为自己的未来做打算呢?你是如何害怕相信自己在教会中只是最简单的装模作样呢?克兰利问。

——那是我自己的事,斯蒂芬轻敲着自己的额头说。

他们来到格林街,穿过街道,绕着禁地,里面有链条秋千。几个修理工和他们的心上人坐在摇摆的秋千上,影子都可以数清。人行道已经荒芜了,只在远处好好放置了一个金属制的警察雕像,衬着煤气灯作为警示。这两个年轻人经过学校的时候,同时抬头看着黑暗的窗户。

——我可以问你为什么离开教会吗?克兰利问。

——我没有遵守戒律。

——甚至没有心怀恩惠吗?

——没有。

——耶稣让我们遵守的戒律都很简单,教会的戒律比较严苛。

——耶稣或教会,对我来说都一样。我不会服从。我必须有自由做我喜欢的事。

——没有人可以随心所欲。

——精神上可以。

——不,精神上也不可以。

——斯蒂芬说,你想让我听从大学里那些奉承者们和伪善者们,我绝不会这样做。

——不是,我只是提到了耶稣。

——不要提他,我只把"耶稣"当作一个普通名词。他们不信仰耶稣,也不遵守戒律,无论如何也要让我们离开耶稣。我的眼界只能看到我,而他的助理却远在罗马,根本没用。我以后不会害怕是用钱还是用思想上贡。

——你告诉过我,你还记得那天晚上我们站在最上面的台阶上说……

——是,是,我记得,斯蒂芬讨厌克兰利°纪念过去的方法°,我告诉你什么了?

——耶稣受难日当天,你告诉我你对上帝的想法,说他是丑陋畸形的耶稣。耶稣可能是个存心骗人的家伙,你有没有印象?

——我从不相信他很纯洁,一开始我就是这么想的。我很确定他不是阉人神父。他对放荡女人实在太过宽容,所有和他有关联的女人都有种暧昧的性格。

——你觉得他不是上帝?

——这算什么问题! 我解释一下位格合一(人性和神性的联合):告诉我如果°警察尊为°圣灵的人物是为了给精虫装上翅膀。这算什么问题! 他对生命作了总体评价,这是所有我知道的,然而我不同意。

——比如说?

——比如说……喂,我不能谈论这个话题。我不是学者,也不是作为神的佣人取得报酬。你懂吗,我只想活下去。麦卡恩想要空气和食物,我也想要,我还想要其他更多的东西。我不关心自己是对还是错,人类事务总有冒险。即使我错了,至少我来世不用再忍受巴特神父的陪伴了。

克兰利大笑起来。

——记住,他还是会被颂扬的。

——天堂里的气候好,是吗? 地狱里的伙伴多……整个事情都相当愚蠢,放弃吧,我还很年轻。等我嘴上长出胡须,我就去学希伯来语,然后给你写信说我学习希伯来语的事。

——你为什么对耶稣这么没耐心呀? 克兰利问。

斯蒂芬没有回答,他们走到下个有灯的地方,克兰利大喊道:

——你脸红啦!

——我感觉到了,斯蒂芬说。

——大多数人都觉得你在自我克制,停了一会克兰利这么说。

——的确如此,斯蒂芬说。

——不是在这个话题上。我不理解你为什么这么兴奋,对你来说是一件要仔细考虑的事情。

——我喜欢一些事情的时候便能仔细考虑它们。我曾经认真仔细考虑过这件事情,即使我告诉你也许你也不会相信我。但是逃避让我兴奋,我做一件事情就必须要说出来。我感觉脸上有一团火焰,一阵风向我袭来。

——突如其来的狂风,克兰利说。

——你想让我把自己的生活放到次要位置,这要持续到什么时候? 生命就是现在,这就是生命,要是我把生命放在次要地位,我可能都没法活着。要在地球表面高贵的行走,要没有虚伪地表达自己,要承认自己的人性! 你肯定不会想到我会这么狂热地呐喊,我非常严肃认真,这是来自我灵魂深处的诉说。

——灵魂?

——是,来自我的灵魂,灵性。生命不是一个哈欠。哲学、爱和艺术都不会从我的世界里消失,因为我不再相信通过满足十分之一秒的欲望而接受永恒的折磨。我很开心。

——你可以这么说吗?

——耶稣很悲伤。为什么他如此悲伤? 他很孤独……我说,你要感受到我说的都是真的。你在阻挡我加入教会……

——允许我……

——但教会是什么呢? 它不是耶稣,高尚而孤独,拥有无法效仿的节制。教会是根据我喜欢的事物并由我建立[①],包括圣餐、传说、习俗、绘画、音乐和传统。这些是艺术家赋予给她,也成就了她。他们接受阿奎那关于亚里士多德的评论,并将它视为上帝之道,这也成就了她。

——你作为一个艺术家,为什么你不帮她继续保持呢?

——我知道你认识到了我说的事实尽管你不想承认。

——教会允许个人的良心拥有强大的……事实上,如果你相信……相信,就是说,克兰利每说一句就跺一下,诚恳而真挚……

——够了! 斯蒂芬紧握着朋友的手臂,你不必为我防御,我可以自己处理。

他们在格林街漫步,沉默不语,那对夫妇离开秋千,回到温馨的家里,岁月静好。过了一会儿,克兰利开始向斯蒂芬解释他对生命也有种渴望,对自由和幸福的渴望;他还年轻,到那时如何才能离开教会追寻幸福呀。然而,许许多多的理由都牵绊着他。

---

① 在手稿中,"喜欢的事物并由我建立"这句话是用红笔添加的内容。

二十二

克兰利周末没要斯蒂芬去威克洛找另一个旁听生了。幸运的是,莫里斯非常享受他的假期,尽管斯蒂芬大多数时间都在城市的贫民区闲逛,而莫里斯去牛市,两个兄弟能时常碰面,总要谈论一番。斯蒂芬告诉莫里斯他和克兰利促膝长谈,然后莫里斯作一番评论。这个年轻的怀疑论者似乎并不赞同斯蒂芬对克兰利作出的高度评价,尽管他说得不多。这不是出于嫉妒,而是对克兰利质朴的过分赞誉,对此莫里斯允许自己持有这种偏见。在他看来,为了保持质朴的一面,需要养成可爱、傻里傻气以及怯懦胆小的性格习惯。虽然他只和克兰利只谈过一次话,不经常看见他。他认为克兰利怎么也不会想到直到有人会和他说话,说一些他之前都不愿相信的一些老生常谈的话。斯蒂芬认为这夸大其辞,说克兰利总能大胆地说一些老生常谈,他都可以滔滔不绝了,可以赞颂他是一个倔强的天才。克兰利过度怀疑和沉重的脚步让莫里斯想到有一个名字可以与克兰利质朴的风格相配^c。莫里斯把他叫做"古板托马斯"①,他甚至不会承认[克兰利]某种程度上有种庄重感。在他看来克兰利去威克洛是因为对他来说有必要^c向众人展示上帝^c。年轻狡猾的异教徒说,当你开始向其他人扮演上帝时,慢慢地,他就不喜欢你了。你给予他的一切,作为交换,不管他有没有,他都不会给予你分毫,因为他[天生]天生就是专横傲慢之人。你对他说的话,哪怕

---

① 在乔伊斯注释中(戈尔曼,第137页),标题"伯恩"(克兰利)下方是这个名字:"古板托马斯"。

是一半他都无法理解,然而,他却想要被认为是唯一一个可以理解你的人。他想成你越来越必不可少的人,直到可以掌控你。切记你们一起时万勿显露你的不足之处。只要你处于支配地位,你便可掌控他。斯蒂芬说他认为这完全是一种小说的友谊感,并不能单独通过辩论来证明这种感觉是真的或假的;但是他自己意识到教授身上拥有一种直观手段,只要出现,就可能会被用来树立敌意。同时斯蒂芬,他为他的的友谊和朋友辩护。

夏季乏味而温暖。˹斯蒂芬几乎每天都去贫民区闲逛,观察居民脏乱贫穷的生活。布满灰尘的自由之窗上粘贴的所有街头民歌他都读遍了。脏兮兮的烟草店窗户用深红色的警务报纸装饰,门外用蓝色的铅笔潦草地写着赛马的名字和价格,他也读了个遍。他还查看了所有售卖老旧的布道簿,还有前所未闻的论述的书报摊,平均每份只需一便士或者三份两便士。他经常两点的时候坐在古老的都柏林市一个工厂对面,看着工人出来就餐。˹大多是年轻衣着单一的男孩和女孩,他们神情黯淡、毫无生气,只是抓住机会,勇敢前行。他无数次地在这所小教堂进进出出,只见一个老人在长凳上打盹儿,一个员工拂去木制品上的灰尘,一个老妇人点燃蜡烛在蜡烛面前祈祷。他慢悠悠地在迷宫般的街道上穿梭着,回来时,心中自豪地一门心思想到他知道的那些愚蠢奇妙之事,他经过那些身着短裤的警察身边时,只见他们像母牛一样晃晃悠悠地跟着他。但凡遇到那些身穿祭服、态度粗鲁的牧师在拥挤的街道心情愉悦地视察,街道上充斥着卑屈谄媚的信徒,四处闲逛的斯蒂芬对这些满眼可见之事深恶痛绝,便会咒骂爱尔兰天主教的这一场闹剧:岛上的居民将他们的心愿和思想交托给那些确定思想麻痹之人手中,在岛屿上一切力量和财富都掌握在不属于这个世界的王国居民手中,在这里凯撒和基督互相表示[声称]忏悔,他们可能一起加剧贫民暴动,但极具讽刺意味的是,这场暴动也在苦难中得到平息,并宣称"上帝的国度就在你心中"。

这种并不愧疚、有点肤浅的愤懑兴趣毫无疑问是由于兴奋的宣泄,在意识到一个煽动分子的危险之前,他几乎并不支持这种行为。他对该事的态度本质上是保持自我沉默,对其嗤之以鼻,再者,理智说服他战斧作为一种战争工具已遭废弃。他用一种诚实的自我主义向自己坦白即未将国家的危难放在心上,自我主义的的灵魂和自身显得格格不入,没有什么比用一行糟糕的诗表达这种侮辱再痛苦的了;然而,同时作为一个业余艺术家,他在这个世界中显得如此渺小。他希望可以自由表达天性,为了他能够使其富足的社会的利益,也为了自己的利益,因为这样做本就是他生活的一部分。承担社会的大规模变化并非是他生活的一部分,但他需要表达自己内心的急切需求,一种真真切切的需求。他决定不遵守社会惯例。然而,同情与暴政交织貌似有理,应该被允许阻碍了他前进的步伐。尽管作为煽动者,优雅和细节的品味追求并不适合他,从他整体的态度可以得知,那会被认为他是公正的集体主义政客的盟友。这些政治家经常受到对手[信徒]的严厉谴责,而他们的对手通常信仰耶和华、摩西十戒和典章、为虚无而牺牲现实的人。

那种称之为天主教的基督教似乎有些阻碍他前进的步伐,他也就毫不犹豫避而远之。他从小受罗马至高无上政权的熏陶培养,如今不能继续做一名天主教徒,对他来说意味着不能继续做为一名基督徒。帝国的权力在边界地区最弱的念头需要有所更正,因为人人都知道天主教皇不能像统治爱尔兰那样统治意大利。沙皇对待对圣彼得堡的商人也不像他对待小俄罗斯的蛮荒之地那样差劲。事实上，许多时候，帝国政府在其边界处恰恰最强，国内中心权力衰弱时边界仍旧最强。帝国的起起落落并不像光的速度那样快，也许在爱尔兰意识到天主教会不再经历同化阶段之前还需要很长一段时间。[①] 在爱尔兰牧师们的安全带领下成群结队穿过陆地的朝圣者，他们肯定会是永恒之城疲倦不堪的反动派，因为他们的麻木不仁一股劲的崇拜而羞愧和刚从西班牙或者非洲过来显眼的乡下人几乎一样，也许会激怒了一些笑容满面的的罗马人的忠诚，对他来说[他的过去有但是]他未来的赛跑开始正变得不确定，因为过去早已变得明显了。一方面尽管爱尔兰天主教权力的持久性显而易见，肯定还会大大增强还没有自愿放逐自己的爱尔兰天主教徒的孤独；然而，另一方面，他必须自身产生一种魄力，跳脱出错综复杂的强大专制的统治，如此一来，他可能经常足以将他放在那些重获吸引力的地区之外。事实上，正是斯蒂芬前期宗教生活的热情使他如今加重了他独处时的痛苦，同时将他带入了一个不那么柔软、敌意难消、怒火不息的境况，这种境况下那种无助孤独绝望的情感，第一次产生一种令人恐惧的影响。

夏日图书馆里空空荡荡，每次在馆中闲逛，几乎找不到几个熟悉的面孔。克兰利的朋友[奥尼尔]格林，那个吉尼斯[海关]职员，是其中一个熟悉的面孔，他整个夏天都在忙着读哲学手册。一天晚上，斯蒂芬不幸被[奥尼尔]格林逮个正着，他立马打算和斯蒂芬谈一下现代爱尔兰作家学校的事情——斯蒂芬对这个话题一无所知——他不得不听着一连串褒贬不一的文学观点。这些观点毫无意思：比如，慢慢地，斯蒂芬非常讨厌[奥尼

---

① 原手稿中，该词以铅笔下划线，被误拼作"anabilism"。

尔]格林老师告诉他拜伦、雪莱、华兹华斯、柯勒律治、济慈和丁尼生写的诗多么美,不喜欢听他说罗金斯、纽曼、卡莱尔和麦考利是英国最伟大的散文家。最后,[奥尼尔]格林打算叙述一下妹妹曾在洛雷托修道院向女子辩论社读过的一篇论文,有时候照克兰利的习惯,通过询问[奥尼尔]格林他是否可以去啤酒厂参观,斯蒂芬认为有理由结束这个谈话了。斯蒂芬提要求时,语气中的好奇心似乎并不强烈,[奥尼尔]格林气馁极了,就不再继续说他的文学评论了,承诺会尽最大努力让斯蒂芬获得进入啤酒厂的"通行证"。图书馆的另一个读者对斯蒂芬态度友好:他是一个年轻的学生,名叫莫伊尼汉,已经被评选为下一年文学历史学会的评审员。十一月份,他需要发表就职演说,他选择了一个主题称为"现代无信仰和现代民主"。这个小伙子[身材小]极丑,长着一张大嘴,让人想到嘴巴比下巴低,只有近距离才能看到脸,眼球颜色好似冲刷过的橄榄绿,眼距很小,双眼的敌意,两只大耳朵呆板地竖在两侧。因为他马上要成为一个法务官,打算依靠就职演讲让自己声名大噪,所以他把最大的希望给予他论文的成功。他还未开启自己机敏的法律头脑,想着斯蒂芬可以就他的竞职演讲分享一下他的看法。一天晚上,他在准备这个话题时,斯蒂芬向他走去。他身边放了成摞的莱基作品,他在读一篇《百科全书》中标题是"社会主义"的文章,还不时做着笔记。看到斯蒂芬向他走去,他就停下手头的工作,开始解释委员会正在做的准备,让斯蒂芬看他收到的各种公务人员的来信,委员会写信给他们想知道自己是否可以发言。还让斯蒂芬看他决定印刷的邀请函格式,寄给各大报纸的通知复印本。斯蒂芬对莫伊尼汉并不熟悉,却对他的自信毫不惊讶。莫伊尼汉说斯蒂芬会成为继他之后下一个评审员,还说他有多么欣赏斯蒂芬的论文风格。在这之后,他开始讨论他自己和斯蒂芬将来取得的学位的愿景。他说德语比意大利语有用(当然,作为一种语言,尽管意大利语更美妙),正是因为这样他才一直学习德语。斯蒂芬准备离开时,莫伊尼汉拿起书说他也要走了。他沿着拿索街赶着搭有轨电车去帕默斯顿公园。路上,天下起了雨,潮湿的夜晚,街上黑漆漆的,反衬着雨水的光,渴望突然有点射精的指派的继承者走在一起,他们之间更显亲近熟悉了。眼瞅着身后穿着棕色长筒袜,粉色衬裙的女护士,斯蒂芬对这种场面一点也不生气,在莫伊尼汉看见之前,他已经观察很久了。但是莫伊尼汉[射精渴望]射精渴望[也]让他想起了打字机的敲击声。现在莫伊尼汉在这个字眼上已经出名,也因为薄伽丘,他才想了解意大利和其他意大利作家。他告诉斯蒂芬如果他想读一些很淫秽的文章,薄伽丘的作品《十日谈》就很符合这个特点,且令人称奇。

——他说,我希望像你一样,肯定比原文内容邪恶十倍。我的电车来了,我现在没法告诉你……但十足令人称奇……你知道吗?……好了,简直太赞了![1]

代达罗斯先生对私人财产的权利没有敏锐的洞察力,因此他很少租借东西。对他来说花钱吃喝是合理的,但期望人们每年向都柏林的房东支付过高的居住费并不公平。现在他在克朗塔夫住了一年,那年他交了一个季度的租金。文书第一次交到他手上的时候,°有一个法律漏洞°,这也让他延长了居住期。目前事情到了紧要关头,他正在城里找其他住处。从一个在治安处任职的朋友那儿得到消息,出于颜面说他还有五天时间搬家。

---

① 再见!

每天早晨,他都仔细刷好大礼帽,擦亮眼镜,开始嘲弄般哼唱着,把自己送到房东嘴边。大厅的门经常发出砰砰的声响,唯一的可能就是争吵者摔门而出。核查后,发现只是斯蒂芬路过,他的父亲私下告诉他最好出去找地方住,因为一周后他们将流落街头。家里积蓄不多,因为一些新家具之类的零碎东西被拿到当铺换不了几个钱。商人看到搬家,开始玩起了一场敲门门铃响起的游戏,对此经常引来街头顽童的好奇眼光。伊丽莎白正躺在楼上的密室里,面容一天天憔悴,爱发牢骚。现在医生一周来两次,给她制定一些美食食谱。代达罗斯太太将她的聪明才智运用到工作上,每天提供一份丰盛的食物。当然完成每天的盛宴之间,她没有什么空闲时间,一直在平息大厅的喧哗,避开丈夫的烂笑话以及照顾奄奄一息的女儿之间忙个不停。而她的儿子,一个是自由思想家,另一个又脾气暴躁。°莫里斯吃了干面包,向他父亲和债权人们低声抱怨、咒骂。他练习推一块花园里沉重扁平的石头°,用一块破旧的哑铃举重,每天涨潮时跋山涉水去布尔,晚上写日记或出门溜达。斯蒂芬早晨、下午和晚上都在四处转悠。两兄弟本来不经常见面。[直到后来]一个昏暗的夏日傍晚,他们在拐角处撞见彼此,相视而笑,自那以后他们有时晚上一起散步,讨论文学艺术。

斯蒂芬早就答应把他的论文借给林奇,这也令他们的关系更为亲密。林奇大约是出于不满几乎做出最后誓言,但斯蒂芬不道歉的自我主义、对自己缺乏同情心的忏悔,对别人并没有更好,这让他终止了此行为。他对艺术的精致品味对他来说一直都是一种品味,过去一直要小心遮掩,如今羞怯地开始自我鼓励。他对自己发现斯蒂芬理智的唯美主义和作为年轻人却有如动物需求般泯灭人性的接受性感到十分欣慰。作为一个狡猾的动物，至少在断定无可救药的贞操上，° 他开始怀疑斯蒂芬的热情和论述的深意，爱尔兰种族° 要求类似于约翰的人接受洗礼或类似于圣女琼的人将其释放，这是第一次对高官庇佑的神圣佐证。斯蒂芬对丹尼尔的家人越发厌烦，因此他不再去那儿做礼拜，而是和林奇在城里漫无目的地闲逛。他们在拥挤的街道艰难前行，薪水低的年轻人和招摇的女孩三三两两一起去散步。一起闲逛几次后，林奇学到了新措辞来表达一种新见解，他开始感觉自己在为一直让他感动的都柏林礼节遭受的轻蔑进行辩护。许多次，他们停下来用俚语小心讨论城里愚蠢的处女。因为年龄稍大一些的年轻人们的意味深长的语气，他们的灵魂因自身下流的意图而变得恐惧惊慌。林奇将自己置身于一种活泼又自由的关系中，完全远离秘密竞争或恩惠的污泥中，开始好奇他为何会认为斯蒂芬是一个做作的年轻人。现在，他认为每个有一种性格要隐藏的人，肯定也会有保护的方式。

一天晚上，当斯蒂芬消磨时光花了半个小时看一篇[音乐词典]有关歌唱的医学专著后，走到图书馆楼梯时，听到身后传来裙子摩擦的声音。他发现是埃玛·克莱里，爱玛见到斯蒂芬也非常吃惊。她刚才一直在研究古爱尔兰语，现在准备回家，因为没有人陪着，她父亲不喜欢她一个人到晚上十点还呆在图书馆。夜晚如此美好，她不想搭电车回去。斯蒂芬询问埃玛可以先不回家么，然后他们就在走廊下站着聊了会儿天。斯蒂芬掏出一根香烟点燃，但马上若有所思地把点燃的那一段掐灭，将烟放回了他的烟盒，埃玛的眼睛明亮极了。

他们去了基尔代尔街。走到格林街角时，她穿过马路继续沿着链条旁的碎石小道慢慢走着。° 这些链条承担了夜晚多情的重负°。她挽着他的胳膊，明显靠着他。两人谈着八卦。她讨论着麦卡恩可能会娶丹尼尔最年长的女儿。她似乎认为麦卡恩应该渴望结婚,不过又补充了一句说安妮·丹尼尔是个好女孩,想起来就很有趣。从昏暗角落里一对夫妇那儿传出一个女性声音:"不要!"

——"不要!"埃玛说道。难道这不是庞奇先生对即将结婚的年轻男士们的建议吗……斯蒂芬,我听闻你如今憎恶女性。

——那不是一种改变吗?

——我也听闻你在大学读一些糟糕的论文——上面有着各式各样的想法。果真如此吗?

——请别提那些论文。

——但我确定你有厌恶女倾向。你如此疏远傲慢,如此沉默寡言,你是知道的。或许你不喜爱女士的陪伴?

斯蒂芬轻按她的胳膊以示反对。

——你也信仰女性解放吗? 她问道。

——当然! 斯蒂芬答道。

——嗯,无论如何,我很高兴你这样说。我之前认为你不支持女性。

——噢,我很开放——同狄龙神父一样——他是位思想十分开明的人。

——是吗? 他是吗? 她带着疑惑的口气问道——为什么你现在从不去丹尼尔家呢?

——我……不知道。

——每周日晚上你独自干些什么呢?

——我……待在家,斯蒂芬说道。

——你在家肯定很郁闷。

——我可不会。我仿若魔鬼上身般快乐。

——我想听你再唱歌。

——哦,谢了……改天吧,或许……

——你为什么不学音乐呢? 你训练过嗓音吗?

——说来奇怪,我今晚读过一本有关唱歌的书,名字叫做……

——我确信你能凭嗓音获得成功,她飞快说出口,显然怕他主导这次谈话……你听过莫兰神父唱歌吗?

——没有。他唱得好吗?

——噢,很好：他唱得很有味道。他是个大好人,你不觉得吗?

——确实很好。你有向他忏悔吗?

她略微明显地朝他的胳膊靠了靠,说道：

——别太出格,斯蒂芬。

——埃玛,我希望你能向我忏悔,斯蒂芬发自肺腑地说。

——这事说起来挺糟糕的……你为什么想要这样呢?

——为了聆听你的罪过。

——斯蒂芬!

——想听你在我耳边低诉自己的罪孽,说你感到抱歉且绝不重犯,并恳请我的宽恕。我会宽恕你,让你许下承诺,如此一来,你每次想犯罪的时候都会说"愿上帝保佑你,我亲爱的孩子。"

——噢,斯蒂芬,你真不害臊! 用这种方式来谈论圣礼!

斯蒂芬原以为她会脸红,但她的脸蛋仍保持天真无邪,双眼愈发明亮。

——你也对此厌倦了。

——你这样认为吗? 斯蒂芬努力掩盖对她聪慧言辞的讶异

之情。

——你是个糟糕的调情者，我很确定。你对一切都厌倦得很快——正如你在盖尔联盟中做的那样。

——人们在调情开始时不应想着结束，不是吗？

——或许不是。

当他们来到她家平台拐角处时，她停下来说道：

——谢谢你曾做的一切。

——谢谢你。

——嗯，你必须改变，不是吗？下周日来丹尼尔家吧。

——如果你特意——

——是的，我执意如此。

——很好，埃玛。那样的话，我会去。

——记住啦。我希望你听我的话。

——好的。

——再次感谢你同我交谈的好意。再见！

——晚安。[1]

他一直等到瞧见埃玛走到平台的第四个花园。她没有转过头看斯蒂芬是否在看她，但他并不沮丧，因为他知道埃玛根本不用看就知道事情的技巧。

当然，林奇听闻这件事后，搓着手做了预言。斯蒂芬听从他的建议，接下来的周日去了丹尼尔家。那里有陈旧的马鬃沙发、"圣心"画，还有她。欢迎浪子的到来。当晚，她与斯蒂芬很少说话，似乎与最近因一次邀请而获得尊荣的休斯交流甚深。她身

---

[1] 这个词组对面用铅笔写着："应用爱尔兰语"。该注解的笔迹不同于原手稿中的笔迹。是不是乔伊斯弟弟斯坦尼斯拉斯的笔迹（文中莫里斯的笔迹）？乔伊斯写文稿时和他一起在的里雅斯特。

着奶油色的衣服，密发垂落到雪颈。她邀请斯蒂芬唱歌，斯蒂芬唱了一首她要求的道兰的歌后，她又问斯蒂芬是否能为大家唱一首爱尔兰歌曲。斯蒂芬瞥了一眼她的眼睛，又扫视了一下休斯的脸，便再次坐在了钢琴旁。斯蒂芬为她唱起自己仅知的爱尔兰歌谣之一，《我的爱人出生在北乡》。一曲作罢，她热烈鼓掌，休斯也是。

——我喜欢爱尔兰音乐。过了几分钟，她边讲，一副漫不经心的样子，靠向他，非常兴奋。

斯蒂芬一言不发。从斯蒂芬第一次见到她开始，他几乎记得她说的每一句话，且努力回想起任何揭示她同如灵魂般重要的名字等值的精神原则体现的话语。斯蒂芬让自己拜倒在她的体香下，且力图从她身上找出一条精神原则，但他无法做到。她似乎信仰天主教，遵守诫命戒律。通过所有外表迹象他被迫尊重她的神圣。但他不能自我欺骗到将她眼里的闪光误解为神圣，抑或将其胸脯的起伏[运动]诠释为一种具有神圣意图的运动。他认为自己是一个[宗教狂热者]宗教挥霍者，在修道院里装腔作势。还记得通，让一个在马拉海德小树林附近的工人被某种东方的仪态狂喜状态感到惊讶，在她魅力影响下不太清楚，他想知道罗马天主教上帝会不会带他去地狱，因为他不理解有可能很好通过意见的最受欢迎的善良，没有一丝一毫据此来安排某人的生活，还有也不会感激圣餐饼的消化价值。

宾客中有丹尼尔夫人的哥哥希利神父。他刚从美国回来，在那待了七年，攒下钱在恩尼斯科西附近建了一座教堂。他回家后应邀参加宴会。他坐在丹尼尔先生坚持让给他的扶手椅上，双手指尖轻轻交合，满脸笑意地看着大家。他是一个微胖的白人神父，他的身躯让我联想到一个新网球。当他坐在椅子上，将一条腿巧妙地搭在另一条上时,小而笨重、嘎吱作响的皮鞋里的小肉脚便躁动不安。他说话带着一种深思熟虑的美国口音,当他讲话时,所有人都洗耳恭听。他对爱尔兰新盖尔语复兴和新文学运动有极大兴趣。他尤其注意麦卡恩和斯蒂芬,两方面他问了许多问题。他认同麦卡恩认为格莱斯顿是十九世纪最伟大的人的说法。然后,因宴请到一个尊贵的客人的荣耀而骄傲得容光焕发的丹尼尔先生讲述了一个格莱斯顿和阿什米德·巴特利特爵士的尊贵故事,压低声音复述了格莱斯顿这位伟大老人的演讲辞。在字谜游戏中,[他]希利神父一直要求丹尼尔先生向他重复玩家的妙语,每当丹尼尔先生告诉希利神父玩家所言时,希利神父便频繁地笑到颤抖。希利神父离开大学后,他不放过丰富自己校园生活的知识的机会,在他点头表示满意之前,一切典故都被打回明显平淡的原型。为了在文学方面抨击斯蒂芬,希利神父开始了对约翰·博伊尔·奥莱利作品评论的独白。但是,他发现斯蒂芬过于礼貌,便开始贬低为年轻人独设的文学训练。于是,斯蒂芬开始以谨慎认真的态度告诉希利神父大学里的同盟和手球比赛的球道。

——希利神父说,我现在确定,机灵地将头歪到一侧,亲切地看着这位年轻人,我确信你能成为一个很好的球手。你就是为这个运动而生。

——噢,不。我只是一个糟糕的选手。斯蒂芬回答,心里渴望克兰利的出现。

——希利神父笑着说,如你所说,如你所说。

——真的,斯蒂芬说,对可以作为手球选手的这一聪明发现,对兰利在这场比赛中的咒骂的回忆微笑以对。

最后,神父希利开始打哈欠,意味着要将牛奶、面包片和奶酪分发给年轻人，他们看起来都不是太强壮。的确，休斯非常节省，还会婉拒一些吃喝，对此斯蒂芬有几分失望，因为他原本对这个理想主义者印象还不错。麦卡恩表达了对生活的实际看法，他吃东西声音很吵，还要了果酱。神父希利之前从没听到过这种评论，他不禁哈哈大笑起来，其他人见此也不由笑了起来，除了休斯和斯蒂芬：俩人目光严肃，眼神掠过°无人的°桌布面面相觑。年轻女人一直坐在桌角，年轻男人坐在另一边。一边气氛很活跃，而另一边却很沉闷。斯蒂芬在不参与讨论之后，一个完成工作的未婚姨妈拿了两杯潘趣酒，一杯给神父希利，一杯给丹利尔先生。斯蒂芬安静地走到钢琴旁，开始漫不经心弹奏古老的曲调，轻声哼唱，直到桌旁的有人说"给我们唱一首"，他才离开钢琴，返回到马鬃沙发上。

她的眼神非常明亮。斯蒂芬自我审视的方式让自己如此筋疲力尽以至于他没法渴望自己在美丽的埃玛身旁休息。他记得第一次感受到巨大的不满占据身体是开始都柏林生活之时，她的美如何安抚了他。现在似乎只有埃玛才能让他休息。他想知道埃玛是否理解他，或支持他，她行为的粗俗是否只是一种对在有意地玩游戏的人的纡尊降贵。他构建了一种艺术生活理论，一部诗歌选集。他知道这不是为了这种声誉形象，但如果他能确定她，他将轻松拥有自己的艺术和诗集。对爱的夜晚的渴望向他袭来，不顾一切地想要将灵魂、生活和艺术抛掉，将他们与埃玛一起深深埋葬在°承载渴望的°梦境中。希利神父正安然地主持的那些丑陋做作的生活瞬间激起了他的愤怒。他不断重复但丁书中的一行，没别的原因，只是其中包含一个表达愤怒的双音节词"frode"。无疑，他想，我也可以像但丁一样，有权利使用这个词。似乎对他来说，莫伊尼汉、奥尼尔和格林的灵魂值得在地狱边缘处盘旋,这将是一幅但丁的讽刺画。在他看来,爱国主义和宗教狂热分子的精神似乎适合居住在虚假的圈子里,那里隐藏着如冰般洁净无瑕的蜂巢,他们可能让自己的身体处于一种强烈愤怒的状态。站在一圈耶稣会士和一群愚蠢荒唐的处女中他会呆若木鸡,越过他们,继续往上走,走到埃玛在的地方,她的世俗形式或覆盖物没有细节,无趣的、清白无辜的、配不上的宗教联谊家们的精神让他想起了穆罕默德的天堂。

在门口让他代她向其他人告别,看她离开,态度平淡。他独自回家后,便任由情绪陷入困惑和不安的迷宫中。那晚之后,他就因家务事缠身几乎没有再见到埃玛了。他父亲恩赐的时光是令人兴奋的日子。就在看起来家人没有地方休息之时,最后在11点时,代达罗斯先生发现一个房顶上有一个朋友,他是从北爱尔兰来寻找五金商的游客。威尔金森先生拥有一个老式的房子,里面可能有15间屋子。他名义上是房客,实则是房东:一个老守财奴,在世界上无亲无故,恰好已经去世了,威尔金森先生的租期自然就不必考虑时间和金钱了。代达罗斯先生获允可以住在这幢破败宅邸中一套公寓里,只需付很少的租金。在他的法律驱逐确定前的傍晚,他趁夜搬去了。留下的小家具让一辆°花车°运送,斯蒂芬和弟弟、母亲、父亲拿着祖传的画像,就像一个喝高了的车夫,但对他们来说可不是件好事。那是个晴朗的夜晚,晚夏空气中捎带着一丝凉意,他们沿着海堤往前走。白天伊莎贝尔很早就搬走了,上交威尔金森夫人的费用。代达罗斯先生走在前面,和莫里斯距离拉得很远,兴高采烈地谈起他成功的策略。斯蒂芬跟在母亲身后,就连她也轻松愉快。每形成一个海潮,都轻轻地拍打在岸堤上,清新的空气中,斯蒂芬听到父亲的嗓音就像低沉的长笛哼唱着一首情歌。他让母亲屏息

聆听,两人倚着沉沉的相框,听到:

> 将我的心交给汝
> 将我的心交给汝
> 和温柔夜晚我的呼吸
> 将我的心交给汝

　　威尔金森的房子里有个用橡木装修的的高大客厅,家具全部不加遮掩,只有一架钢琴除外。整个冬天威尔金森每周收到一个舞蹈俱乐部支付的 7 先令,周二和周五使用这个房间,但如今他却把房子用来大量囤积五金器具样品。他是一个高大的独眼男人,举止斯文,酒量很好。他对客人怀有深深的感激,称呼客人从未丢掉°"先生"°二字。娶了一个和他一样安静的高个女人,女人读了很多中篇小说,当她两个小孩子被°铁丝网以及煤气管道的线圈°紧紧缠住时,她会向窗外探出半个身子。女人脸型偏长,面容白净,嘲笑一切事物。代达罗斯和威尔金森每天早上一起去城里,经常一起回来。白天,威尔金森太太要么探出窗外看孩子,要么和送信员或牛奶工交谈,她就坐在伊莎贝尔床边。毫无疑问女孩状态不佳。她的眼睛可怜兮兮地睁开,嗓音低沉空洞;她整天倚着枕头半躺在床上,湿润的几缕头发散在脸周,翻阅着一本插画书。叫她吃饭,或是有人离开她床边,她就开始呜咽啜泣。她凡事都提不起精神,除了楼下钢琴声响起,她会让人把卧室门打开,闭上眼睛倾听。还是没多少钱,医生还要制定她的食谱。病情久缠不去让这个家庭都变得绝望而冷漠,尽管伊莎贝尔还年轻,但也不是小孩子了,想必她也意识到了这一点。唯独斯蒂芬一直抱有善良,收起自己平日里的自鸣得意,°努力激起贝尔求生的信念°。他言行过于夸张,母亲斥责他太过吵闹。他不能走进妹妹的内心世界,告诉她"活下去！活下去！"但尽力去触碰她的灵魂,比如发出尖锐刺耳的口哨声或者音符的震颤声。每当走进妹妹的房间,斯蒂芬会若无其事的问她问题,好像她的病一点也不重要。偶尔从躺在床上的妹妹望向他的眼中看出,她明白他的意图。

闷热的夏季即将结束。克兰利还在威克洛,林奇开始准备十月份的考试。斯蒂芬太过关注自己的事情,没有和弟弟聊太多,因为几天后,莫里斯就要回到学校,他自己称其为"衣服和靴子"抱怨事件也已经推迟了14天。威尔金森先生一家人拖延了一天又一天,威尔金森太太将身子探出窗外,而代达罗斯夫人照看着女儿。威尔金森先生经常在白天畅饮后带客人回家,两人会坐在厨房,剩下的夜晚便会高声谈论政治。每当斯蒂芬走到大街的拐弯处,经常能听到父亲的叫喊声或者父亲[声音]拳头打在桌子上砰的一声。斯蒂芬进屋时,两位争论者就会问他的意见,但斯蒂芬总是在那儿吃完晚餐,不发表任何评论,当他[上楼]回房间上楼,听到父亲对威尔金森先生说:"怪人,你看,怪人！"斯蒂芬能想象到威尔金森先生双眼深沉的凝视。①

斯蒂芬非常孤独。从夏季开始一直到现在:他在大街上漫步,神情茫然。埃玛去阿伦群岛参加一个盖尔语聚会。他很少会不快乐,如今却不快乐。他的情绪仍在等候,仍在寻求,用散文和诗歌记录下来:当他的脚掌太累[或]他的心情°记忆太模糊°或希望太渺茫,他就漫步到高大而布满灰尘的长屋,坐在钢琴旁,°任日落黄昏笼罩其身。°他能在黑暗中感受自我,乃至超

---

① 页边的空白处用铅笔写着"eye"(眼睛)。

出自我;无望的房子,腐烂的叶子,以及灵魂深处一颗明亮又引人注目的愉悦之星,因月亏而颤抖不已;漂浮在蜘蛛网和垃圾上方、漫无目的地漂往防尘窗处的和弦对他不安的心境只是毫无意义的声音,他们能做的就是通过各种感官感知毫无意义的声音流动。他呼吸着坟墓的空气。

他甚至对自我生命的价值产生疑问。他触碰到每一个谎言,包含:[一个]利己主义勇敢在人们面前肆虐前行,至少受到良心挑战才害怕;自由重新让世界穿上法衣,以此产生奴役;很少有人理解并掌握一门艺术,人们认为其精美要归功于物质衰老;自身是一种粗俗激情的烙印和标志。对他来说,墓地揭示了他们的无能,º记录了所有优雅大方或者穷困潦倒的生命都已经接受了一种平淡无奇的神学。所有这些失败的想象,更可怜的是天赋异禀的生命,在打哈欠和嚎叫中向前缓慢移动,让他受到邪恶的困扰:邪恶,同样以一种扭曲的仪式,召唤他的灵魂与她私通。

一天傍晚,他[静静]坐在钢琴旁,被薄暮笼罩着。阴沉的夕阳仍在窗棂上磨蹭不走,那是一种闷燃的锈色。在他头上,在其周边,悬挂着衰败的影子,叶子和鲜花的衰败,还有希望的衰败。他从和弦中停下来,等待着,伏在琴键上,默不作声:

灵魂和带有抨击性、不善言辞的黄昏融合为一体。一个他知道的身影,因为他母亲出现在房门边,就站在门口。º在昏暗中,她神色激动脸显现出深红色。记忆中像是母亲的声音,一个感动恐惧的人的声音叫他的名字。钢琴旁的人回答:

——什么?

——你知道关于身体的事吗? ……

他听到母亲兴奋地叫他,声音就好比戏剧里的通信员一般。

——我应该做什么？有什么东西好像要从伊莎贝拉的……肚子……洞里出来，你听到什么了吗？

——我不知道，他回答道，试图弄懂她的话，试着把她的话连起来，再对自己说一遍。

——我该去叫个医生吗？你听到了吗？……我该怎么做？

——我不知道……什么洞？

——那个洞……我们都有的……这儿。

二十三

妹妹离世时，斯蒂芬就在场。她妈妈惊慌失措之时，让人去请来了牧师。牧师身材矮小，头几乎耷拉在右肩上，口齿不清，不容易听见。他听了女孩的忏悔，走到一边说："交给上帝，他无所不知，交给上帝。"医生与代达罗斯先生乘同一辆车来了，给女孩做了检查，问她是否已经见过牧师，然后走到一边说，虽然有生命就有希望，但她的希望太渺茫了，清晨他会再过来。午夜过后，伊莎贝尔的生命更加微弱。她的父亲慌了神，踮着脚尖在房间里来回走动。每当女儿动一动，他就会哭喊一阵儿。每当母亲强行给女儿咽下一点香槟，他就不停念叨着"对了，宝贝，喝点吧"，再点点头，然后又哭了起来。他不停地告诉别人要让妹妹振作起来。莫里斯坐在空荡荡的壁炉旁，盯着炉栅。斯蒂芬坐在床头，握着妹妹的手。母亲则弯着腰身给她递着酒杯，亲吻着她，为她祷告。在斯蒂芬眼里，伊莎贝尔此刻已变得非常苍老：面容如同妇女。她的眼睛不断游离于眼前的二人，彷佛在说她生来世上就是个错误。她一听到斯蒂芬的话，都大口吞下喂给她东西。当她再也吞不下的时候，母亲对她说："亲爱的，现在你要回家了。你将去天堂了,我们会在那里团聚。你知道吗?⋯⋯是的,亲爱的⋯⋯天堂,那里有上帝。"伊莎贝尔的眼睛牢牢望着母亲的面庞,身上的被子随她的胸脯剧烈起伏。

斯蒂芬深感妹妹此生活得不值,他本该为妹妹多做些事的。虽说他与妹妹交流不多,但看到妹妹躺着逝去,斯蒂芬倍感难过。生命于他而言是一份馈赠;在他看来,一句"我活着"饱含了令他知足的踏实感,而许多其他被奉为不容置疑的,却又玄乎无常。妹妹这一生仅是生过,却没怎么活过。在他看来,全能的上帝认为是时候召唤一个灵魂回家的这一推断,并不能抵消妹妹在人世间枉来一遭。躺在他面前的瘦弱躯体饱受痛苦;蜷缩其中的灵魂仅苟且偷生,尚一无所知,就已身不由己,听天由命。她一事无成,因此她不曾拥有什么也不曾被什么拥有。孩提时代他们三人在一起的时候,人们先叫出"斯蒂芬和莫里斯",思忖片刻才会想起她的名字。甚至她的名字,一个毫无生气的名字,也把她拉扯出了人生的剧目。斯蒂芬记得孩子们恶毒地嘲弄他:

斯蒂芬,the Reephen, the Rix-Dix Deephen①

但一叫她名字的时候,孩子们连恶毒的嘲弄都那么不屑:

伊莎贝尔,the Risabel, the Rix-Dix Disabel②

伊莎贝尔的离世把代达罗斯夫人的亲戚们聚在了一起。他们战战兢兢地敲了厅门,虽然举止收敛,但男主人还是怪罪他们,起码怪罪女人们,暗地里狡猾地挤眉弄眼。狭长空荡的客厅早已生起了火,代达罗斯先生在那儿接待了男宾。为伊莎贝尔守灵的两个晚上,一伙人聚在客厅里:不吸烟,只喝酒讲故事。

———————————

① 译者注:斯蒂芬的同学给他起的外号:锐粪,锐可嘶-滴可嘶·低粪。
② 译者注:给伊莎贝尔的外号:蕊傻贝儿,锐可嘶-滴可嘶·蒂傻贝儿。

翌日清晨,餐桌上就像是个船具商店,摆满黑色绿色的空酒瓶。伊莎贝尔的两个兄弟一直操持着这次守灵。谈论的话题都很笼统。兄弟俩的一个叔叔头发蓬乱,患有哮喘,年轻时曾和房东的女儿勾搭过,后来虽然成婚,但一家人还是被他搅的不得安宁。代达罗斯先生的一个朋友在治安法庭工作,他告诉大伙,他的一个朋友在纽卡斯尔执行审查禁书的任务:

——他说,这么污秽的东西,怎么会有人有脸印刷出来。

——约翰叔叔平静地说,当我还是个孩子的时候,没多少钱但比现在更喜欢读书。我那时常去临近帕特里克克洛斯街道附近的一家书店。有一天我去那买一本《玻恩姑娘》。店里伙计让我进去,给我看了一本书……

——我知道,我知道,那个治安法庭的职员说。

——将这么一本书放在年轻小伙儿手里!将此种想法放进了他的脑子里!这太可耻了!

等大伙儿礼貌性附和声落下,莫里斯问到:

——约翰叔叔,您买那本书了吗?

每个人都想笑,但约翰叔叔脸通红,生气地继续道:

——他们应该为卖这种书而受到起诉。孩子们就应待在该在的地方。

葬礼的早晨,斯蒂芬站在合上的钢琴旁,听到棺材从弯弯曲曲的楼梯上被颠簸抬下的声响。送葬者们跟在棺材后面,分坐在四匹马拉的车上。斯蒂芬和莫里斯拿着三个花圈上了灵车。灵车轻车熟路,驶向格拉斯内文公墓。有六部灵车已停在公墓门口。在伊莎贝尔之前马上要举行的是位穷人阶层的葬礼。代达罗斯先生和送葬者驾车赶到时,正碰上挤在这六部灵车里的送葬者们抢着下车。穿过大门就是第一场葬礼的举行处,大门口聚集了一群懒汉和官员。斯蒂芬看着他们经过大门。有两个来迟的人故意推搡人群要过去。一个女孩，一手抓着一个妇女的裙子，一脚已先迈出一步。女孩长着鱼一样的脸，脸色苍白，眼睛歪斜；那妇女则是一张憔悴的国字脸，一副市井小民相。女孩歪着嘴，抬头看着妇女，等着该哭的时机；妇女带着一顶扁平软帽，赶往停放尸体的小教堂。

在小教堂里，代达罗斯先生和他的朋友们必须候着，等那位穷人的送葬者们先进行仪式。几分钟后仪式完成，伊莎贝尔的灵柩被抬起来放进棺材架上。送葬者们分散在座位上，小心翼翼地跪在手帕上。一位牧师从圣器室走了出来，蟾蜍般鼓起的肚子左摇右晃才能平衡，一位圣坛童子紧随其后。他快速呱呱读着祷文，懒洋洋地在棺材上挥了挥洒水器，男孩不时发出几声伴诵。读完祷文，他合上书本，在胸前画了十字，迈着摇摆的步子回到圣器室。劳工们进来，把棺材放上手推车，沿砾石路推走了。在教堂门口，公墓负责人和代达罗斯先生握了握手，步子缓慢地跟着葬礼队伍。棺材平稳地滑进墓穴，劳工们开始铲土填坟。刚听到第一声土块，代达罗斯先生就开始抽噎，他的一个朋友走到他身旁，挽起他的胳膊。

坟墓填好了，劳工们将铲子放下铁铲，在胸口画了十字。人们把花圈放在坟墓上，祈祷一阵儿后，送葬者们穿过公墓里整洁的小径返回车上。吊唁时候不自然的紧张气氛有了稍许缓释，大家的谈话又回归了现实。大家上了马车，沿着格拉斯内文路返回。在邓菲街角，马车在其他葬礼的马车后停下来。酒吧里，威尔金森先生请大伙喝了第一杯酒：赶车夫们被招呼过来，聚在门口，用外套袖子擦着瘦削沧桑的脸庞，直到有人叫他们报出要喝的酒水。他们都选择了啤酒，事实上，他们的身体和没怎么用过的白蜡酒器没什么两样。送葬者们大多喝了一点特色饮品。当斯蒂芬被问到要喝点什么时，他马上答道：

——啤酒。

他的父亲停下交谈，开始注意到他，但斯蒂夫却因心灰意冷而毫无愧色。他郑重地接过啤酒，一饮而尽。酒杯痛饮之际，他注意到了父亲的震惊，喉咙猛地涌起墓地里苦涩的粘土滋味。

妹妹毫无意义的葬礼，让斯蒂芬非常严肃地认识到，水葬和火葬乃是人类肉体的最终归宿。在他看来，整个国家机器的运行彻头彻尾都是错的。没有哪个年轻人能轻松淡然地思考死亡这一事实。也没有哪个年轻人能不带厌恶地思考妹妹葬礼上表现的种种虚伪和浅薄。葬礼的几天后，斯蒂芬身穿带有两块黑布的二手衣服，接受人们的吊唁，其中很多来自家人的普通朋友。几乎所有男人都说："可怜的孩子娘可怎么受得了？"几乎所有的女人都会说："这是对你可怜母亲的极大考验。"吊唁的话总是乏味牵强的千篇一律。麦卡恩也来慰问过。他来到时候，斯蒂芬正看着一家男士服装店橱窗里的几条领带，想着中国人为何选择黄色①作为吊孝的颜色。麦卡恩马上和斯蒂芬握了握手：

——听闻你妹妹的死讯我很难过……很抱歉我们没有及时获悉，因而没能出席葬礼……

斯蒂芬缓缓地松开他的手说道：

——噢，她是一个非常年轻的……女孩。

麦卡恩也同时松开了手，说：

——还是……很令人心痛。

---

① 这句话被删去了，并且"白色"被替代成红笔。

在那一刻,在斯蒂芬看来,人的虚假达到了顶点。

斯蒂芬的大学第二学年在十月份初开始了。尽管教父对他第一学年的成绩未做任何评价,但告诉斯蒂芬得知这将是他最后一次机会。他选了意大利语作为选修课,一方面是希望更认真地阅读但丁,另一方面是希望逃离法语和德语课的压榨。学校里其他人都没有选修意大利语。每两天,他就在上午十点到达学校,走到神父艾提佛尼的卧室。神父艾提佛尼是一个聪慧矮小的摩洛人。他来自贝加莫,伦巴第的一个城镇。他的眼睛清澈有神,嘴唇厚而丰满。每当早上斯蒂芬敲门时,那声"请进"前总会有碰乱椅子而发出的声响。牧师从不坐着阅读。斯蒂芬听到的声音,其实是乱放的讲台归回原位所发出的,原位就是两把藤椅和一块僵硬肮脏的衬垫。意大利语课经常拖堂,哲学谈的较多,语法和文学较少。艾提佛尼老师大抵知道自己学生的名声有些问题,但也恰恰因此,他采用了一种坦白虔诚的语言。这并不是因为他本身是个耶稣会士所以缺乏坦诚,而是因为太过于意大利化,他喜欢玩一种信任与怀疑的游戏。

一次,他指责斯蒂芬,因其流露出对《胜利野兽》作者的钦佩。

——他说,你知道,作者布鲁诺是一个可怕的异教徒。

——对,斯蒂芬说,他被活活烧死了。

但艾提佛尼老师总是不求甚解。[1] 他非常狡猾地告诉过斯蒂芬,他和他的牧师同伴们去听大学里的公开课时,精明的讲师会在自己的评论中添油加醋。神父艾提佛尼欣然接受这些。不

---

[1] 手稿中有"inquisitioner"。"检察官"这个词以斯坦尼斯洛斯的手写在空白处。

像第三意大利的人民,他喜欢英格兰人。他对斯蒂芬的大胆言行很是宽容,并将这归结为对爱尔兰爱得过了火。除了民族统一主义以外,艾提佛尼老师再想不到斯蒂芬还有什么性情导致了他的胆大妄为。

有一天,神父艾提佛尼会向斯蒂芬承认,人类最应谴责的欢愉时刻,在上帝眼里反而是好的。他们谈话内容是关于一本意大利小说。牧师读完了小说后一直骂到了餐桌。他说,这本书很糟糕。斯蒂芬却认为这本书至少带给了他审美的愉悦,因此,这本书可以看成是一本好书:

——神父伯恩可不这么认为。

——但是上帝呢?

——对上帝来说,它可能是……好的。

——那我更喜欢站在神父伯恩的反方。

关于美与真,他们极其热烈地争论起来。斯蒂芬想要修正或阐明经院哲学术语:无需对比善与美。阿奎那已经把善定义为一种渴求拥有的欲念。而真和美则是最高层次、最为持久的欲念,智慧对“真”的渴求经由“可见”得以满足,审美对美的渴求经由“认知”得以满足。神父艾提佛尼十分欣赏斯蒂芬全情投入侃侃而谈哲学概念的样子,鼓励他写一篇关于审美的论文。神父艾提佛尼一定惊讶于在爱尔兰居然能找到这么一位年轻人,他视艺术和自然为统一,而他有这样的认识居然不是因为气候和性情,而是出于智慧理性的思考。斯蒂芬认为,艺术既非对自然的复制,也非对自然的模仿,艺术历程本身就是自然历程。在斯蒂芬对完美艺术的论述中,没有一丝矫揉造作的腔调。一般来说,谈论艺术家的成就,实际上只不过是以一种高大上的套路来附庸风雅。而对斯蒂芬而言,艺术成就的过程其实艺术家人性升华的过程,这一过程应经得起考验与公开探讨。

正是这浓厚的兴致,才让他远离那些譬如辩论社和联谊会的不堪与瞎混。莫伊尼汉先生的就职演说于十一月在大礼堂举行。校长入座,教授们围坐其旁,讲台留给显要人物。礼堂的主体留给知识分子们:他们整个冬季历经了一场又一场的演说。只要台上说的不是英语,他们都会出现在礼堂中。礼堂的末尾挤满了学院的学生。十分之九的学生们都显得一本正经,其余学生中的十分之九偶尔显得一本正经。在莫伊尼汉发言之前,校长为惠兰颁发了演讲金牌,为丹尼尔先生的一位儿子颁发了演讲银牌。莫尼汉先生身穿晚礼服,刘海卷曲。[校长为他鼓掌]他起身念稿的时候,校长带头鼓掌,整个大厅随即跟风。莫尼汉的演说稿证明,真正操控劳苦大众的并非那些愚昧无知、道德低下、追逐私利的煽动者,而是教会。真正能改善劳苦阶层命运的方式,不是教他们怀疑某种精神和物质秩序,也不是团结一致共同协作,而是教导他们谦卑地跟随一个神明去生活,这位神明是全人类的朋友,无论尊卑、贫富、好坏、学识。这位神明虽贵为人类之首,但却最为谦恭顺服。莫尼汉还提及了一位法国无神论作家的离奇死亡,意指以马内利暗中破坏其煤气炉来报复这位不如意的绅士。

一名地方法院的法官和一个退休的上校继莫尼汉之后发表演说。发言者们都赞扬了耶稣会士所做的工作,因为他们训导爱尔兰青年们过上了更高层次的生活。那位深夜笔耕不辍的评论员就是一个范例。他身旁的克兰利,坐在大厅的一角。斯蒂芬从那扫视了学生们,他们神色严肃,都是深受基督会士培训的产物。在极大程度上,他们少了年轻人那种明显的青涩毛糙,多了一分对年轻人陋习的深恶痛绝。[①] 他们仰慕格莱斯顿,物理科学和莎士比亚的悲剧。他们相信天主教的教导能满足日常需求,相信教会外交。他们视暴力手段为不雅,隐藏了对富有贵族的英式渴望;在应对彼此和长者的关系时,他们则表现出紧张和(每当权威出现问题时)英式自由主义。他们尊重精神权威和世俗权威、天主教义和爱国主义的精神权威、等级制度和政府衙门的世俗权威。他们对特伦斯·麦克马努斯的尊敬比起对红衣主教库伦的不相上下。[②] 在听到要活得伟大活得高尚的呼吁时,他们也会暗暗窃喜,但总故意拖延以待良机,只因心里没底。他们专心聆听每一位演讲者。每当演讲中提及校长、爱尔兰和信仰,他们就会鼓掌欢迎。仪式进行中,坦普尔摇摇晃晃走进大厅,将他的一个朋友介绍给斯蒂芬。

——打扰了,这是菲茨,好伙计。他很欣赏你。请允许我介绍下他,好伙计。

斯蒂芬和菲茨握了手。菲茨是个少白头,脸色迷茫通红。菲茨和坦普尔倚着墙壁才能站稳。菲茨悄悄打起瞌睡。

——他是个革命者,坦普尔对斯蒂芬和克兰利说,克兰利你知道吗,我觉得你也是个革命者。你是革命者吗……啊,见鬼,

---

① "需要修正"这个词以斯坦尼斯洛斯的手写在空白处这里。

② 特伦斯·麦克马努斯(1823?—1860 年)是一个致力于反叛的爱尔兰革命诗人并被判处死刑。但是判决被减刑为流放,并且他被运送至范迪门地区。在 1850 年他逃到了旧金山,也就是他死于贫困的地方。他的躯体在 1861 年被带至爱尔兰并且在民族主义示威中被埋葬至格拉斯奈文公墓。红衣主教卡伦(1803—1878 年),第一个成为红衣主教的爱尔兰人。他是僵化模式下的一个教皇绝对权力主义者,有着对芬尼共和主义的强烈敌对感。他据说是用来界定教皇制绝对正确的文字的最终形式的作者。他是斯蒂夫·迪达勒斯大学的创始人。

你不喜欢回答这问题……我是个革命者。

此时，又有掌声响起，只因演讲者提到了约翰·亨利·纽曼的名字。

——他是谁，坦普尔问身旁的人，这个家伙是谁。

——罗素上校。

——噢，就这个上校吗……他都说了什么？他到底说了些什么？

没有人理会他，他又断断续续问了几个问题，最终还是没能得到关于上校思想的满意答复，他喊道"为疯狂毛拉而欢呼"，然后问克兰利是否认为这个上校是个"残忍的骗子"。

大学第二年，斯蒂芬的学业还不如第一年有规律。他不逃课，但不怎么去图书馆看书。但丁的《新生》启迪他，应该把他写过的零散情诗完整汇编起来。他详细地向克兰利解释创作诗篇的艰辛。写情诗让他感到快乐，相隔很久，他才会写一次诗。写诗时，一种成熟而理性的情绪推动着他。在描述爱情时，他发现自己有意使用被他称之为封建术语的表达。但由于无法运用和封建诗人同样的创作理念及意图，他的情诗措辞颇具讽刺意味。他说，这一矛盾的启迪，掺杂难以克制的热情，构成了一种现代印记：我们不能保证或期待永恒的忠诚，因为我们太清楚每个人的精力是有限的。现代恋人不会凭借抒发宇宙天地来为谈情说爱锦上添花。现代的爱情，少了几分炽热，添了几丝缠绵。克兰利对此却不以为然：对他来说，古代和现代的区别只是一种文字上的歧俩，在他脑海中，过去和现在都同样被贬为百无一用。斯蒂芬坚持认为，在短暂的人类时代，人类发展虽不会超越认知，但这些时代会产生不同的思想，而这些思想又会孕育和指引由其所产生的所有行为。他认为，封建思想和现代思想的区别可不是文人墨客能一言蔽之的。像许多愤世嫉俗的理想主义者一样，克兰利认为公民生活绝不会影响个体生命，人们有可能在现代机制中保留封建迷信和偏见，正如人们可能在现代机制中虽过着顺从时代的生活，但内心却反抗着其所维护的秩序：人性是种恒量。至于斯蒂芬汇编情诗的计划，他认为，即便真有这种爱情存在，那也是不可名状的。

——斯蒂芬说，不管这爱情是否存在，我们都要试着写写，否则就无从验证。

——你凭什么来验证？克兰利说，[耶稣]教会说，考验友谊的方式是看一个人是否愿意为朋友牺牲生命。

——你肯定不会相信的，对吗？

——是，愚蠢的人会因不同事情而死。比如说，麦卡恩会死于绝对的固执。

——勒南说，为求证真相而牺牲的人才是烈士。

——即使在现代，人们还会为那交叉的两根棒子而死。十字架，不就是两根普通棒子？

——斯蒂芬说，爱是一个某种难以名状之物的称谓，换句话说，……但不，我不会这么认为……我觉得为爱的付出才是对爱的考验。人们坠入爱河时会付出什么？

——克兰利说，一场婚礼早餐。

——付出肉体，不是吗？至少是这样。为了获得爱，哪怕出卖肉体。

——照你所说，你认为出卖肉体的女人，是爱上了享受她们肉体的人？

——一旦相爱就会付出。在某种程度上，他们也是相爱的。我们付出某样东西以换取爱情，如一顶高帽、一本音乐书、时间和劳动或我们的身体。

——我更希望，女人给我一顶高帽而非身体。

——萝卜青菜各有所爱。你可能喜欢高帽子。我不喜欢。

——克兰利说，兄弟，你太不了解人性了。

——我知道一点基本的东西，我用语言去表达它们。我感受情绪，然后用押韵的歌曲去表达。歌曲是一种简单而有节奏的情感释放。爱在某种程度上可以通过歌曲来表达。

——你太理想化了。

——你说这句话时，让我想到了休斯。

——你可以想象着人们什么都擅长……擅长所有美好虚幻的东西。他们并非如此。看看你每天见到的姑娘们。你觉得她们理解你对爱的看法吗？

——斯蒂芬说，我真的不知道。我并不美化我平时所见的姑娘们。我将她们看成袋鼠一类的动物①……但我仍须表达我的本性。

——克兰利说，反正，写诗吧。

——我觉得要下雨了，斯蒂芬驻足在树枝下说，等待雨滴的落下。

克兰利站在他的旁边，看着他的姿势，脸上露出一种苦涩的满足感。

斯蒂芬闲逛时来到了一个旧图书馆，它位于叫做老都柏林的脏乱街道之中。图书馆是由马什大主教创立的，尽管对公众开放，但很少有人留意到它的存在。图书管理员看到有读者来很是开心，向斯蒂芬展示了放在壁龛和角落里积满灰尘的棕色

---

① "有袋类动物"这句话在乔伊斯的笔记(戈尔曼，第 136 页)中。

书卷。那周,斯蒂芬几次去那,翻看十四世纪意大利旧书。他开始对天主教方济会文学感兴趣。他不无遗憾地品读这位性情温和的异教创始人圣方济各的传说。他本以为自己对圣方济文学也就是浅尝辄止,但这个意大利人的故事却离奇有趣的很。他把伊莱亚斯和约阿希姆也从那段天真的历史读了出来。在小河附近的一个满是书籍的手推车里,他发现了一本还未出版的书,里面有叶芝写的两个故事。其中一个故事叫做《法的桌宴》,里面提到了约阿希姆在传授永恒福音时的开场白。这一发现来的正是时候,引导他热忱地继续方济会研究。每逢周日晚上,他就会去圣方济教会教堂,在那里他曾背负的可耻罪恶得以释怀。教堂周围工匠和劳工们的财产不会惹恼他,牧师们的布道会令他感触,因为这里的布道者们并不愿过多的修辞雄辩,也不急切证明,他们,至少在理论上,已是世界的主宰。他以一种方济会人的心境得出,这些人可能比其他人更接近自己的意志:一天晚上和一个牧师聊天时,他蠢蠢欲动,想要挽着牧师胳膊,与他踱步教堂院子,为他把《法的桌宴》从头至尾一吐为快,里面的一字一句他都记得清清楚楚,但是他再三克制想打消了这一冲动。鉴于斯蒂芬对教会的一贯态度,这种冲动中定有积年累月形成的错误,他这聪明的伙伴得花大心思才能纠正。他带着林奇绕着斯蒂芬公园散步,认真生动地背诵叶芝写的故事,此举让年轻的林奇非常尴尬。林奇说他不知道故事写了些什么,但后来,走到一个舒适安静的地方,他说斯蒂芬背的故事带给了他极大的乐趣。

——这些修士都是值得尊敬的人,斯蒂芬说。

——林奇说,全面完整的人。

——值得尊敬的人。我前几天去了他们的图书馆。进去的时候很是麻烦，修士们从各个角落出来窥视我。神父[修道院院长]瓜尔迪安问我想要什么。然后他带我进去，不辞劳苦地帮我找书。要知道，他可是一位肥胖的牧师，当时刚吃过饭，所以他脾气真不错。

——值得尊敬的好人。

——他压根不知道我想要什么，也不知道我为什么想要。但他一页一页翻着，用手指找着那个名字，喘着粗气，哼哼着"雅各，雅各，雅各"。我是不是很有节奏感，嗯？

斯蒂芬还喜欢昏暗下的形态变幻。都柏林的晚秋和冬季总是潮湿阴郁。他晚上走在街上，哼着句子。他经常哼着《法的桌宴》和《三圣贤朝圣》的故事。这些故事满是敬拜和预示，人物则满是离经叛道的修士，埃亨和迈克尔罗巴茨的人物形象也贯穿其中。他们的言语就像是位傲娇上帝的未解之谜；他们的道德比起常人忽高忽低；他们所信奉的仪式缠夹不清，将平常琐事和神圣习俗古怪地混为一体，搞得像是自古以来就有傲慢之罪的人从大祭司手中传下来的仪式。这仪式是种混乱而兽性的传统，是种神乎其神的神权授命。文明是反叛者创造的。但最拥护现行秩序的也恰恰是反叛者，他们的信条和生活方式已然安于现状、故步自封，早别提揭竿而起了。这些人身居教堂；在荒废的祭坛前，懒洋洋地举起香炉；他们超脱出世间凡人，固守自己的生存之道。在这样潮湿和动荡的季节里，斯蒂芬尽力认可他们生存的现实。他们可怜地贴向大地，就像蒸汽，相信原罪，不忘他们骄傲的出身，召唤他人前来投靠。斯蒂芬最喜欢反复吟诵《法的桌宴》里的这段优美篇章：你为何从我们的火把中飞出，火把的木头来自格斯塞西花园的一棵树，耶稣曾在这颗树下哭泣。你为何从我们的火把中飞出，火把的木头用香木制成，从世界中消失后,它来到我们身边,我们用呼吸把它变成旧调子?

他开始活得任性。他知道,尽管名义上应与他生长的社会秩序和睦相处,但他不能这样活下去。在他看来,离经叛道的人生比一个自甘平庸的人生更不光彩,因为特立独行所要付出的代价实在太高了。他身边与他一起长大的年轻人们将他的精神活动视为不伦不类。他也知道,权威代表们在他们装出的友善面目之下,希望他那难以驯服的天性能把他引入与现实可悲冲突中,这么一来,他们有朝一日就能兴高采烈把斯蒂芬冠冕堂皇的收入某家医院或收容所。有胆识的年轻人总免不了这样的结局,这致使年轻人都世故老成。当诗人德奈瓦尔用一根亮蓝丝带牵着龙虾走在人行道上时,他的出格行为定会证明他是个出尔反尔的人。他敏锐地感到,任性的伪装下所深藏的隐患。但他也确信,在不明不白、格格不入的情况下,一味迂腐地贯彻执行,只能是岌岌可危、差强人意。

——克兰利说,教会认为人的一举一动都在寻求利益。名人想要赚钱,惠兰想要成为地方法院法官,你昨天聊天的那个女孩……

——克莱丽小姐?

——她想要个男人和一所小房子生活。传教士想要把异教徒变成基督徒。国家图书馆的管理员想要让都柏林人成为学生和读者。我理解这些人的所求,但你追求什么?

——教会把这类人的追求和我的追求加以区别。有一种绝对利己。你提到的那类人所追求的就是绝对利己,因为他们被激情所驱动,即使他们很卑微,但这种激情是直接的:欲望,野心和暴食。而我在寻求一种苦行修身。

——你所追求的才是绝对利己。我猜你自己也不知道,克兰利说。

二十四

大约此时,政界对于皇家学院运行方式有些忧虑,建议提起诉讼检查该问题。有人指控,耶稣会信徒利用组织为自己牟利,毫无公正性可言。为了躲避蒙昧主义的指控,由麦卡恩主笔开始编辑每月评论。这位新编辑对此充满斗志。

——我几乎拿到了第一期所有稿件的"副本",他对斯蒂芬说。我确定它会成功。我想请你为第二期写一些东西——我们能看懂的东西。请您屈尊。现在你不能说我们是野蛮人了:我们有自己的报纸了,我们可以表达自己的观点。你会给我们写点东西的,对吗? 这个月,我们已经收到了休斯的一篇文章。

——肯定会审稿员吗? 斯蒂芬说。

——当然,麦卡恩说,初审由神父卡明斯负责。起初,办报的想法是他提出来的。

——你们联谊会的主管?

——是的,他提出了这个想法,所以你可以把他看成是我们的赞助商。

——那他是审稿员?

——他有酌情决定权,但他并非思想不豁达之人。你不必担心他。

——我明白了。那么请告诉我,有钱拿吗?

——我原以为你是一位理想主义者,麦卡恩说。

——祝贵报好运。斯蒂芬挥手向他告别。

麦卡恩报刊的第一期,包含休斯的长篇文章《凯尔特未来》、格林的妹妹用爱尔兰语写的一篇文章和一篇麦卡恩写的社论文章。他的社论记述了该报的创刊史，其开头写道："值得庆幸的是联谊会主席能想到借用学院杂志这一媒介将我们学院生活的各种元素结合起来给大家提供交流思想和批判的机会。多亏了神父卡明斯的热情和开拓精神，我们已经克服了最初的困难。我们向公众鞠躬致敬，期待公众发表对我们的意见。"该报也有几页内容是关于各种运动和知识社团的注释。在这些社团中，名流们以拉丁姓氏，拙劣地伪装自己来打趣。"医疗模式"用符号 H_2O 表示[且]包括几篇平庸之辈自鸣得意的文章。这些人通过了期末考试，写了一些赞美之辞，称赞医学院里的天才教授们的文章。报纸中还包括一些诗篇：《女同胞们》（一首肤浅的颂歌），用"女子气"来表示。

在图书馆，克兰利给斯蒂芬展示了新评论，克兰利看似已从头读到尾，并坚持不懈对其进行逐条讲解，完全不理会斯蒂芬那不耐烦的呼喊声。看到医疗模式时，斯蒂芬开始难以压抑的激动痛骂，以至克兰利读到嘲笑报纸上的文章和看到正坐在对面一脸愤怒的神情盯着他的副本《药片》文章时不禁笑了起来。图书馆的门廊处有一小群年轻男子和女子，他们都有这份新评论的复印件。彼此间有说有笑，下雨成了他们逗留在此寻求庇护的借口。麦卡恩歪戴着自行车头盔，轻快又兴奋地在两个群体之间来回走动。看到斯蒂芬的时候，他充满期待地走向前去。

——嗯，你看过……？

——对爱尔兰来说，这是美好的一天。斯蒂芬说，同时抓住编辑的手，使劲握手。

——的确……这是一件大事，麦卡恩前额舒展开。

斯蒂芬倚靠着其中一根石柱，面朝远处的一群人。她站在一圈伙伴中间,和她们谈笑风生。新评论带给他的愤怒逐渐消退,他选择深思她和她的伙伴们给他的假像。他进入克兰里弗学院操场时,突然想起过去,产生了一种对那些[受庇护]受保护的神学院学生生活的怀念之情。在世人密切的注视下,这种生活的优点似乎让人的愤怒固定不变,太过于愤怒以至于惟有围墙的力量和监察员才能使他们小心翼翼地行事。虽然,他们的矫揉造作经常不那么优雅,他们的粗俗行为想要仅有的肺部发出吱吱尖叫,雨水却给他以体贴。年轻学生喋喋不休的声音传到他那里,好似从远方来的零零星星的搏动。他抬头看到高处的雨云正从雨后的乡村撤退。雷阵雨结束。雨点像一串钻石,逗留在方院的灌木中。在方院,黑土地上升起了蒸汽。在诸多人疑虑的目光中,柱廊下的人群正离开避雨之处,猜不透的眼神瞟来瞟去。他们身着漂亮的遮腰衬裙,脚蹬有边饰的靴子,边走边发出响声,撑伞角度巧妙,着重轻便。他看到他们返回女修道院——庄严的走廊和简洁的宿舍,适合安安静静念玫瑰经——这时雨云撤退到了西边,年轻人含混不清的话以正常频率传到他耳朵里。在远处大雨席卷过的乡村中,他看到一幢高耸朴素的建筑,朦胧的日光透过窗户。三百个男孩,不停叫嚷着,饥肠辘辘地围坐在长桌前吃着划了刀口的牛肉,新鲜的脂肪看起来好似鲸脂和白色潮湿面包的垃圾。一个小男孩倚靠着胳膊肘,伴着用餐声如动物间凶狠的叫嚷断断续续传过来,他不停地松开又捂上耳朵。

　　——应该有艺术的姿势,一天晚上,斯蒂芬对克兰利说。

　　——嗯?

　　——当然,我所说的这种艺术姿势并不像演讲专家理解的那样。对他来说,一个姿势只是强调。我的意思是旋律。你知道"来到这片黄色沙滩"这首歌吗?

——不知道。

——是这样,这说的是一位年轻人用一条胳膊,上下摆动,做出优雅的姿势。这就是旋律,你明白吗?

——明白。

——有一天,我要去格拉夫顿街,在这条街的中央做一些手势。

——我很想看一下。

——虽然哥伦比亚发现了美洲大陆,但我们没有任何理由让生活失去所有的优雅和高贵。我要过自由崇高的生活。

——是吗?

——我的艺术将来源于自由和崇高。让我采用这些奴隶的行为方式太让人苦恼了。我拒绝被恐吓,做一些糊涂事。你相信一行诗节能让一个人不朽吗?

——为什么不是一个词?

——"现场"是一个经典的口号。试着[和]对它加以改进。

——当耶稣被钉在十字架的时候,你认为他会欣赏你所说的旋律吗?当莎士比亚写下一首诗歌的时候,你认为他会走到街道上,向人群做手势吗?

——很显然,耶稣不能通过相应的高尚手势来阐明他的言辞,但是我无法想象,他以一种实事求是的语气表达出来。耶稣具有纯粹的悲剧性:他在审判过程中的行为令人钦佩。如果原型人物是某种悲剧权威之一的话,教会本可以创建一个精巧的艺术圣礼,赞颂他的传奇故事,你能想象出吗?

——那么莎士比亚……?

——我相信他不想去街上,但是我确信他欣赏自己的音乐。

我相信美不是巧合。一个人可能七年间时不时地思索,但突然之间,看起来不假思索或无意之中写出一首四行诗,使他名垂千古——看起来如此而已。随后,那些缺乏鉴赏能力的人会说:"哦,原来他会写诗。"倘若我问他们:"怎么回事?"这些缺乏鉴赏力的人会回答说:"嗯,他写出来了,这就够了。"

——我认为旋律和手势都是你想象出来的。根据你的说法,诗人是一个极其糊涂的家伙。

——你这样说,因为你以前从未见过行动起来的诗人。

——你怎么知道?

——你认为我的理论很夸张而全凭空想,是这样吗?

——是的。

——嗯,那我告诉你,你认为我空想,仅仅因为我是现代人。

——亲爱的,那简直是垃圾。你一直在谈论"现代"。你了解地球的年龄吗?你说你不受束缚,但是我认为,你还没懂圣经的第一本书《创世记》。根本就没有"现代"和"古代"的区别:它们都一样。

——什么都一样?

——古代和现代。

——哦,是的,我知道。万物都一样。当然,我知道"现代"仅是一个词而已。但是我用这个词的时候,我用的是其某种含义……

——什么意思,举个例子?

——现代精神是活体解剖。活体解剖这个行为本身是人能想到的最现代化的程序。古代精神勉为其难的接受现象。古代方法是打着公正旗号探讨法律,以启示为名探讨道德,以传统为借口探讨艺术。但是所有这些依据都有美妙特性:它们改变、扭曲。现代方法在光天化日之下审查领地。通过熄灭公正的灯火，并考虑批量生产罪犯行为与将其实践，意大利为文明增添了科学色彩。所有现代政治和宗教批判主义都放弃假定国家、假定救世主和宗教。[此外]，它真的在审查整个社区，重建救赎的假象。倘若你是一位美学哲学家，你会注意到我所有的异常行为，因为在这里，你的美学直觉假象在起作用。哲学学院该为我派出一个侦探查查我。

——我想，你知道是亚里士多德发现了生物科学。

——我不会代表世人说任何反对亚里士多德的话，但我认为，在对待"不精确"科学方面，他的精神很难能证明它公平合理。

——我很想知道，亚里士多德会怎么评价你是位诗人？

——如果我最终向他道歉了，我肯定要下地狱了。如果可以，让他来审查我。你能想象出一位漂亮女士说"哦，亲爱的亚里士多德，请原谅我这么漂亮"吗？

——他是一位非常有智慧的人。

——是的。但我认为他不是那些宣称停滞不前有用的人中的特殊赞助人。

——什么意思？

——你有没有注意到学院里那帮老朽的嘴上说些伪造的、虚构的、纯属抽象的术语吗？你看他们现在如何谈论自己的新报纸。麦卡恩应该带领他们脱离束缚。他们的报纸会让你对自己说"哦主啊，庆幸我没有插手"，不是吗？耶稣会会士让这些听话的年轻人过的玩乐生活就是我所称的停滞不前。作为启迪和正值的施与者，耶稣他自己过着牵线木偶般的生活，这就是另一种停滞不前。然而，这两种阶层的牵线木偶认为，在世人眼前，亚里士多德已经向他们道歉了。请不要忘记那个伟大传奇，其中他们所有人的生活都受控制——多亚里士多德式啊！请不要忘记，在任何好作品中，他们用详细的法规，估算精确的救赎数量——好一个亚里士多德式发明啊！

圣诞节前一周左右，一天晚上，斯蒂芬正站在图书馆门廊处，刚好埃玛走出来，停下来和他交谈。她身着暖色花呢，围着长而卷的白色围巾，在寒冷天气中衬托出她的笑脸。任何一个头脑清晰的年轻人看到冷清风景中如此愉快而耀眼的人儿，都会渴望将其拥入怀中。

她带着一顶棕色小皮帽，看起来像圣诞节洋娃娃，她那令人着迷的眼睛好似在说"你愿意抚摸我吗"。她立刻开始喋喋不休。她认识那位写《女同胞》的女孩，一位非常聪明的女孩，擅长那种东西。她们在女修道院也有一本杂志，她为杂志写了一些"滑稽短剧"。

——顺便提一下，我听到了一些有关你的糗事儿。

——什么事儿？

——大家都说你的观点都是些乱七八糟的东西，还说你读些乌七八糟的书。你神秘兮兮或什么的。你知道我听到一个女孩说什么吗？

——不知道。什么？

——说你不信上帝。

他们沿着格林公园的铁链内侧散步。当她说这些话的时候，她把身体靠近他，给他更多温暖，很关切的眼神望着他。斯蒂芬坚定地望着她的眼睛。

——不必在乎上帝，埃玛。他说。你比那位老绅士更让我着迷。

——哪位绅士？埃玛坦率地问道。

——那位拿着鸟笼的中年绅士——耶和华二世。

——你不可以对我说这些，我以前告诉过你。

——很好，埃玛。我明白，你担心你会失去自己的信仰。但是你不必担心我对你的影响。

他们从格林公园一直走南环路上那么远，没有尝试进一步交谈。每走一步，都使得斯蒂芬更加坚决离开她，使他再也不见她。即便让人分心，她的陪伴也是略微降低了他的尊严感。从商场的大树下经过时，她放缓了步伐，安全地避开桥上灯光时，她故意停住了。斯蒂芬万分惊讶，因为这个时间，这处地点让他们的位置可疑。她选择了宽阔的树荫停下，在她家附近干出这种大胆的事儿。他们安静地听了一会水流声，看到电车开始从桥顶缓缓地驶下。

——难道我如此有吸引力吗？最后，她用一种意味深长的语气说道。

——当然。斯蒂芬说，试着配合她的声音。我还知道你活泼，有人情味儿。

——但有这么多人都活泼。

——你是女人，埃玛。

——你想称我为女人吗？你不觉得我仍旧是个女孩吗？

有一会，斯蒂芬的目光穿过那片诱人的领地。期间，她眼睛半闭承受这种冒犯。

——不，埃玛，他说。你不再是女孩了。

——但你不是男人，对吗？她骄傲地迅速回应。即便在树荫下，年轻和欲望开始脸颊绯红。

——我是个傻小子。斯蒂芬说。

她朝他再倾斜了一点,双眼露出同样的温柔关切之情。她身体的暖流似乎涌入他的体内。他毫不犹豫地把手放入口袋,开始伸手够硬币。

——我必须进屋了,她说。

——晚安,斯蒂芬微笑着说。

她进屋后,斯蒂芬沿着运河岸边散步,停在秃树荫下,独自哼着耶稣受难节福音圣歌。他回想起曾对克兰利说过当人们爱他们给予的东西。他大声说:"我再也不和她讲话了。"靠近桥下时,一个女人从阴影处出来,说:"晚安,亲爱的。"斯蒂芬站着不动,望着她。她身材矮小。即便在那样寒冷季节,她的衣服上仍散发出许久以前的汗味。一顶蓝色稻草帽俏皮地[盖在]戴在呆滞无神的表情上。她请他来散一会儿步。斯蒂芬没理她,而是继续哼他那激情澎湃的圣歌,把硬币放到她手中,继续向前走。他离开时,听到她在背后祝福。他开始考虑,从文学角度来看,哪种观点较好:勒南对耶稣死亡的描述,还是福音书作者的描述。他曾听过,某个魔鬼文学代理人提出过一个理论:认为耶稣是疯子,而一位传道士以让人骇人听闻的虔诚暗示了此理论。那位戴黑草帽的女士永远都不会相信,耶稣是疯子,斯蒂芬与她观点一致。无疑,他是单身汉们的好榜样,他心想,但是,对于一个神圣之人,他有点过于小心。戴黑草帽的女士从没未听过佛陀的名字,但是,至于不受影响的神圣性上,佛陀似乎在品格方面优于耶稣。在佛陀获受启示并苦修之后,耶输陀罗亲吻了佛陀,我想知道她喜不喜欢这个故事。勒南笔下的耶稣是一位微不足道的小佛陀,但是西方世界凶猛的饮食者们从不信奉这位神。血债血还。岛上有些人,采取缓解他们宗教冲动的方式唱起圣歌"在羔羊宝血中洗涤一切"。或许这是「冲动」饮食的问题,但是我宁愿在米泔水中清洗。唷！多么好的想法！用大屠杀来净化所有戴罪之身的精神肉体……仲冬时节,端庄感让那个女人在大冬天戴着黑草帽。她对我说"晚安,亲爱的"。有史以来最伟大的情人也不会那样说。想到"晚安,亲爱的",听到她被描述为邪恶的生物,魔鬼也一定会恼羞成怒吧?

——我再也不见她了。过了几个晚上,斯蒂芬对林奇说。

——那是一个大错误。林奇挺起胸脯说。

——那样只是浪费时间,我绝不会从她那里得到我想要的。

——你想从她那里得到什么?

——爱。

——啊?

——爱。

林奇突然停下,说,

——看,我有四便士。

——你,你有?

——让我们进去吧。但是如果我请你喝一杯,你必须答应我,不再说那件了。

——说什么?

——那个字。

——爱,是吗?

——让我们进去吧。

当他们坐在肮脏昏暗的酒馆里,斯蒂芬开始逐个摇晃[椅子]凳子腿,若有所思的样子。

——我明白了,我已经教育你太多了,亲爱的林奇,是吗?

——但是那是一种暴行。林奇说,一边享受款待,一边指责他的同伴。

——你不相信我？

——当然不相信。

有一会儿，斯蒂芬对青灰色杯盏感兴趣。

——当然，最后他说，如果她愿意给予我爱，我会在其他某方面索取少些。

——哦，我知道你会。

——你想让我去引诱她吗？

——非常愿意。那样会很有趣。

——啊，那不可能。

林奇大笑。

——你以悲伤的语气说起那事儿。我真希望麦卡恩能听到。

——你知道的，林奇，斯蒂芬说，我们最好直言不讳，坦诚相待。我们必须要有女人。

——嗯，我同意。我们必须要有女人。

耶稣说："凡是看见妇女就动淫念的，这人心里已经与她犯奸淫之举了。"但他不谴责"奸淫"。此外，不可能犯"奸淫"。

——完全不可能。

——所以，如果我看到一位女人有倾向成为圣人，我便走向她；如果她没有，我便离开。

——但是那个女孩有成为圣人的倾向。

——这就是最诱人的部分：我知道她有。她挑逗我，这很不公平。我必须要去让我确定的地方。

——但是那会耗费金钱。此外，还很危险。你可以拿一剂维持你生活的药。我想知道，你在这之前还没有得到过。

——啊，是的，真令人烦。可我必须要去其他地方了……你知道她是凡人。我不能说我把妓女看作凡人。"妓女"和"情人"都是中性名词。

——当然，人会好得多。但倘若你愿意，你可以得到她。

——如何得到？

——结婚。

——我很高兴你提醒我，斯蒂芬说。我差点忘记了。

——你最好确定，她没忘记和你结婚，林奇说，或者，让其他人也忘记这个。

斯蒂芬叹息。

——你记得《三圣来朝》图景吧？神仙们希望推翻现今的事物，变回往日的做派，没有人帮他们，除了那个已经被今天抛弃的人。

——嗯。

——除了那个戴黑草帽的女人，谁让我帮助？可是，我希望能在精神层面修复这个世界，就像诗人做到的那样……不，我决定了。我再也不会见她了。

——那个戴黑草帽的女人？

——不，那个处女。

——我仍然觉得，你在犯傻。林奇说，同时喝了一品脱酒。

圣诞节过后，一个阴冷多雾的早上，斯蒂芬在神父阿蒂福尼的卧室里读着《奥雷斯特》。他机械地提问，又机械地倾听答案。他以伪经典的教理问答法，设计了如下问题：

问题——从埃斯库罗斯的《祭酒人》中，我们能学到什么伟大真理呢？

回答——从埃斯库罗斯的《祭酒人》中，我们学到：古希腊时期，兄弟姐妹们的长靴尺码一致。

他看起来疲惫，从装订书书中描述的不幸的意大利人抬起头转移到朝荒凉的圣斯蒂芬公园广场望去。在他上方、下方、周围，在又小又黑、布满灰尘的若干房间里，爱尔兰知识分子的心在悸动——年轻人忙于探知。在他上方、下方、周围贴满了耶稣会会士的海报，以便引导身处险恶知识途径中的年轻人。耶稣会权威之手死死地按在知识分子的心上，有时，如果按压得过重，就是可怕的小十字架！这个年轻人意识到，这种严重程度有其自身的原因。他们认为，这是一种值得关注、令人有兴趣的证据。肯定的是在未来，这种关注会持续下去，这种兴趣会继续保持：权利的行使有时（很少）令人生疑，其意图却永不会令人生疑。因此，对于某位和蔼教授的俏皮话或某个门房的粗鲁言行，谁比这些年轻人更大大方方承认呢？谁更热切关心珍惜各种各样的并亲自推进母校荣誉呢？

学院里禁欲苦修的氛围笼罩了斯蒂芬的内心。对他来说，他正处困难时期，无依无靠，贫困潦倒。他明白，这样的样子从不光彩，至少在遐想中，他熟知曾经一直是高贵的。对于这个棘手的弊病的补救方法，一位真诚的耶稣会会士[几天前]在吉尼斯黑啤酒厂安排一个职员：毫无疑问，用经院学派的话来说，倘若不是他认为这是一件费力的好事，酿酒厂的候任职员不会只对一个令人钦佩的群体产生鄙视和怜悯。因为俗教徒思想上的鼓励，或其它任何超越温馨的宗教团体的身体安慰，那些愚蠢而怪异处女们的陪伴，他应该不可能发现自己灵魂的善。曾经对于狂喜而颤栗的性情不可能会随遇而安，一个灵魂应当决定美丽的外貌沦落为一副皮囊承受劳役的多少。

学院里极其寒冷的氛围麻痹了斯蒂芬的内心。他力不从心，恍恍惚惚，回忆起了天主教的祸患。他仿佛看到，在疾病和残暴的时代,地下墓穴里产生了寄生虫,朝着欧洲的平原和山脉喷发出来①。正如《卡莉丝塔》中所描述的蝗灾,它们似乎阻塞了河流,填满了沟壑。它们让太阳黯然无光。蔑视[身体]人性、软弱、强健有力的颤抖、对白日和快乐的恐惧、对人与生命的不信任、意志瘫痪,会困扰②那负重彼此间因为被黑色暴虐的虱子疏远的人们。令人快乐的美丽的思想欢愉、自由同盟劳动中的身体欢愉、每一种对健康、智慧和幸福的自然冲动已经被害虫侵蚀。奴役世界的奇观让他充满勇气之火。至少,他虽然生活在远离欧洲文化的地方、被困于海岛,虽然继承一种被怀疑和心灵击碎的意志力,其憎恨的坚定不移弱如塞壬手臂间的水,他会按照新人类的意见,过他自己的生活,积极,无畏,问心无愧。

他机械地听着意大利课,觉得学院里连绵不断、致命的空气卡在喉咙、肺部,遮住了他的双眼,混淆了他的头脑。桌子上的小铁表勉强走了半小时:看起来,离十一点还很早呢。他打开政治家马基雅弗利的书,读了一段,直到老师满意为止。又黑又脏的编年史写满了无聊而刻板的文字。他磕磕绊绊地读着这本书。时不时的,他从书中抬起眼,瞥一眼牧师的厚嘴唇。牧师正在慵懒地纠正"O"的发音,突然发出这个刺耳的元音,又慢慢地减弱声音,凸起双唇。小铁表又走了五分钟。然后老师开始改练习题。斯蒂芬疲惫地望着窗外,视线穿过那些浓雾笼罩的花园。空气里充满了水蒸气。所有花坛和小径以一种饱含挑衅的棕色,对峙着天空的灰色。穿雨衣和外套的行人沿着径上走来,或走下纪念碑台阶。他们或打着伞或紧裹着头。斯蒂芬和他朋

---

① 乔伊斯的笔记(戈尔曼,P. 135)中写道——地下墓穴和寄生虫。
② 在这句话中,用红色蜡笔潦草地写着,接下来是——戈加蒂。

友晚上常走的铁链内侧人行道像一面灰色的镜子,闪闪发光。斯蒂芬望着来往的行人步伐走过光亮的地面:他想知道,这是否是他充满活力的时候,在此绝望的时刻,因反感而退缩。他感觉自己在用克兰利的眼睛观察这个世界,继续盯着人行道。

——你不能说,老师用铅笔,在一个短语下画了线。它不是意大利语。

斯蒂芬突然把视线从窗外移回来,站起来:

——请原谅我,先生,抱歉,我忘记告诉你了,我今天要早点走……他看着表又加了一句,恐怕我要迟到了,请原谅我。

——你现在有约?

——是的,我差点忘了,今天您一定要原谅我……

——当然,当然。你现在可以走了。

——谢谢,恐怕我……

——没问题,没问题。

他扶着楼梯扶手,飞奔下楼梯,一次五步奔下楼梯。在大厅里,他竭尽全力穿上雨衣,半遮着身体,大口喘着气,站在第一层楼梯上。他跑到泥泞的路中央,视线穿过昏暗的灯光,凝视着广场东侧。他迅速走到路中央,眼睛目不转睛地盯着同一个方向,然后跑到人行道,开始大跑。跑到厄尔斯福特·特勒斯的拐角处时,他停住了,转向右边,又开始迅速走起来。在学院外面,他看到了自己一直在追的目标。

——早上好。

——斯蒂芬!……你一直在跑吗?

——是的

——你要去哪?

——我从窗户看到你了。

——哪个窗户？

——学院里的窗户。你要去哪？

——我要去利森公园。

——这边走。斯蒂芬一边说，一边抓住她的胳膊。

她似乎会反感光天化日下的这一行为，但是，她快速瞥他一眼表示抗议之后，就同意让他陪同自己。斯蒂芬紧紧挽着她的胳膊，让她靠紧他身体一侧，紧贴她的脸说着话，使她有些烦恼。她的脸上闪着薄雾，开始发光以此回应他兴奋和激动的态度。

——你从哪儿看到我了？

——在上神父阿蒂福尼的意大利课堂上，我透过窗户看到你。我看到你经过格林公园，穿过了马路。

——是吗？

——所以，我请老师原谅我，立刻翘课，因为我必须去赴约。我飞奔下楼，冲出来追你。

她脸颊的颜色深了许多，很明显，她正试着保持平静。刚开始，她受宠若惊，但现在，她有点紧张。当他告诉她出来追她的原因，她紧张地笑了起来。

——天呐！你为什么要那样做？

斯蒂芬没有回答她，而是猛烈地把她拽到自己身旁。街道尽头，她本能地转到一条小巷，走路更慢了。街道很安静，他们都降低了音量。

——你怎么知道那是我？她问道，你视力一定不错。

——我正盯着窗外看，他看着天空和格林公园回答道。神啊！我充满了绝望感。有时我觉得自己被带走了！我的生活如此奇怪——没有任何人帮助我，同情我。有时候我很担心自己。学院里的这些人，我觉得他们都不是人，而是蔬菜……然后，当我诅咒自己的性格时,看到了你。

——是吗? 她说到,同时睁大眼睛,看着身边这个发狂的人。

——你知道的,我看到你非常高兴。我必须翘课,冲出来。我在那一分钟也呆不下去了……我心想,最后终于有一个人了……我没法跟你说,我有多高兴。

——你这个怪人! 她说。你不能那样跑开了,你必须更理智一些。

——埃玛! 斯蒂芬大喊,今天开始不准那样和我讲话。我知道你想理智一些,但是你和我——我们都是年轻人,是不是?

——是的,斯蒂芬。

——那很好,如果我们年轻,我们会感到开心,我们的内心都充满了欲望。

——欲望?

——你知道我看到你……

——好,你怎么知道那是我?

——我知道你的步调。

——步调!

——你知道吗,埃玛? 即便从窗户往外看,我也能看到你的臀部在雨衣里扭动。我看到,一个女人自豪地穿过腐败的城市。没错,那就是你走路的方式:年轻使你自豪;身为女人你该自豪。你知道,当我从窗户看到你时——你知道我什么感受吗?①

现在,她试着表现出漠不关心,但没用。她的双颊一直泛着

————————

① 本段红笔写的文字是:——肉体自豪。

红,眼睛像宝石一样闪亮,她直直地盯着前面,呼吸变得急促。他们一起站在空无一人的街道上。他不断地讲话,让某种坦率的疏离感引导着他的激情澎湃。——我感觉,我渴望拥你入怀——你的身体。我渴望你把我拥入怀中。就这样了……然后,我觉得我要追过来,告诉你这些……一起只住一晚,埃玛,然后,早上互相道别,再也不见! 世界上没有像爱一样的东西了:只有人们是年轻的……

她试着从他手中挣脱手臂,小声低语,好像从记忆里重复:

——你疯了,斯蒂芬。

斯蒂芬放开她的胳膊,抓过她的手,说:

——再见,埃玛……我觉得,为了自己的缘故,我想那样对你说,但是,若我在这愚蠢的街道上站太久,我会说更多……你说我疯了,因为我没和你说废话,或者没有说我爱你,也没有向你起誓。但是我相信,你听到我所说的了,也明白我的意思,是不是?

——我的确不明白。她生气地回应道。

——我会给你机会的。斯蒂芬说,双手紧紧地握着她的手。今晚,你去睡觉时,记得去你窗前,我会在花园里。打开窗户,喊我的名字,请我进来,然后下来,请我进去。我们会一起住一晚——只是在在一起,埃玛,早上我们会再见。

——请放开我的手。她说道,同时把手抽出来。——如果我早知道「如果」你说这样的疯话……你再也不要和我说话了。她移动了一两步,把雨衣从他身那里扯过来。你认为我是谁? 你竟然那样和我讲话?

——无意冒犯,斯蒂芬说,相反的图像闪现在他眼前的时候,他的脸色突然变了。因为一个男人要求女人做我要求你做的事情。你对此并不生气,而是其他惹你生气了。

——我觉得你疯了。她一边说着,一边迅速从他身边走过去,丝毫没有注意到他的致意。但是,为了隐藏眼中的泪水,她走得并不快。看到眼泪他觉得惊讶,想知道原因,以至连到嘴边的告别词都忘记说。他望着她迅速向前走。她的头微微低着。他似乎感觉到她的灵魂,感觉到瞬间几乎与她彻底结合时却急速跌落而裂成碎片。

二十五

这次冒险让林奇窃笑不已[①]。他说这是他所听说过的最新奇的诱惑行动,如此奇特以至于……

——他说,你知道,我必须告诉你,对于普通人来说……

——对你来说是什么?

——对于普通人来说,看起来就像你暂时失去了知觉。

斯蒂芬紧紧地盯着自己的脚趾头:他们此刻恰好坐在格林公园的长凳上。

——我尽力了,他说。

——我看这是最糟糕的尽力。任何有点脑子的女孩都不会听你的。兄弟,这事不该这么办。你突然从她身后跑出来,浑身是汗,喘着气对她说'我们一起睡吧'。你是在说笑话吗?

——不,我特别认真。我原以为她可能……事实上我也不知道我那时是怎么想的。就像我跟你说的,我看见她,追上她,

[①] 在这一页的页边空白处用铅笔写的是这句话:"斯蒂芬希望报复岛上所有的爱尔兰女人,他说她们是岛上道德堕落的缘由。"

然后说了我当时的想法。我们是老朋友了……现在看起来我表现得就像个疯子。

——啊,不,林奇舒展着身子说,不像一个疯子,但你对待这段关系的方式非常奇怪。

——如果我追上她并向她求婚,如果那是求婚的话,你就不会说我行为怪异了。

——[不,不]即使在那种情况下……

——不,不,别欺骗你自己,你不会。你会为我找借口。

——好吧,你看,婚姻中有相对理智的东西,对吧?

——对于你所谓的普通人来说可能有,但我不行。你以前读过《公祷书》的《婚姻的庄严形式》吗?

——没有。

——那你该读读。你的日常生活是新教式的;只有讨论问题时,你才会表现出天主教徒的样子。好吧,对我来说婚姻这个仪式是不可接受的:它不像你想象的那么理智。一个男人在全世界面前发誓爱一个女人,直到死亡将两人分开,这不仅在哲学家看来是不理智,在通晓世故的人看来,也不理智;哲学家理解世事无常;通晓世故的人则认为旁观者比参与者更安全。人要是发誓去做一些没有能力去做的事情,他就不能算个理智的人。对我来说,我从未经历过那种激烈、强烈的时刻,可以让男人对喜欢的东西说出'我能永远爱你'。请理解歌德的重要性……

——尽管如此,婚姻还是种习俗。遵循习俗是理智的标志。

——那是庸俗的标志。我承认许多普通人是理智的,正如我知道很多普通人有错觉。但是,能被别人或被自己欺骗肯定不能说是理智的,而是要看他是否通过故意欺骗自己或放任他人骗自己来让自己处于不清醒的状态。

——不论如何你的行为都不符交际手段。

——话虽如此,斯蒂芬站起来说,但真正的交际是为了某些特别令人垂涎的事物。你认为克兰利可能通过精湛的交际手段获得什么好处呢? 我要是婉转地求婚,除了拥有一个"和我纯洁又紧张地聊天"的伴侣,我又能得到什么呢,——嗯?

——果汁,轮到回答时,林奇站了起来,看起来很渴很累。

——你指的是,女人本身?

——正是。

斯蒂芬走在路上,一言不发地走了大约 20 米,然后说:

——我喜欢女人来给予,而我来接受……这些人把用神圣的东西换钱看成是罪恶。但无疑他们称之为圣灵的圣殿不应该被用来讨价还价! 这难道不是买卖圣职罪吗?

——你想卖掉你的诗,不是吗? 林奇突然说,卖给那些你鄙视的大众。

——我不想把我的诗卖给公众。我期望我的诗句得到公众回报,是因为我相信它们将会被列入国家精神资产。这并不是圣职买卖的交易。我不卖格林所谓的神圣的灵感:我不会发誓去爱、去尊敬和服从大众,一直到死——我会吗? 女人的身体是国家的肉体资产:如果她将身体用来交换,她是妓女、已婚妇女、一个独身主义工作者,或是情妇。但是女人(恰好)是一个人,人类的爱和自由不是国家的精神资产。国家能买卖情绪吗? 不可能。买卖圣职罪是荒谬的,因为它违背了我们对符合人性可能的看法。人们可以自由地创造或接受或主动去生育子女或去寻求满足。爱情是给予,自由是索取。那个戴黑色草帽的女人在将身体交给国家前,付出了某些东西;埃玛将自己卖给国家,但什么也没付出。

——你知道即使你已经打算——为了国家——买她，她也不会卖这个价。林奇边说边生气地用脚趾踢沙砾。

——你认为不会。即便我……

——不太可能，另一个肯定地说。她真是该死的傻瓜！

斯蒂芬红着脸率直地：

——你的表达方式真好啊，他说。

斯蒂芬第二次在街上看到埃玛，她没有打招呼。除了林奇，他没有告诉别人这件事。从克兰利的角度来说，他期望得到一丝同情，不过他打消了告诉莫里斯的念头，因为他是兄长，仍希望自己表现地成功些。和林奇的谈话给他带来了痛苦，这是冒险常有的。他认真地问自己，也常常期望她会对他的求婚回答"好"。他觉得那天早上他的头脑一定有点乱。然而当他重新为自己的行为辩护时，他觉得那是对的。这件事的经济方面并没有非常深刻地让他明白。事实上，它仅仅让他发现，解决道德问题竟会无可救药地和物质上的考虑挂钩。他不是特别教条地希望他的理论能为普遍的社会革命所检验，但他不相信自己的理论完全行不通。罗马天主教的观念是，一个人应该从他的少年时代起就开始坚定不移的克制，然后再被允许实现自己的男人本性，但前提是首先支持教会的传统观念、财务状况、前景和一般意图，并在证人面前——无论是否爱她——都发誓永远爱他的妻子，并以像教会认可的方式为天堂生育子女——这种想法对斯蒂芬来说并不令人满意。

反思过程中，教会派了大使馆一个机敏的辩护人到他面前。这些大使来自不同等级，拥有不同的文化背景。他们就他本性的方方面面发表了看法。他是一个前途未卜的年轻人，有着不同于常人的个性：这是第一个明显的事实。他们对此没有过分的伪装或轻率。他们表示有能力让坎坷的道路变得平坦，并且通过减少物质的困苦，让不寻常性格的人更易于发展，乃至得到认可。他谴责在道德的问题上纠缠了物质层面的考虑。在这里至少保证，如果他选择听取大使馆的诉状，他的道德问题在解决过程中可以免受微小、不值得的事情所困扰。他对做承诺这件事有着所谓的"现代的"迟疑：没有要求任何承诺。如果五年后他仍坚守内心的执拗，那他可以抓住个人自由，而不必担心因此被称为誓言背弃者。适当的考虑思忖是保守的，但也是明智的。关于爱国的狂热，他本人是最大的怀疑论者。作为艺术家，他除了蔑视以最稳定的情绪来工作外，什么也没有。比起他渴望在艺术上达到的严谨程度，他可能在生活上苛刻得少一点吗？如果他真诚地相信，体制在一定比例上近于人类某些实际的需求或能量时，是有价值的；相信"活体的"这个形容词也该用到现代精神上，以区别先前的或有范畴负担的精神，他又怎会犯下如此愚蠢的错误，以致现实讽刺地屈从于抽象。他渴望过艺术家的生活。好吧！他害怕教会要阻碍他的愿望。但在形成自己的艺术信条期间，他难道没发现这一桩桩都是来自教会最伟大、最正统神学家的提前支持吗？不正是虚荣使得他去寻求棘手的异教徒王冠吗？然而他的整套理论(其艺术生活就是以此塑造的)都是为了图方便，从天主教神学拿来为己所用。他不能全然接受新教的信仰：他知道，它所鼓吹的自由通常只是在思想上松散、在仪式上无组织的自由。没有人，即便是教会最狂热的敌人，可以指责它在思想上松散：微妙的辨析已经成为煽动者的笑柄。没有人再指责教会在仪式上懒散。清教徒、加尔文教徒和路德教会抵触艺术和溢美：天主教是他的朋友，宣称要诠释或泄露美丽。他敢说，在所有艺术创作激情中，他所建立的那令人非常满意的秩序,所用到的贵族智慧和激情,难道仅仅是天主教特质吗？大使们并没在这一点上多言。

此外他们说,在绝对的声明面前知道害羞是现代精神的标志。不管现在你多么确信你的说辞是合理的,你也不能保证你会一直认为它们的合理性。如果你真的把承诺看作是侵犯人类自由的行为,你就不能保证自己不受某种反动主义冲动的攻击,这种冲动一定会在未来某天压倒你。你不能忽略这种可能性,你对世界的看法将会有很大改变,那时你依然会将事情发生过程的所有干扰视为被希望所迷惑的人的一部分。那种情况下,你的生活会变成什么样？你会把它浪费在拯救那些既不渴望自由也没有天赋的人身上。你信任贵族阶层：相信贵族阶级的显赫地位,也相信社会秩序会确保这份显赫。你觉得,如果让现在屈从于我们的那些无知、热情、精神懒散的人来奴役我们,礼教会变得更优雅,脑力和艺术创作会变得更无拘束吗？这些懒散的人不会理解你作为艺术家的目标,也不会想要你的同情：相反,我们理解你的目标,也常常同情他们。我们恳求你的支持,视你的友谊为一种荣誉。你喜欢说绝对的就是死的。如果真是如此,那么我们可能都错了,如果你一旦接受这种可能,那你就剩下智者的蔑视了。加入我们,你能在成为贵族秩序里的一份子时,继续发挥轻蔑的能力,你甚至不必和这些教条宣战,即便正是它们的盛行确保了你的贵族身份。加入我们,你的人生将确保从大麻烦中脱身,你的艺术将不受革命观念的侵扰,即历史上没有艺术家拥护的革命观念。以平等的身份加入我们。在性情和思想上,你仍然是个天主教徒。天主教在你的血液里。生在一个声称已发现进化论的时代,你会蠢到认为凭一己执念,就可以重建全新的思想、性情,把天主教的影响从自己的血液中净化出去吗？你渴望的革命不是通过暴力一蹴而就的，而是逐渐形成的：在教会里，你有机会以理性的方式进行革命。你可以把种子播撒在你所委托的优质犁沟里，如果种子好，它就会旺盛生长。但进入不必要的荒野，将种子播撒在所有土地上，你会收获什么呢？所有事情似乎都在督促你节制、克制。在接受中，净化了的意志肯定会表现得和在拒绝中一样好。树木不会怨恨秋天，大自然里任何模范性的事物都不会怨恨它的局限性。那么你也不该去埋怨妥协的局限性。

克兰利的影响取代了斯蒂芬认真听到的恳求。这两个年轻人都没有好好准备考试。和往常一样，他们在漫无目的地散步与聊天中度过夜晚。他们的散步和谈话一无所获，因为无论什么时候，只要有明确的威胁出现在他们谈话中，克兰利就会立刻找他挑选的伙伴陪他。阿德菲酒店的台球厅是这两位朋友现在最喜欢的聚集地。每晚十点后他们都会过去。那是一间大屋子，里面摆放着陈旧的桌子，给玩家的陈设也很破旧。克兰利和一个或其他同伴打持久赛，而斯蒂芬坐在桌子旁边的座位上。一个五十人次的游戏收费六便士，每个玩家付相同的钱。克兰利从一个皮制心形钱包里小心翼翼拿出了三便士。有时，球员们会把球送到地上，克兰利偶尔也会咒骂他火红的球杆。台球厅里有间酒吧。酒吧里有个矮胖的女服务员，她穿着件劣质的胸衣，端着酒把头转向一边，用带口音的英语和她的朋友谈论着不同剧院的剧团。她的顾客是年轻人，他们把帽子背在脑后，叉着腿走路。他们的裤子通常是高过棕色靴子的。这家酒吧的常客中有一位克兰利的朋友（尽管他没有和上面年轻绅士混在一起）。小伙子是农业委员会办公室的职员。他是一个罗圈腿小个子男人，清醒时很少说话，但喝醉时很能说。清醒的时候，他非常安静,但醉酒的时候,麻子脸上会发深色,他语无伦次,自大吹牛。某天晚上,他与一名矮胖的医学院学生蒂姆·希利展开了一场激烈的辩论,这名学生对自卫之术有见解。辩论几乎完全是单方面的,因为医学院学生只有嘲弄的笑和言论诸如:"他善于用连指手套吗?""他能举起道具吗?""他是带连指手套的好人吗?"最后,这个来自农业委员会办公室的职员拿脏话骂了医学生的名字。医学生立马将柜台上所有饮料都撞倒,以此"粉碎"冒犯者。女侍者尖叫着,跑去叫来老板。医学生由体贴的朋友拦住并安慰。这位冒犯者被克兰利、斯蒂芬和其他人护送出去。起初他哀叹自己的新袖口被服务员弄脏了,想回去再大打出手,但被克兰利劝阻了。他口齿不清地对斯蒂芬嘀咕,说自己在学位考试的纯数学中拿了最高分[1]。他建议斯蒂芬去伦敦写文章,说可以为他铺路。当克兰利开始和其他人谈论被打断的台球游戏时,斯蒂芬的同伴再次宣布在学位考试中他的纯数学拿到了最高分。

尽管有这些令人分心的影响,斯蒂芬继续写他的诗。他得出这样的结论——他注定是天生的文人,因此他决定,尽管受到了各种影响,他还是会遵循自然的召唤来做事。他开始认为克兰利是一个坏影响。克兰利的辩论方法是把所有东西都降到它们的使用价值上(尽管他自己是最不切实际的理论家),斯蒂芬的艺术观念在这种方法中进展得非常糟糕。斯蒂芬认为使用价值试验非常极端,其彻头彻尾的物质主义体现了浪漫主义的衰退。他知道克兰利的物质主义很肤浅,他猜测克兰利选择用直

---

[1] 在戈尔曼出版的乔伊斯的笔记中(第135页),有带引号的语句:"在所有参加过数学考试的人中,我得了最高分。"

接、丑陋的语言和行为表达自己仅仅是因为他害怕被嘲笑,希望与人不仅仅是圆滑的相处,所以他克制自己不去追求任何形式的美。此外,他发现克兰利对他的态度含有某种敌意,起于一种挫败的模仿欲望。克兰利偏爱向他的吧友嘲笑斯蒂芬,尽管只是开玩笑,斯蒂芬还是觉察到了其中的真意。斯蒂芬不计较朋友这微不足道的错误,继续敞开心扉分享他所有的秘密,就像他还没看出有任何变化。然而,他不再寻求朋友的意见,或任由朋友酸涩不满的情绪对他造成影响。他自信地认为,任何物质,命运的顺、逆、联想、冲动或传统,会阻碍他以自己的方式解决处境的谜题。他刻意避开父亲,认为父亲的傲慢是暴政从内到外最致命的部分,他决定全力以赴与之战斗。不再和母亲争辩,他说服自己,只要母亲让牧师介入彼此本性的话题,他就不会和她达成共识。有一天母亲告诉他,她向忏悔者提到他,给问过灵性咨询。斯蒂芬转向母亲,强烈抱怨她竟干了这种事。

——这是件好事,他说,你去酒吧,还在背后讨论我。除了去找那待在忏悔室里某个神父来引导你,你难道就没有本性来指导自己,没有自身判断对错的能力吗?

——牧师知道世界的很多东西,母亲说。

——他建议你做什么?

——他说如果家里有任何年轻孩子,他建议我尽快从那里走出去[1]。

——非常好! 斯蒂芬生气地说。你来跟儿子说这样的话真是太好了!

---

[1] "你们"或者"他们"被省略了?

——我仅仅是告诉你神父建议我的做法，母亲平静地说。

——这些家伙，斯蒂芬说，对世界一无所知。你也许会说下水道的一只老鼠知道这个世界。无论如何，今后你不会复述我的话给你的忏悔者了，因为我什么都不会说了。下一次他问你："那个犯错误的年轻人，那个不幸的小伙子在干什么？"你可以回答："我不知道，神父。我问他，他回答说告诉牧师我在做鱼雷。"

女性对宗教的普遍态度令斯蒂芬困惑，常常让他发狂。他的本性无法让他有不真诚或愚蠢的态度。他不停地想这件事，最后诅咒埃玛是最具欺骗性和懦弱的有袋类动物。他发现是一种卑微的恐惧和缺乏贞洁精神阻碍埃玛答应他的求婚。他觉得她的眼睛在看一些神圣的形象时显得很奇怪，同样怪的还有受到主人的接待时她嘴唇的样子。他咒骂她小市民的懦弱和美貌，他对自己说，尽管她的眼睛可能会哄骗罗马天主教徒们那愚蠢至极的上帝，但不能唬住他。街上每个流浪的形象里都有她的影子，每个影子都加剧他的反感。他并不认为，女人对神圣事物的态度实际上意味着比他自己更真实的解放，并从完全是自我假设的良心上谴责她们。他夸大她们的邪恶和不良影响，并将她们的反感全部奉还。他也考虑一种二元说的理论，象征着男女双重永恒中精神和自然的双重永恒，甚至还想把诗中的大胆解释为象征性的影射。他很难强迫让自己的头脑保持古典主义严密的风格，他比以往任何时候都更渴望这个季节结束，渴望春天——朦胧的爱尔兰之春———去不还。一个雾蒙蒙的晚上，他正路过圣易科里斯时，这些想法都在他的脑袋不安分地跳动着，这时一件小事让他写了几行热情的诗句，题目定为"妖妇维拉内拉诗"。一个年轻女人站在其中一个褐色砖房的台阶上，看起来像是爱尔兰瘫痪的化身。一位年轻绅士正倚在那片生锈的栏杆上。斯蒂芬继续探索时，听到了下面这段对话，给他留下强烈印象，尖锐地刺激着他的敏感神经。

那个年轻女人——（谨慎地慢吞吞说话）……啊，对……我是……在……教……堂……

年轻男人——（声音很小）……我……（又是很小声）……我……

年轻女人——（温柔的）……啊……但是你……非……常……邪……恶……

这件小事让他想要在一本顿悟书里收集许多这样的时刻。一场顿悟，无论是在粗俗的语言、手势里，还是在头脑中难忘的片段，于他而言都是种突然的灵魂显现。他相信是诗人极其小心地记录着那些顿悟，因为它们本身是最微妙、最容易消散的时刻。他告诉克兰利，巴拉斯特办公室的表能让人顿悟。克兰利一脸困惑地打量着巴拉斯特办公室同样难以捉摸的钟表盘。

——是的，斯蒂芬说。我会一遍遍的经过它，影射它，提到它，瞥一眼它。它只是都柏林街头家具中的一个。我突然看到了它，马上明白了它是什么：顿悟。

——什么？

——想象一下我在那个时钟上的一瞥，就像精神之眼的探索，试图把视觉调整到精确的焦点。焦点聚到物体的时刻就是顿悟。正是在这种顿悟下我发现了第三种美的至高品质。

——嗯？克兰利心不在焉地问。

——美学理论，斯蒂芬继续说，在传统的帮助下进行探索是没有任何价值的。我们用黑色来象征的事物，中国人可能用黄色：他们都有各自的传统。希腊美女嘲笑科普特美女，而二者都受到美国印第安人嘲笑。要调和所有传统是几乎不可能的，然而对审美机制进行审视,无论是穿红色、白色、黄色还是黑色,每种形式的美都能找到被地球上的人喜欢的理由。我们不能因为饮食不同,就认为中国人的消化系统和我们的不同。必须密切行动起来关注这种领悟能力。

——是的……

——你知道阿奎那说的:美丽必备的三件事,整体合一性、对称性和光辉性。有一天我会把这句话扩展成一篇论文。假设你看到一个美的东西,想象一下你的思维会怎样表现。欣赏这个物体时,你的思维将整个宇宙分成两部分,一部分是该物体,另一个是该物体之外的空间。要理解它,你必须把它从其他事物中分离出来:然后你才会意识到它是个整体,那是一个东西。你就意识到它的完整性了。不是如此吗?

——然后呢?

——这是美的第一个特质:它是在领悟力简单、突然的综合之中诞生的。然后呢?就是分析。大脑分别在整体和局部上思考这个物体,比较它和其他物体,检查各部分的平衡,观察物体的外形,研究结构,仔细到其每一条裂缝。所以大脑受到物体对称性的影响。大脑承认该物体是严格意义上的一个东西,一个绝对的实体。你明白了吗?

——我们往回走吧,克兰利说。

他们已经到了格拉夫顿街的角落,由于小路过于拥挤,他们回头向北走。克兰利喜欢看在萨科福克街被酒吧赶出来的醉汉的滑稽动作,但斯蒂芬立刻挽着他的胳膊,把他带走了。

——现在,轮到第三种特性。很长一段时间,我无法理解阿奎那言语的含义。他用了一个比喻词(对他来说很不寻常的事情），但我解开它了。*Claritas is quidditas.*[①]在分析发现第二种特性以后，大脑就会做出逻辑上唯一可能的综合，发现第三种特性。这就是我称之为顿悟的时刻。首先，我们认识到物体是个完整的东西；然后我们认识到它是有组织的复合结构，事实上是个实体；最后各部分的关系精确下来，各就各位，我们认识到它就是那个事物。它的灵魂，它的特性，跳出其表层，跃然于我们眼前。最常见的物体的灵魂，结构已调整那么多，在我们看来却光芒四射。那这个物体就达到顿悟了。

说完他的论点后，斯蒂芬默默地走了过去。他感到克兰利的敌意，他指责自己贬低了永恒的美丽。这也是他头一次觉察到和朋友在一起的轻微的尴尬，为了快速恢复那熟悉的气氛，他看了眼巴拉斯特办公室的表，微笑着说：

——它还没有顿悟，他说。

克兰利木木地凝视着河，沉默了几分钟。期间，新美学的解释者再次把他的理论重复了一遍。在桥远处一边的钟发出声响，这时克兰利的薄嘴唇张开说：

——我想知道，他说……

——什么？

克兰利就像个灵魂出窍的男人一样，继续盯着利菲河的河口。斯蒂芬等他说完这句话，然后再次说"什么？"克兰利然后突然面向他，用平淡的语气说：

——我想知道那条该死的船，那艘船是女王开的吗？[②]

斯蒂芬现在已经写完了一系列歌颂过度美的赞美诗，私下

---

① 明晰就是本质。

② 在乔伊斯的笔记（戈尔曼，第137页）中，在"伯恩"（克兰利）标题下是这句话，"那就是海之女王曾经开的血腥之船吗？"

出版了一份手稿。他和克兰利的最后一次面谈非常令人不满意，让他犹豫要不要向他展示手稿。手拿手稿，备受折磨，他想给父母看，但是考试即将来临，而且他们并不能完全理解。他想要给莫里斯看，但他意识到，他的兄长怨他和平民在一起而冷落自己。他想要给林奇看，但他懒得花功夫去让那迟钝的年轻人变得有理解能力。他甚至曾想到麦卡恩和马登。他很少见到马登；这位青年爱国者在罕见的场合向他致敬，就像两个朋友之间失败的给成功的致敬那样。马登全天大部分时间花在库尼烟草店，品尝烟草，讨论 camans①，抽很浓的烟草，用爱尔兰语和新来的外地人说话。麦卡恩仍忙于编辑他的杂志，他在这本杂志发表了一篇题为"实践中的理性主义"的文章。这篇文章里，他表达了希望人类在不久的将来饮食主要是矿物，而不是动物和植物。编辑的写作语气已经比他以前讲话更规范了。大学联谊全体大会的报告占了一个专栏和学院杂志一半的版面，其中报道了麦卡恩先生很有说服力的演讲，说他从更为实际的角度出发，为社会工作提出了很多有价值的建议。斯蒂芬对此感到很惊讶。一天，麦卡恩和克兰利穿过拿索街时，他们见到编辑正大步走向图书馆，他对克兰利说：

——博尼·唐迪在干什么？

——什么干什么？

——我是说这个他瞎掺和的联谊会。他不可能蠢到认为他可以利用联谊会得到任何好处。

克兰利疑惑地望着斯蒂芬，但想了想后，决定不作评论。

克兰利再次被考试"难住"，而斯蒂芬低分通过了。斯蒂芬

---

① 苏格兰简式曲棍球棒

认为没有必要将这些考试结果放在心上,让自己难过,因为他知道神父阿提弗尼参加了入学考试,英语卷子比意大利语得分更高;后者是由通晓多种语言的人批阅的,这个人还审阅了法语、意大利语、阿拉伯语、[犹太]希伯来语、西班牙语和德语考试。斯蒂芬和他老师一样,直接表达了自己的吃惊。考试期间的某晚,当埃玛经过时,斯蒂芬正在大学的拱廊里和克兰利说话。克兰利举起了他古老的草帽(再次找到的),斯蒂芬跟着做。作为回礼,埃玛非常有礼貌地越过斯蒂芬朝他的朋友鞠了一躬。克兰利放下帽子,继续在阴影中沉思了几分钟。

——她为什么这么做? 他说。

——一个邀请吧,也许,斯蒂芬说。

克兰利一直盯着她刚才所行之处,斯蒂芬微笑地说:

——也许她是邀请。

——也许。

——没有女人,你是不完整的。斯蒂芬说。

——只是她太胖了,克兰利说,你知道……

斯蒂芬保持沉默。他不喜欢别人说她坏话。克兰利挽起他的胳膊说"我们也走吧"时,他没有微笑,那句话是一个古英语表达,表示邀请离开。很久以前,斯蒂芬一直纠结要不要告诉克兰利应该修正这个表达,但克兰利总是强调用"也"(eke),让斯蒂芬打消了念头。

宣布考试结果引发了一场家庭争吵。代达罗斯先生搜肠刮肚地寻找骂人的词语,最后问斯蒂芬对未来的计划。

——我没有计划。

——哦,那你理清楚,越早越好。我知道你有我们。但在上帝和圣母的帮助下,我早上第一件事就是给穆林加尔写信。你的教父把钱花在你身上是没有用的。

——西蒙,代达罗斯太太说,你总是带着故事去市集。你不能理智点吗?

——去他的理智。难道我不知道他去的地方——就是那些讨厌的爱国者和穿着灯笼裤的足球小子中间? 上帝啊,告诉你实话,我原以为你是有不和贱民交往的傲慢的。

——我认为斯蒂芬考得还可以,他没有失败,毕竟……

——她会插嘴,你知道,代达罗斯先生对儿子说。这是个遗传的小习惯。她的家人,你知道,上帝啊,他们什么都知道,连手表发条的制作方法你都可以问他们。真的。

——你不应该逃避事实,西蒙。许多父亲会为有这样一个儿子而感到高兴。

——你不必干涉我和我儿子。我们互相理解。我没有对他说什么,但我想知道他在这 12 个月里做了什么。

斯蒂芬继续在盘子边缘敲打刀刃。

——你在做什么?

——思考。

——思考? 这就完啦?

——写了一点东西。

——啊,我知道了。实际上是浪费你的时间。

——我不认为思考是浪费时间。

——啊,我知道了。你看我知道那些波西米亚的家伙,那些诗人,他们不认为思考是浪费时间。但同时,他们偶尔也会他妈的开心地借到一先令,拿来买排骨。当你没有排骨的时候,你怎么思考? 你难道不能做些稳妥的事情? 到一些政府办公室好的职位任职,然后上帝啊,你想怎么思考就怎么思考。研究研究那些一流的职务，有许多的，你可以在闲暇时写作。除非，也许你更愿意成为一个游手好闲、吃着桔子皮在公园睡觉的人。

斯蒂芬没有回答。长篇大论重复了五六次后，他就起身离开了。他走到图书馆去找克兰利，在阅览室和门廊没找到他，就去了阿德尔菲酒店。那是一个星期六的晚上，房间里挤满了职员。农业委员办公室的职员正坐在吧台的角落里，他的帽子从前额上推到后面，斯蒂芬马上认出了那就要从烫烫的脸上流出的黑呼呼的汗。他忙着用食指卷着小胡子，在酒吧女侍的脸和他那瓶酒的标签之间瞥了一眼。台球房间非常吵：所有桌子都有人用，每一分钟左右就有台球打到地上。有些球员穿着短袖衬衫打球。

克兰利在球桌周围的座位上麻木地坐着，看着比赛。斯蒂芬沉默地坐在他旁边，也看着比赛。这是一个三人的比赛。这个年长的职员明显带有傲慢情绪，在和他两个年轻同事比赛。年长的职员是一个高壮的男人，脸上戴的金丝眼镜，像个干瘪的红苹果。他穿着短袖衬衫，边玩边轻快地说话，想表现出他是在训练而不是比赛。年轻的职员都不留胡子。其中一个矮胖年轻人固执地玩着游戏，一言不发，另一个兴奋的年轻人留着白眉毛，神经紧张。克兰利和斯蒂芬观看着比赛一点点进行。胖年轻人连续三次把他的球掉在地板上，得分太慢，以至于计分员走过来站在球桌旁提醒他 20 分钟已经过去了。选手比之前更频繁地给球杆擦粉，看着他们专注于比赛的计分员此时一言不发。但是他的存在影响了他们。年长的职员用球杆猛的击球，结果打了一个坏球，眨着眼睛从桌旁往后站说道："错过了这次"。兴奋的年轻人匆忙击球，又打了一个坏球，顺着他的球杆看着说："哎!"那个固执的年轻人把他的球径直打入了顶袋，见此情形，计分员立刻在破了的计分板上计分。年长的职员透过眼镜边缘盯着这关键的几秒钟,然后又打了个坏球,立刻转向他的球杆(迅速地),简短而又尖刻地对兴奋的年轻人说:"打啊怀特,赶紧啊!"

面前这三个人让人绝望的虚伪和不可救药的奴性,让斯蒂芬觉得眼睛后面像火一样烧起来,他把手放到克兰利的肩上急切地说:

——我们必须立刻出去,我一刻也无法忍受了。

他们一起穿过房间,斯蒂芬说:

——如果再多待一分钟,我想我会哭出来。

——是啊,实在糟糕透顶了,克兰利说道。

——啊,没救了! 没救了! 斯蒂芬边说边握紧了拳头。

二十六

克兰利考试失利后想到乡下去散心,动身前几天的夜里,斯蒂芬对他说:

——我相信对我来说,这将是个重要的时期。我打算把我的行动计划确定下来。

——但你明年将选第二文科课程了?

——我的神父可能不为我付学费了。他们希望我能获得奖学金。

——你为什么不呢? 克兰利说。

——我会把事情想清楚的,斯蒂芬说,看看我能做什么。

——你能做一百件事。

——真的? 我们等着瞧……我可能想要写给你。你的地址是什么？

克兰利假装没有听到，他正拿火柴小心谨慎地剔着牙，偶尔会停下来将舌头仔细地插入牙缝里舔舔，然后继续剔牙。他吐掉剔出的东西。他的草帽大部分盖在他的脖颈处，他的双脚岔开。顿了良久后，他才接着他刚刚的最后一句话，彷佛他一直在内心深处回顾这句话：

——唉，几百件事。

斯蒂芬说：

——你在乡下的地址是什么？

——我的地址？……你瞧……真的不可能，你知道，把我的地址告诉你。但是在我回来之前你将定不出任何计划……我差不多确定我将会在上午出发，但我要去看看火车的时刻。

——我们以前看过，斯蒂芬说。九点半。

——不能这样……我认为我必须到哈考特街去看看几点有火车。

他们在去哈考特街缓慢地走着。斯蒂芬，抑制着自己产生的不良情绪，说：

——在你令人费解的平凡之下隐藏着什么神秘目的？请告诉我。你的心眼里装着什么？

——如果我有一个神秘的目的，克兰利说，我不可能告诉你，(对吗？)是什么。

——我跟你说了很多，斯蒂芬说。

——大多数人的人生中都有这样或那样的目的。亚里士多德说每个生命存在的目标都是至善。我们皆因追求某种善而行动。

——你不能再确切点吗？你不希望我写关于你的福音，对吧？……你真的想成为一个猪肉贩吗？

——是的，真的。你不会想到吧。你可以把香肠裹进你的爱情诗里。

斯蒂芬哈哈大笑。

——你休想你可以强加给我，克兰利，他说。我知道你非常浪漫。

在哈靠特街车站，他们前去看列车时刻表，瞥了一眼后，斯蒂芬淘气地说[原来如此]：

——九点半，就像我告诉你的那样。你看你不信傻瓜的话。

——那是另一辆火车，克兰利不耐烦地说。

当克兰利开始检查图表时，低声对自己说车站的名字并计算时间，斯蒂芬开心地笑了。最后他似乎得出了某个决定，因为他对斯蒂芬说"我们继续吧"。车站外斯蒂芬拉着他朋友的大衣袖子，指着一个报刊，暴露在马路上公众的视野之内，在角落里被四个石头压着。

——你看过这个吗？

[克兰利]他们停下来看了广告，四、五个人也停下来看了看。克兰用他那极浅的口音，从标题开始读出这些条目：

晚间邮报

[会议]

《在巴林罗布的民族主义会议》

《重要演讲》

《主要排水计划》

《轻松愉快的讨论》

《一位著名律师的死亡》

《卡布拉的疯牛病》

《文学》等

——你认为成功的生活需要很大能力吗？斯蒂芬问，他们再次走路时。

——我想你认为文学是这里最重要的事情？

——我确信，你对世界的看法纯粹是出于任性。你试着证明我是不正常、病态，但很容易证明知名的律师是病态和不正常的。不敏感是疾病的标志。

——他可能是我们所谓的艺术家。

——是，当然……关于诱惑，撒旦被允许在耶稣面前晃荡，事实上，是提供给天才的最徒劳无益的诱惑。知名的律师可能会屈服，但对耶稣来说，这个世界的国王一定是非常空洞的短语——至少当他已经度过浪漫的青少年时期后，撒旦，真的是耶稣再现了一会儿浪漫的青少年时期。我也有个浪漫的青少年时期，那时我以为成为真正的弥赛亚定是件伟大的事情。但现在这种想法尽在身体虚弱的时候在脑海中出现。所以我认为生命观是一种反常的观点——在我看来。几天前我步行去霍斯游泳，当我绕着黑德走的时候，我不得不带着小路的一条小丝带。它高悬在岩石上。

——霍斯的哪边？

——在贝利附近……非常好。当我俯视脚下的岩石，脑海中出现了一种想法，将我投掷到它们身上。这念头让我高兴了一会儿，但是，当然，我认出了我们的老朋友。所有这些诱惑都一模一样。对于耶稣，对于我，对于那些在过于严肃地接受文学建议后采取抢劫或自杀的容易激动的人，撒旦提供了一种可怕的生活。它的可怕在于一个人的精神原则的位置不能转移到客观对象上。一个人只是假装认为他的帽子比头更重要。人生观,我认为,是反常的。

——你不能称每个人做的事情不正常。

——每个人都从霍斯山跳下来吗?每个人都加入了秘密团体吗?在世界上每个人都为了荣誉牺牲幸福、快乐和安宁吗?神父阿提弗尼告诉我,在意大利互助协会团体里,成员们一旦签署文件证明他们的案件已处理过了,就有权被其它成员扔进亚诺河。在他们总是停下的诺布利特街角,他们发现坦普尔正在一小圈年轻人中慷慨陈词……

年轻人对醉酒的坦普尔大肆嘲笑。斯蒂芬的眼睛一直盯着坦普尔不成形的嘴巴,在瞬间布满薄泡沫因为他试图阐释一个难词。克兰利盯着那群人说:

——我要拿着我那垂死的圣经,坦普尔一直站在喝那些医学生喝酒……这个该死的傻瓜!……

坦普尔看到了他们,立刻中断了谈话来到他们面前。一两个医学生跟着他。

——晚上好,坦普尔说,笨手笨脚地摸他的帽子。

——喝下这个

一当坦普尔开始在口袋理摸索时,两个医学生笑了起来。

——在搜索过程中,他的嘴巴张开。

——谁有钱? 克兰利说。

两个医学生笑了起来,朝着坦普尔点点头,他停止了搜索,悲伤地说:

——哎,见鬼……我要喝点酒……哎,见鬼! ……我的另一先令在哪儿?

其中一名医学生说:

——你换了康纳利的。

另一个医生说：

——他今天第一次就被困住了。这就是他今晚喝啤酒的原因。

——你去哪里筹钱？克兰利对坦普尔说，这个人开始再次搜寻口袋。

——他抵押他的表，换了 10 先令。

——那一定是只手表，克兰利说，如果他因此得了 10 先令的话。他从哪儿得了 10 先令？

——啊不！第二个医生说。我帮他的。我知道一个在格兰比街叫拉金的小伙子。

这位高大的、曾在艾德菲大学和农业委员会办公室的职员有过政治讨论的医科大学生来到他们面前，说：

——那么，坦普尔，你将带我们去过夜吗？

——哎，地狱啊，坦普尔说，我所有的钱不见了……哎，见鬼，我必须有个女人……见鬼，我要赊账找个女人。

这个大学生大声嘲笑，转向克兰利，考虑到他对艾德菲大学的事情怀恨在心，他说：

——如果我请客，你会也有女人吗？

克兰利的纯洁非常出名，但年轻人对此印象不太深刻。同时这个[小]团体并没有因为嘲笑大学生的邀请而泄露了自己的观点。克兰利没有回答；第二个医学生说：

——马克通过了：

——什么马克？克兰利说。

——马克——你知道——盖尔联盟的家伙。他昨晚带我们去过夜。

——你们都有女人吗？

——不是……

——你去那里干什么?

——他建议我们进去。也有好的小妞。她们追我们,伙计:好玩的闹剧。哎,其中一个打了马克,因为她说麦克侮辱了她。

——他做了什么?

——我不知道。他说"盖隆,你这个肮脏的娼妓"或类似的东西。

——马克说了什么?

——说如果她再跟着他,他会指控她的。

——好吧,如果克兰利有女人,我就能忍受周围的女人,那个大学生说,他习惯用一个灵感撑住半个小时谈话。

——哎,见鬼,坦普尔突然说,你听说过关于巴巴里猴子……新的寓言吗?……令人……惊异的寓言……弗拉纳根告诉哦……哦,(他对斯蒂芬说)他想要被介绍给你……想要知道……好小伙……一点也不在乎宗教或牧师……见鬼,我是一个自由思想家……

——寓言是什么,斯蒂芬说。

坦普尔脱下帽子,光着头,开始模仿乡村牧师背诵,延长所有的元音,断断续续地说出句子,在每一处停顿降低音量:

——亲爱的兄弟们:在巴巴里曾有一群猴子。并且……这些猴子多如海里的散沙。它们一起住在森林中实行一夫多妻制……性交……繁殖……它们的物种……但是,瞧那里出现了巴巴里……神圣的传教士,上帝的圣人……来救赎巴巴里的人。这些圣人向人们传道……然后……他们进入森林……在远处的森林里……向上帝祈祷。他们像隐士般居住……在森林里……向上帝祈祷。瞧,在巴巴里书上的猴子……看见这些过着隐士生活的圣人……作为孤独的隐士……向上帝祈祷。这些猴子,我亲爱的兄弟们,是模仿的生物……开始模仿这些圣人的……动作……也开始这样做了。因此……他们[离开妻子]彼此分离……远远的离开,向上帝祈祷……他们想看到的圣人那样做……向上帝祈祷……并且……他们没有再……回到……没有尽力去繁殖后代……因此……渐渐的……这些可……怜的猴子……变得越来越少……越来越少……今天……巴巴里没有猴子了。

当观众开始一起鼓掌时,坦普尔画十字,拿下帽子。就在那时一个警察来到这群人里。斯蒂芬对他说:

——谁是弗拉纳根?

克兰利没有回答,而是跟着坦普尔和他的同伴用力地走着,说"是的"对他自己。他们能听到坦普尔向同伴抱怨自己的贫穷,断断续续地重复寓言。

——弗拉纳根是谁? 斯蒂芬再一次对克兰利说。

——另一个该死的傻瓜,克兰用这种语调做了个比较。

几天后克兰利去了威克洛。斯蒂芬和莫里斯一起度过的夏天。他告诉他的兄长大学开学时他所预测到的困难,他们一起讨论了生活规划。莫里斯建议应该把这些诗歌寄给出版商。

——我不能把它们寄给出版商,斯蒂芬说,因为我把它们烧掉了。

——烧掉了!

——是,斯蒂芬简略地说,它们很浪漫。

最后他们决定最好等到知晓神父富勒姆的目的再说。代达罗斯太太有一天来看神父巴特。虽然她对面谈的内容有所保留,但斯蒂芬从她的只言片语中了解到,神父巴特早就在吉尼斯啤酒坊留好了一个文员的职位,作为解决他的困难的办法。当代达罗斯太太还在质疑摇头之时,神父巴特已要召见斯蒂芬了。他已经抛出对学校一些新安排的暗示,这样就会需要新的职位。这些暗示是由斯蒂芬的父母提供的。第二天斯蒂芬被叫到学校见神父巴特。

——哦,进来,我的好孩子,神父巴特说,当斯蒂芬出现在铺着小地毯的卧室门口。

神父巴特开始谈论起许多泛泛的话题,没说任何明确的事情,但一遍一遍地想试探斯蒂芬的意见,而斯蒂芬却有意不言不语。他感到非常迷茫。终于,在多次摸下巴和挤眼后,神父巴特问斯蒂芬有什么意向。

——文学,斯蒂芬说。

——对,对……当然……但同时,我的意思是……当然你会继续你的学业直到你拿到学位——这一点很重要。

——我可能不能,斯蒂芬说,我以为你知道我的父亲不能……

——现在,神父巴特高兴地说,我很开心你说到要点了……就是这样。问题是我们能否为你找到任何事,让你能够在这完成学业。这就是问题所在。

斯蒂芬一言不发。他确信神父巴特有什么提议或建议,但他决定阻止神父顺利说出它来。神父巴特继续眨眼睛,揉下巴,嘟嘟囔囔说"这就是问题所在"。最后,由于斯蒂芬不为所动地保持冷静,神父巴特说:

——可能有……我刚刚突然想到……校园里的一个职位。一天一个或两个小时……那不算什么……我认为,对……我们将……让我现在想想……对你来说没什么麻烦……没有说教或苦差事,早上就在这儿一个小时左右……

斯蒂芬一言不发。神父巴特搓着双手,说:

——不然你会有死的危险……因为没饭吃……对,一个重大决定……今晚我就将告诉神父狄龙这件事。

尽管斯蒂芬已经预料到了一些这样的提议,他某种程度上还是有些吃惊,低声说了谢谢,神父巴特承诺在一两天的时间里给他寄一封信。

斯蒂芬没对父母把这次面谈完全说明:他说神父巴特含混不清,建议他找点学费。代达罗斯先生认为这是一个很实用的打算:

——如果你只保持头脑清醒,你能出人头地。和这些小伙子保持联系,我告诉你,这些耶稣会士:他们能让你更快出人头地。我比你大几岁。

——我确定他们会尽最大努力帮助你,代达罗斯太太说。

——我不想要他们的帮助,斯蒂芬痛哭地说。

代达罗斯先生抬了抬眼镜,盯着儿子和妻子。他的妻子开始道歉:

——放弃吧,女人,他说。我知道他陷入了困境。但他不会愚弄我,也不会愚弄他的教父。在上帝的帮助下,我会很快让他知道这个家伙是个多么好的无神论者[①]。现在停止片刻,把它交给我。

斯蒂芬回答说他也不想要教父的帮助。

——我知道你陷入了困境,他父亲说。你可怜的姐姐出殡的那个早上,我没看见你——我忘了吗? 不近人情的残忍的无

———————

① 译者注: 此处作者原文中写的"I"可能是笔误,译为"it"。

赖。啊呀那天早上我为你感到羞耻。你不能表现得像个绅士，或说话或者做该死的、只偷偷地和马车夫和哑巴待在角落里。谁教你喝平凡搬运工的品脱的，我可不可以问一下？这是一个艺术家该干的事情吗？

斯蒂芬双手握在一起，望着莫里斯。莫里斯正开怀大笑。

——你在嘲笑什么？父亲说。谁都知道你和这家伙是一丘之貉。

——斯蒂芬渴了，莫里斯说。

——上帝啊，他总有一天会饿会渴，如果你问我。

斯蒂芬把面谈的细节告诉莫里斯：

——你不认为他们正试图收买我吗？他问。

——对，显而易见。但我很惊讶一件事……

——什么事？

——牧师在和母亲说话时发脾气了。你一定是把他惹恼了。

——你怎么知道他发脾气了。

——哦，他建议母亲让你去取啤酒坊上班时，一定是生气的。这事让他们露出了马脚。不管怎样，我们瞧瞧这些人有什么权利称自己为教徒的精神顾问……

——嗯？

——对于你这样性情古怪的情况，他们束手无策。你不妨向警察申请。

——也许他的想法是，我的心智混乱，即便是些循规蹈矩的日常琐事也对我的心智发展有好处。

——我不认为他这么想。要是这样的话他们都一定是骗子，因为他们都极为赏识你在辩论中的清晰思维。一个对三位一体的教义不予苟同的心智是不会智障的。

——对了,斯蒂芬说,你注意到我和我父母之间有着何等的理解和同情吗?

——这不是很好吗?

——然而,有许多自认为是我好朋友的人,也像父母那样给过我建议。把他们称为敌人或是谴责他们的话,实在可笑。他们想让我得到他们所认为的快乐。他们想要我不惜丧失自我而接受金钱。

——那你会接受吗?

——要是克兰利在这儿,我知道他会怎么提这个问题。

——怎么提?

——"当然,你会接受吧?"

——我已经告诉过你我对那位年轻先生的看法了,莫里斯讥讽地说。

——还有林奇,他会这么说:"如果你不接受,你就是个该死的傻瓜。"

——那你会怎么做?

——不接受,肯定不接受。

——我期望你接受。

——我怎么能接受呢? 斯蒂芬吃惊地问道。

——不好说,我觉得。

第二天一封给斯蒂芬的信到了:

亲爱的代达罗斯先生:

关于我们几天前讨论的事情,我已经告诉了我们校长。他对你的事情非常感兴趣,希望能在这周内任何一天的两点和三点之间在学校里见你。他认为有可能为你找到一些工作,如我所建议的——每天几小时——让你能够继续学业。这就是要点。

谨上!

耶稣会的巴特

斯蒂芬没有去见校长,但是给神父巴特回了一封信:

亲爱的神父巴特:

请允许我对你的善意表示感谢。但是,我恐怕不能接受你提供的职位。我确定你会明白,谢绝是对我而言是最好的,非常感谢你对我的关切。

谨上!

斯蒂芬·代达罗斯

夏天的大部分时光,斯蒂芬是在布尔北部山上度过的。莫里斯也在那里度过,悠闲地躺在岩石上或跳进水里。斯蒂芬现在和兄弟相处得很好,他似乎已经忘记了他们的疏远。有时,斯蒂芬会半遮半掩地穿过布尔的浅水边,在那里到处游荡,看看孩子们和保姆们。他有时常常在那儿盯着他们,直到烟灰落在大衣上。尽管专门去看,他就是碰不到露西:他经常回到利菲河的河边,对自己的失落感到几分好笑,想着要是当初,他向露西而不是埃玛求婚,他可能会幸运得多。但是他每每遇到浑身滴水的基督兄弟或是乔装的警察,这场景让他明白不论考虑露西还是埃玛,答案都是一样的。两兄弟从多利山步行回家。两兄弟看起来都有点衣衫褴褛,但他们不羡慕回家途中擦肩而过的那些衣着考究的上班族们。当他们来到威尔金森的房子时,都停在外面听里面的争吵声,即便当一切看似平静的时候,在母亲开门的一刻,莫里斯问她的第一个问题是:"他还在吗?"当答案是"不在"时,他俩才一起进屋走到厨房;但当答案是"还在"时,只有斯蒂芬自己走进来,莫里斯在栏杆上听着,从父亲的声调中判断他是否清醒。如果父亲喝醉了,莫里斯就会回到卧室,但是斯蒂芬并对此不在意,会和他父亲愉悦地交谈。他们的谈话总是这样开始的:

——(以一种极端讽刺的语气)我可以问问你这些天在哪里吗?

——在布尔。

——哦(用一种缓和的语气)泡了个澡?

——对。

——好吧,这是有道理的。我喜欢这一点。只要你远离那些贱民(用一种怀疑的语气)。当然你不会和那些纽约人或那些贵族中的一些人在一起。

——相当确定。

——没关系。这就是我想要的。远离他们……莫里斯和你在一起吗。

——是的。

——他在哪里?

——楼梯上,我想。

——他为什么不来这?

——我不知道。

——哼……(再次用一种沉思的挖苦语调)上帝,你们是一对亲密的儿子,你和你的兄弟。

林奇宣布斯蒂芬是基督教世界的蠢货，因为他拒绝了巴特神父提供的机会：

——看看你本可以拥有的夜晚！

——你是个可悲低劣的人，斯蒂芬回答道。毕竟，我已经看透了你那唯利是图的想法，你肯定会对我暴虐有加。

——但是你为什么拒绝？林奇说。

夏天快要结束了，晚上变得有点凉。林奇在图书馆的走廊里走来走去，双手插在口袋里，挺着胸。斯蒂芬在他身边：

——我是一个年轻人，难道不是这样吗？

——是——这样。

——非常好。我全部的天资是散文和诗歌的创作。不是吗？

——让我们假设它是。

——很好。我不打算去酿酒坊工作。

——我认为把你放在啤酒厂也很危险……有时候。

——我也本不想这样的：我受够了。我上这所大学是为了结识和我一样年纪秉性相仿的人……你知道我都结识了什么。

林奇失望地点了点头。

——我发现这学校里充满了惶恐的男孩，个个缺乏信心。他们只关注未来的工作：为了保住未来工作，他们会来来回回地写着自己的罪过，用苦力劳动把自己潜移默化成为耶稣会士那美好的样子。他们崇拜耶稣、玛丽和约瑟夫；他们信任教皇的绝对正确，相信地狱的肮脏与恶臭；他们渴望一千年将会是荣耀信奉者及折磨无神论者的时刻……亲爱的万能的主啊！看看那美丽的苍白天空！你感受到冷风吹在脸上吗？听听我们在走廊的声音——不是因为它们是我的或是你的，而是因为它们是人类的声音：所有愚蠢行径不就是从您那坠入凡间的、就像水从鸭子身上掉下来那样吗？

——林奇点点头，斯蒂芬继续：

我向那些和乞丐一样的哑剧演员卑躬屈膝、畏畏缩缩的祈求是荒谬的。我们不能把这种害虫从我们的思想和社会里连根拔起，让人类能够穿过街道时不在每个街角遇到一些陈腐的信念或虚伪吗？我，至少，会尝试。我不会从他们那里接受任何东西。我不会接受他们的服务。不论是内在还是外在，我不会向他们屈服。教堂不是直布罗陀那样一个设备：不再是一个机构。减去它的人类成员，它的坚固性就不那么明显了。我，至少，会减去我自己：记住如果我们允许一个人减少 12 个后代，可能意味着教会损失 12 个成员。

——你对后代不太开明吗？林奇说。

——我告诉你我今晚见神父希利了吗？斯蒂芬问。

——没有，在哪里？

——我正沿着运河走着，拿着我的丹麦语法书(因为现在我要适当研究它了。之后我将告诉你原因)除了这个小男人，我应该和谁见面。他刚好走到金色的落日下，所有衣服的折痕和脸上的皱纹都被散落在金色的落日下。他看着我的书，说非常有趣：他原以为会非常有趣的了解和比较不同语言。然后他远远地望着金色的太阳，突然——想象下！他的嘴张开，打了个缓慢无声的哈欠……你知道当一个人出乎意料的做这种事情，你会感到某种震惊吗？

——他很快就有事情做了。林奇指着门口的一小群正在大笑和聊天的人说，这让他无法在睡梦中走路。

斯蒂芬瞥了一眼那群人。埃玛、莫尼汉、麦卡恩和两个丹尼尔斯小姐显然心情很好。

——是的,我想她会在这段日子里正当地做这件事,[林奇]斯蒂芬说。

——我说的是另一对,林奇说。

——哦,麦卡恩……你知道,她现在对我毫无意义。

——我不这么认为,让我给你说。

[手稿的附加页在这里开始]

国家。他们被禁止发言:我们是孤独的——来吧;很多声音跟着他们说。我们是你的人民;当他们呼唤他,他们的亲属,准备走,扇动着洋溢狂喜与令人讨厌的青春翅膀时,同伴间的空气变得稀薄。

[动身去巴黎(用蓝笔写在段落之间)]

从布洛德斯通到莫林加是一段穿过爱尔兰中部 50 英里的旅程。莫林加,韦斯特米斯的主要城镇,是中部地区的首都,在它和都柏林之间有大量的农民和牛。这段 50 英里的旅程是在火车上两个小时左右完成的。因此你要设想斯蒂夫·代达罗斯被挤在第三节车厢的角落里,将香烟稀薄的烟味贡献给了已经发臭的环境里。车厢里有着一伙农民,几乎每个人都有一捆绑在一起的带有斑点的手帕。车厢里有很浓的农民味(一种下等人的气味,斯蒂芬曾在第一次圣餐仪式的早上从伍德学院的小教堂里感知到的)的确如此苦痛以至于年轻人不能确定,他发现的呛人难闻的汗水味是农民身上的,还是因为气味从自己身上发出。他并不羞于对自己承认,他发现无论是哪来的味道,都很难闻。农民们从布洛德斯通往前开就玩着黑色无边的牌,每当农民离开大伙时,他就拿起他的包袱,从脚步沉重的走过车厢门,从不关上身后的门。农民很少说话,也不怎么看过往的风景。但是当他们到达梅努斯火车站时,一位穿着棉大衣,戴着高帽子的男人,对着个机器正向名搬运工大声发出指令,这个场景吸引了他们几分钟的好奇目光。

在莫林加,斯蒂芬把他整洁的小箱子从架子上拿下来,下了站台。当他穿过爪……

[缺失两页]

奥维尔湖。旅馆是一间刷成白色的村舍,门边有一个穿着无袖衬衫的小女孩坐在那里吃一块面包皮。大门开着,陷阱上出现了车道。在经过几百码的环形游览后,陷阱到了一个褪色的旧房子的门口。

当陷阱向门口走去时,一位年轻女子走上前去,以一种安静端庄的步态迎接它。她穿着一身黑衣服,深色的头发明显刷在鬓角上。她伸出手来:

——欢迎,她说。我的叔叔在果园。我们听到了车轮声。

斯蒂芬轻轻碰了一下她的手,鞠了一躬。

——丹,暂时先把行李放在大厅上,你,代达罗斯先生将和我一起来。我希望你不会因为旅行而感到疲惫:旅行实在太无聊了。

——一点也不。

她沿着大厅走着,经过一个小玻璃门来到一个大的果园广场,那近一半的地方仍然是一片阳光明媚的地方。富勒姆先生此刻坐在一张椅子上。他戴着顶宽草帽。他热情地问候了斯蒂

芬,进行了通常礼貌的寒暄。霍华德小姐拿出一个小托盘,里面
装满水果和牛奶。客人们很高兴地吃着喝着,路上尘土飞扬已
经侵入了他的喉咙。富勒姆先生问了斯蒂芬一堆学业和品位的
问题,而霍华德小姐安静地站在椅子旁。询问的间歇,她拿起托
盘,将他带进了房子里。当她回来的时候,她提出要带他去果
园。富勒姆先生同一时刻回到报纸上,她沿着一丛红醋栗灌木
林走了下来。斯蒂芬发现了他教父的问题,带有多少严峻的考
验,他在霍华德小姐身上报仇,反击般问她关于名字、季节和植
物预期的问题。她仔细回答了所有问题,却用同样精准的冷
淡语气,她一举一动都是如此。她的出现并没有使他感到敬畏,就
像他上次见到她做的那样,他以为未受玷污的天性料想对他的
指责只不过是不同寻常的高贵方式。他并没有发现她的这份高
贵非常令人愉悦,他对青春的新热情被她的缺乏活力所激怒。
他决定支持她某些明确的目的,反对机械地履行职责,对自己说
这将会是场智力游戏,让他去发现。他更乐意给自己定下这个
任务,因为他怀疑,她行为的动机一定是反感他现在亲切的冲
动,可能出于不信任,在躲闪中寻求安全感而躲开他。这一躲闪
的冲动会成为他的猎物,他马上召唤所有的能力到追捕中去。

晚饭是六点半,在一个长的有简洁家具的房间用餐。桌子
上有盏精美的银纸高脚灯,衬托出一种纯洁的优雅。接受这些
冷漠的礼仪对饿着肚子的斯蒂芬是个小小的折磨,在享受热乎
乎的食物同时,他谴责这种人类这种奇怪的态度为忘恩负义和
忸怩作态。他们的谈话也有点装腔作势,斯蒂芬经常听到"迷
人""美好"和"漂亮"这些词,让他很不愉快。他很快就会发现富
勒姆铠甲上的弱点:富勒姆先生,和他的大多数同胞一样,是个
被说服的政客。富勒姆先生的大多数邻居都是原始类型:他,

尽管思想狭隘，却被他们看作是有成熟文化的人。边打牌边聊天时，斯蒂芬听到教父向更淳朴的老板解释了传教士们在教化中国人时所做的工作性质。他坚持认为教会是世俗文化的主要资源库，而学习的传统源自于僧侣。他在教堂的骄傲中看到了人们在民主受到威胁时唯一的避难所，称阿奎那已经预料到了现代世界的所有发现。他的邻居对发现中国人在另一个人生中的行为困惑不解。但富勒姆却把这个问题放在了上帝的仁慈之门上。在这一讨论阶段，霍华德小姐至今保持沉默，说有三种洗礼，她发言后整个聊天结束了。

斯蒂芬很长一段时间对他教父的资助动机感到怀疑。在他到达后的第二天，他们正从网球比赛驾车返回，富勒姆先生对他说：

——塔特先生是你的英语教授吗，斯蒂芬？

——是的，先生。

——他的人在维斯特米思。我们经常在假期时间见到他。他似乎对你非常感兴趣。

——哦，你那时就知道他？

——对。他现在一条膝盖不好而卧病在床，否则我会写信让他过来。也许我们总有一天可以开车去看他。他是个很博学的人，斯蒂芬。

——是的，斯蒂芬说。

网球比赛、军乐队、乡村的板球比赛、小型花展是为了斯蒂芬的娱乐而设计的。这些场合，他称他的教父坦率诙谐，霍华德小姐很有礼貌地献殷勤，他开始怀疑背后某处有钱。这些娱乐并没有让年轻人感到愉悦；他的态度是如此安静以至于他常常不被注意，未被介绍。有时一名军官瞥见他穿廉价的白鞋，会进行不礼貌的询问,但斯蒂芬总是盯着敌人的脸。经过短暂的眼神试验,年轻人通常能获得休战。他惊讶地发现霍华德小姐以明显的善意履行了她的社会责任。一天她讲了个双关语,斯蒂芬感到不开心和失望——双关语尽管不是很聪明,但两个谨慎的中尉回以礼貌的笑声。富勒姆先生非常老且受人尊敬,允许自己在任何场景发出劝告的这份奢侈。一天一位警官讲了一个幽默的故事,旨在取笑那些粗俗的想法。[富勒姆先生说:

——我们农民可能对很多事情无知。]

这个故事就是这样。一天晚上这名军官和一个朋友发现自己被一场很大的阵雨冲进了基卢坎路,被迫在一个农民的小屋里避雨。——一个老人坐在火炉边,吸着一个脏的短柄烟斗,将其倒在自己的嘴角上。这位老农民邀请他的客人靠近火炉,因为傍晚的时候很冷,说他不能体面地站起来欢迎他们,因为他患有风湿。这位军官的朋友是一个博学的女人,观察到火炉旁用粉笔潦草地写着一个数字,问它是什么。农民说:

——我的孙子约翰尼在马戏团在城里的时候做了这个。他看到墙上的画,开始纠缠母亲要四便士来看大象。当然他走进去,所有的大象都在那里。这是他在那时候画的。

年轻女士笑了,老人在火上眨了下发红的眼睛,继续平稳地抽烟,对自己说:

——我告诉过他们大象是最平常的东西,它们有基督徒的概念……我亲眼看到一个黑人骑在他们身上的照片——用燃烧的棍子抽打。天啊,你在孩子①身上比②他们这些大家伙会有更

---

① 孩子。
② "比"用铅笔写在空白处。

多麻烦。

那位被逗乐的年轻女士开始向农民讲述史前时代的动物。老人静静地听她说,然后缓慢地说:

——啊,那个世界肯定会有令人称奇的威士忌酒①。

斯蒂芬觉得这个军官这个故事讲的很好,他也跟着笑了起来。但是富勒姆先生不同意他的意见,相当简洁地大声说他反对这个故事的寓意。

——嘲笑农民是很容易的。他对许多世界认为重要的事情一无所知。但是我们同时别忘了,斯达克上尉,农民也许比我们中许多谴责他的人更接近基督徒生活的真正理想。

——我不谴责他,斯达克上尉答道,但我被逗乐了。

——我们的爱尔兰农民,富勒姆先生继续坚信,是国家的中坚力量。

中间力量与否,农民对宗教、风俗的持续遵从是斯蒂芬主要开心的地方。根本上讲,

[缺失一页]

门口,盯着他,回答:

——不,先生。

——哦是的,虽然。

乞丐把恶毒的脸贴在他们的脸上,开始移动他的手杖。

——当请注意我告诉你看的是什么。你看见那个手杖了吗?

——是的,先生。

---

① 这句话带着修改出现在了进入四月十四日的日记在《青年艺术家的半身像》的最后一章的结尾。

——那么,如果你下次再在我后面召唤我,我会用那根棍子把你切开,我要把你们的肝脏都割掉。

他继续向受惊吓的孩子们解释。

——你听到我了吗?我用那把棍子把你切开。我要把你们的肝脏和家畜的肺脏都剪掉。

这一事件被一些旁观者所钦佩,当乞丐一瘸一拐地走在小路上时,大家纷纷给他让路。

丹从陷阱里看了这一幕,现在又来到地面上,让斯蒂芬看下这匹马,然后走进一个非常肮脏的酒馆。斯蒂芬独自坐在车里,想着那个乞丐的脸。他以前从未见过如此将邪恶摆在脸上的人。他看过几次那些完美的人用一个宽的皮革球拍打男孩的手心,但是那些脸比起愚蠢、忠实红肿的脸庞少一些恶毒。对乞丐锋利眼睛的回忆在年轻人中引起了恐怖的共鸣。他开始吹口哨以避开那强烈的悸动。

几分钟后一个肥胖红头发的年轻人从药剂师的商店走了出来,拿着两个整洁的小包。斯蒂芬认出纳什,纳什证实他费力到表情都改变了才认出斯蒂芬。斯蒂芬本可以享受他老敌人的挫败,但他却不屑于这样做,反而伸出了他的手。纳什是店里的初级助理,当他得知斯蒂芬正在拜访富勒姆先生时,他的态度带有一丝谨慎地敬意。然而,斯蒂芬很快让他松弛下来,丹从肮脏的酒馆出现时,两个人正熟悉地聊天。纳什说,莫林加是上帝创造的最后一个地方,一个被上帝遗忘的洞,问斯蒂芬如何能坚持下去。

——我只希望我能再次回到都柏林,这就是我所知道的一切。

——你在这里如何自娱自乐?斯蒂芬问。

——自娱自乐! 你不能。这里什么都没有。

——但是你有时不听音乐会吗? 我第一天到这里看到了一场音乐会的账单。

——哦,这是禁止的。神父罗汉穿上靴子——是 P. P. [1]你知道。

——他为什么?

——哦,你最好问他。他说他的教区居民不愿听滑稽的歌曲,不愿要裙子舞会。如果他们想要一个得体的音乐会,他们可以在学校里弄到一个。——哦,我告诉你,他是他们的老板。

——哦,是这样吗?

——他们害怕有他的生活[2]。如果他听到晚上有人在家跳舞,他会轻敲窗户和圆厚椅垫! 点燃蜡烛。

——啊!

——事实。你知道他收集女孩的帽子。

——女孩的帽子!

——对。有个晚上女孩和士兵外出散步,他也出去。他任意抓住一个女孩,摘下她的帽子,带着它回到牧师的家里。如果有女孩去问他,他会给她一顿正当的责骂。

——好人! ……呃,我们必须现在离开。我想我会再见到你。

——明天来吧,你会吗? 这是短暂的一天。我会告诉你我会把你介绍给我在这的一个朋友——非常得体的那类人——主考官。你会喜欢上他。

---

[1] 教区牧师。
[2] "生活"这个词在空白处用铅笔写着。

——非常好,在那之前。

——再见! 大概两点。

他们一起开车回家时,斯蒂芬问了丹几个问题,丹假装没听见,当斯蒂芬向他追问答案时,他给出了尽可能简短的回答。很明显他不愿意讨论精神的优越,斯蒂芬不得不断了念想。

那天晚上吃饭时,富勒姆先生心情很好,开始直言不讳地和斯蒂芬进行交谈。富勒姆先生"引导"谈话人的方式不是非常微妙,但斯蒂芬能看到他期望的回应,只是等到他说完。一个邻居来吃晚饭,某位赫弗南先生。赫弗南先生和主人的思维方式完全不和,因此那天晚上就引起了一些激烈的争执。赫弗南先生的儿子正在学爱尔兰语,因为他相信爱尔兰人应该说自己的语言,而不是他们征服者的语言。

——那些比爱尔兰更解放的美国人很可能会满足于说英语,富勒姆先生说。

——美国人是不同的。他们没有语言来复兴。

——在我看来,我对我的征服者很满意。

——因为你在他们下面占据一个很好的位置。你不是一个劳动者。你享受名族主义风潮的果实。

——也许你将告诉我人人平等,富勒姆先生讽刺地说。

——从某种意义上说,他们可能是。

——胡说,我亲爱的先生。我们的同胞都不知道什么叫改革,正如他们所说,我希望他们也对法国革命一无所知。

赫弗南先生重新进攻。

——但当然,他们知道些关于国家的事情,是没有坏处的——它的传统,它的地方史,它的语言。

——对于那些有空闲时间的人来说,这可能很好! 但你知道我是不忠运动的大敌。我们的命运与英国有关。

——年轻一代不同意你的观点。我的儿子，巴，目前在克兰里弗学习，他告诉我那里所有年轻学生，那些之后将成为牧师的人，都有这些想法。

——天主教会，我亲爱的先生，将永远不会煽动叛乱。但这是年轻一代人之一。让他说。

——我不关心这些民族主义原则，斯蒂芬说，我有足够的身体自由。

——但你觉得对祖国没有责任，对她没有爱吗？赫弗南先生问。

——老实说，没有。

——你居然想着像只没有理性的动物那样生活！赫弗南先生大声说出。

——我的自我意识，斯蒂芬达到，比整个国家更有趣。

——也许你认为你的思想比爱尔兰更重要。

——我是这样的，当然。

——这些是你教子的奇怪想法，富勒姆先生，我可以问耶稣交给你这些。

——耶稣教我其他东西，读书和写作。

——也有宗教？

——自然。"如果一个人失去了灵魂，他能得到这个世界的什么好处？"

——当然，一无所有。这是如此。但是人类对我们有要求。我对邻居有责任。我们已经收到了慈善的命令。

——我听到了，斯蒂芬说，在圣诞节。富勒姆先生因此发笑，赫弗南先生被激怒。

——我可能没有你读得多，赫弗南先生，或者即使和你一样多，年轻人，但我相信最高尚的爱一个人能

[缺失一页]

首先是我们对上帝的责任，然后我们在生活中的职责，赫弗南说，舒适地结束在最后一句话说。

——你可以是个爱国者，赫弗南先生，斯蒂芬说，不去指责那些不同意你的人是反宗教。

——我从没指责……

——现在来，赫弗南亲切地说，我们互相理解。

斯蒂芬享受这种小冲突：根据正统派的等级，转变正统观念，看他们将如何经不起火烧，这是斯蒂芬的一种消遣。对他来说，赫弗南是外省典型的爱尔兰人：自信、恐惧、多愁善感、充满敌意，演讲时的理想主义，现实中的现实主义。富勒姆先生更难理解。他对爱尔兰农民的拥护充满了热忱的资助，他对教会的热情，隐含在他对封建社会的尊重，以及他对这些区别的自然服从。他会以一种质朴的方式来执行他的贵族观念：

——现在过来，某某先生，你集市日在镇上买牛了？

——是的。

——你去①赛马场，根据你的喜好打了一两场赌？

——我必须承认我是这么做的。

——你为自己知道追踪狩猎的一两件事而感到自豪吗？

——我想是的。

——那么你怎么能说人类中没有贵族的品种，既然你知道它存在于动物之中。

———————————

① "向"省略了。

富勒姆先生的骄傲是市民在昂贵、繁重的天蓬的骄傲,这让他运用①并喜欢维持。他对封建社会的机制很有好感,没有什么比这更能打败他的了——这是人类崇拜者的一个共同愿望,无论他是将自己投掷在世界主宰下,还是用爱的眼泪来祈求上帝去苦修,或是晕倒在情人的手中。对敏感的下属,他的慈善会给心灵难以忍受的疼痛,但给予者既不会使用自以为是的架势,也不会用自以为是的语言。他对人类关系的概念,可能会错认成,在地球被认为是舟骨的时代里一个进步的概念。如果他活在那个时代,他可能已经被誉为[心地温和]最开明的奴隶主。当斯蒂芬看着老人严肃地将他的鼻烟盒递给赫弗南时,后者必然平息,在其中插入一只手[斯蒂芬]他想:[给]

——我的教父是教皇驻韦斯特米斯大使。

纳什在商店门口等着他。他们一起走到主街,朝主考人的办公室走。窗户里可以看到猎狐小狗一只肮脏的棕色眼睛,而他那聪明的眼睛是办公室里唯一的生命迹象。加维先生被派去,不久就发了言,说他的两个客人将进入格雷维尔的怀抱。加维先生被发现坐在酒吧里,他的帽子被推到前额的地方。他正"打趣"酒吧女招待,但当他的客人进来时,他站起来,和他们握了握手。然后他坚持要他们和他喝一杯。酒吧女招待再次被加维先生和纳什先生"打趣",不过都没过分。她是一个有礼貌的年轻人,体态诱人。当她擦玻璃杯时,整个人沉浸在和年轻人轻浮的闲聊中:她似乎已把小镇的生活完全控制住了。她偶尔指责加维先生轻浮,问斯蒂芬这对一个已婚男人是不是羞耻。斯蒂芬说这是,然后就开始数她衬衫的衣扣。酒吧女招待说斯蒂

---

① "正立的"。

芬是个很明智的年轻人,不是一个游荡的家伙,从她轻快的餐巾边上露出非常甜的微笑。过了一会儿,年轻人离开了酒吧,首先触碰了酒吧女招待的指尖,然后提高了帽子。

加维先生吹口哨将狗从办公室带了出来,他们出发去散步。加维先生穿着沉重的靴子,他在他们的队伍中缓慢行进,他的手杖在路上留下印记。这条路和目前闷热的天气让他变得理智,他给年轻人提了几条合理的建议。

——毕竟,没有什么像婚姻让一个家伙稳定。我坐上主考官这个位置之前时,我同小伙子们混在一起,还玩点音乐……你知道,他对纳什说——纳什①点了点头。

——现在我有个好房子,加维先生说,并且……我每晚回家,如果我去喝一杯……好吧,我能拥有它。我对每一个能负担得起的年轻人的忠告是:早点结婚。

——这里面有点东西,纳什说,当你有了冲动,也就是。

——啊,对,加维先生说。再见,我希望你有一天晚上来看我,带上你的朋友。你会来的,代达罗斯先生?太太会很开心见到你:你知道的,她稍微有点爱玩。

斯蒂芬喃喃地说着他的感谢、决定。比起去拜访加维先生,他更愿意忍受身体的剧烈疼痛。

然后加维先生开始讲了一些新闻故事。当他听纳什说斯蒂芬喜欢写作,他说:

——你接受我的提示:速记。

他讲了很多故事,说明自己在生意上的精明,并说他曾经达到伦敦晨报的标准,并因此得到了回报。

---

① 手稿被扯裂。

——那些学英语的家伙，你知道，他们知道如何做生意。也会付好价钱。

那天天气很热，城里似乎在热中打盹，但当年轻人来到运河桥的时候，他们注意到一群人在运河岸边五十码外聚集。一个屠夫的孩子正在给一圈的工人讲述它。

——我第一次见到她。我注意到某些事——一个长的绿色东西正躺在杂草中。我去找乔治·科格伦。我和他尽力扶起它，可是它太重了。所以接着我们做了这件事，但我想要是能把杆子拿给别人就好了。所以乔治和我接着去了斯莱特的后院。

在水边一两步，有个东西躺在岸边，被一个棕色麻布袋覆盖。那是一个女人的身体：脸朝地面，从浓黑的头发中，血已经渗出来了。身体向上弯曲，腿向外，但是在[字被撕开]被某人扯下[字被撕开]睡衣。这个女人前一天晚上从精神病院逃出来，斯蒂芬听了太多对护士的批评。

——他们最好是多关心病人，而不是跟医生的某个汤姆、迪克和哈里一起溜达。

——他们有自己的风格。

加维先生的狗想要去闻一闻尸体，但加维先生狠踢它，狗蜷着身子叫嚷。然后，沉默了一段时间，每个人都守在自己的岗位看尸体，直到一个声音说："医生来了！"一个穿着讲究的男人快速地走过小路，没有理会人们的敬礼。过了一会儿后，斯蒂芬听到他说女人死了；告诉大家去推一辆车，把尸体带走。三个年轻人继续走路，但斯蒂芬不得不等着，被召唤。他在后面凝视着尸体脚边的运河，看着一张纸的碎片，上面是

　　　　[手稿附加的诸页到此结束]

译者后记

译作《斯蒂芬英雄:〈艺术家年轻时的写照〉初稿的一部分》为国家社会科学基金课题"爱尔兰文学思潮的流变研究"(15BWW044)和教育部社会科学基金课题"2017 年度国别与区域研究中心(备案):爱尔兰研究中心"(GQ17257)阶段性成果,也是上海对外经贸大学内涵建设课题"乔伊斯与爱尔兰非物质文化遗产"、"'一带一路'战略格局下的爱尔兰与中国关系研究"(YDYL2018020)和"'一带一路'国家经贸关系合作战略研究院"成果。

本次笔译实践由上海对外经贸大学爱尔兰研究中心(Irish Studies Centre, SUIBE)组织。该中心自成立以来,走的是理论研究与学术实践相结合的道路,旨在以研究爱尔兰文学研究和作品翻译为基础,进而探究爱尔兰文化、历史、政治、经济等领域,增进"中-爱"两国的友谊和相互了解,加强该校与爱尔兰高校之间的学术交流。

在上海对外经贸大学各级领导的支持下,在本校不同部门的协作下,该译作历时 3 年完成,是团队智慧及合作的结晶。此研究团队主要由教师和在读研究生组成。该团队成员利用业余时间,多次聚会,制定翻译计划,查找资料,统一格式,讨论翻译疑难,反复校对,联系出版事宜等,勾绘出一条时光的印迹,写就了一曲苦中作乐的求索之歌。

作为上海对外经贸大学爱尔兰研究中心主任、本翻译团队组织者、本译作第一责任人,我谨向所有参加翻译和校对的合作者致谢,向上海对外经贸大学各级领导致谢,向支持本翻译团队的各部门致谢。

特别感谢冯雷。他是我带过的研究生,也是我的好友。他身在国外,是一位拥有多国语言能力的天才。我遇到拉丁语、意大利语、德语、西班牙语等词句时,时常请他帮忙。由于时差为 12 小时,我为了不影响他休息,时常熬通宵,在凌晨与他视频,或通过微信交流;若我在白天给他留言,他则在睡醒后,第一时间为我查找资料;即使正值出差,他也在下飞机后或旅途中,为我解答难题。

特别感谢上海对外经贸大学的优秀教师陈之瑜博士。在翻译本书时,我时常遇到法语词句。法语是我的第二外语,却不是我的常用语言。出于译文的严谨性,我多次找陈老师讨教,每次都能得到及早而满意的答复。

当然,必须感谢我爱人李春梅和儿子冯勃的理解和支持。为了科研,我近期基本上不呆在家,就住我校宾馆或办公室,几乎没有分担家务,也很少与他们共享假期。

但愿,此书为未来乔伊斯作品的翻译和研究提供参考。

翻译过程中,主要参考了如下资料:

Abrams, M. H. *A Glossary of Literary Terms*. 7th ed. Beijing: Foreign Language Teaching and Research Press, 2004.

Achtemeier, Paul J., ed. *The HarperCollins Bible Dictionary*. New York: HarperCollins Publishers Inc., 1996.

Joyce, James. *Finnegans Wake*. New York: Penguin Books, 1976.

—. *Letters of James Joyce*. Ed. Stuart Gilbert. New York: The Viking Press, 1957.

—. *The Critical Writings of James Joyce*. Ed. Ellsworth Mason and Richard Ellmann. New York: The Viking Press, 1959.

—. *The Portable James Joyce*. Ed. Harry Levin. New York: Penguin Books, 1976.

—. *Ulysses*. Ed. Hans Walter Gabler, with WolfhardStepe and Claus Melchior, and an Afterword by Michael Groden. The Gabler Edition. New York: Random House, Inc. , 1986.

McHugh, Roland. *Annotations to "Finnegans Wake."* 3rd. ed. Baltimore and London: The Johns Hopkins University Press, 2006.

《不列颠百科全书》(国际中文版,20 卷)。北京:中国大百科全书出版社,2002 年。

郭国荣主编:《世界人名翻译大辞典》。北京:中国对外翻译出版社,1993 年。

《圣经》(启导本)。香港:香港海天书楼,2003 年。

夏征农主编:《辞海》[1999 年版缩印本(音序)]。上海:上海辞书出版社,2002 年。

周定国主编:《外国地名译名手册》(中型本)。北京:商务印书馆,1993 年。

冯建明

2018 年秋

上海对外经贸大学

爱尔兰研究中心(教育部备案)

博萃楼

图书在版编目(CIP)数据

斯蒂芬英雄:《艺术家年轻时的写照》初稿的一部分/[爱尔兰]乔伊斯著;冯建明等译. —上海:上海三联书店,2019.11
ISBN 978 - 7 - 5426 - 6729 - 8

Ⅰ.①斯⋯　Ⅱ.①乔⋯②冯⋯　Ⅲ.①长篇小说-爱尔兰-现代　Ⅳ.①I562.45

中国版本图书馆 CIP 数据核字(2019)第 152171 号

斯蒂芬英雄:《艺术家年轻时的写照》初稿的一部分

著　　者 / [爱尔兰]詹姆斯·乔伊斯
译　　者 / 冯建明　张亚蕊等

责任编辑 / 职　烨
特约编辑 / 宋寅悦
装帧设计 / 一本好书
监　　制 / 姚　军
责任校对 / 王凌霄

出版发行 / 上海三联书店
　　　　　(200030)中国上海市漕溪北路 331 号 A 座 6 楼
邮购电话 / 021 - 22895540
印　　刷 / 上海展强印刷有限公司

版　　次 / 2019 年 11 月第 1 版
印　　次 / 2019 年 11 月第 1 次印刷
开　　本 / 889 × 1194　1/32
字　　数 / 170 千字
印　　张 / 7.75
书　　号 / ISBN 978 - 7 - 5426 - 6729 - 8/I · 1530
定　　价 / 48.00 元

敬启读者,如发现本书有印装质量问题,请与印刷厂联系 021 - 66366565